17218.
H

MEMOIRES

POUR SERVIR

A L'HISTOIRE

DES

HOMMES

ILLUSTRES.

TOME XXIII.

MEMOIRES

POUR SERVIR
A L'HISTOIRE
DES
HOMMES
ILLUSTRES
DANS LA REPUBLIQUE DES LETTRES:
AVEC
UN CATALOGUE RAISONNE'
de leurs Ouvrages.
TOME XXIII.

A PARIS,

Chez BRIASSON, Libraire, ruê S. Jacques,
à la Science.

M. DCC. XXXIII.

Avec Approbation & Privilege du Roy.

TABLE ALPHABETIQUE
des Auteurs.

Fin de la Table alphabetique.

MEMOIRES

MEMOIRES

POUR SERVIR

A L'HISTOIRE

DES

HOMMES

ILLUSTRES

DANS LA REPUBLIQUE
des Lettres ;

Avec un Catalogue raisonné de leurs Ouvrages.

MARC ANTOINE CAPPELLI.

ARC Antoine Cappelli M. A. naquit à *Este* dans le CAPPEL- Padouan vers le milieu LI. du 16e siecle.

    Il avoit déja fait de grands progrès dans les Belles-Lettres, lorsqu'il entra dans l'Ordre des Freres Mineurs Conventuels. Après

Tome XXIII.   A

y avoir étudié en Philosophie & en Theologie, on le chargea d'enseigner ces Sciences à ses freres, & il le fit pendant plusieurs années avec distinction, à *Udine*, à *Anagnie* & à *Venise*.

Il ne se livra pas tellement à la Scholastique, qu'il ne reservât du temps pour des études plus solides, je veux dire, la lecture des Saints Peres, & la connoissance de l'Antiquité Ecclesiastique. Le P. *Antoine Possevin*, Jesuite, qu'il eut occasion de connoître à *Venise*, ne contribua pas peu à le mettre dans ce goût; & leur amitié particuliere l'aquit à toute la Societé, jusqu'à l'engager à soutenir publiquement quelques opinions de ses Theologiens.

Dans l'affaire de l'Interdit de *Venise* en 1606. *Cappelli* prit parti pour la Republique dont il étoit né sujet, & il fut un des Theologiens, qui écrivirent vivement contre l'Interdit de *Paul V*. Il eut même part aux Ecrits des autres, par l'approbation qu'il leur donna. Ainsi M. *Du Pin* s'est trompé, lorsqu'il a dit dans ſa *Bibliotheque des Auteurs Eccleſiaſti-ques*, qu'il défendit la Cauſe de l'In-terdit pour le Pape *Paul V.*

Le P. *Poſſevin* fâché de le voir dans un parti dont il n'étoit pas, agit auprès du General des Conven-tuels & du Cardinal *Benoît Juſtiniani*, pour le ramener à l'obeiſſance que le Pape exigeoit, & les trouvant diſpoſés à lui ménager ſon pardon, il écrivit à *Cappelli* le 17 Octobre de la même année 1606. pour l'en-gager à ſe rétracter. Mais *Cappelli* bien loin de ſe rendre à ſes ſollici-tations, lui écrivit le 3 Novembre ſuivant, qu'il étoit toûjours dans la diſpoſition de ſoutenir ce qu'il avoit écrit en faveur du Senat. Il ne s'en tint pas-là, il fit imprimer la Lettre du P. *Poſſevin*, avec ſa réponſe.

Il changea cependant dans la ſui-te, ſoit qu'on eût employé les me-naces & les promeſſes, pour l'y obliger, comme l'Auteur de la vie de *Fra-Paolo* le prétend, ſoit qu'il l'eût fait de lui-même. Dans cette diſpoſition il quitta *Veniſe*, & ſe rendit à *Boulogne*, où il déclara au Cardinal *Juſtiniani* Legat du Pape, qu'il rétractoit tout ce qu'il avoit écrit contre le Pape, & qu'il étoit disposé à composer un Ouvrage, où il enseigneroit des propositions contraires à celles qu'il avoit avancées. Ce qu'il executa aussitôt dans un écrit dedié au Pape *Paul V.* qu'il intitula : *De absoluta omnium rerum Sacrarum immunitate à potestate Principum Laicorum, ex Lege Naturali, Mosis, & Christi.* Ouvrage, qui n'a point été imprimé, mais dont on conserve le Manuscrit dans la Bibliotheque Barberine.

Depuis ce temps-là *Cappelli* employa sa plume à combattre ceux qui s'élevoient contre l'Autorité du Pape ; & c'est à cela que tendent la plûpart de ses Ouvrages.

Le Cardinal *François Barberin* ayant été envoyé en France par *Urbain VIII.* son Oncle, en qualité de Legat *à latere*, voulut y amener avec lui *Cappelli.* Celui-ci souhaittoit assez faire ce Voyage, dans le dessein de faire imprimer à *Paris* son livre *de Cœna Christi suprema* ; mais quelques obstacles l'ayant retenu en Italie, il se contenta d'y envoyer

fon livre, qui y fut effectivement M. A.
imprimé. Il n'eut pas cependant la CAPPEL-
fatisfaction de le voir forti de def- LI.
fous la preffe, car pendant qu'on y
travailloit, il mourut à *Rome* au mois
de Septembre 1625.

Il avoit paffé par plufieurs charges de fon Ordre, comme celles
de Provincial, & de Commiffaire de
la Province d'Orient. Le Pape *Paul
V.* l'avoit auffi fait Qualificateur du
S. Office. Il avoit été en relation d'a-
mitié avec les Cardinaux *François
Barberin, Juftiniani, Ludovifio, de
Sourdis, de la Valette,* & avec plufieurs autres perfonnes des plus confiderables de fon temps. Il favoit
la langue Gréque, & l'Hebraïque.
On trouve dans fes Ecrits de l'érudition, de la methode & de la pré-
cifion.

Catalogue de fes Ouvrages.

1. *Parere delle Controverfie frà
Paolo V. & Republica di Venetia. In
Venetia* 1606. *in-*4°.

2. *De Interdicto Pauli V.* A la p.
126. d'un Recueil de pieces fur l'Interdit de *Venife,* imprimé à *Francfort* en 1607. *in-*4°.

M. A.
CAPPEL-
LI.

　　3. *Lettera del Padre Antonio Posse-vino Giesuita, al P. Marc-Antonio Capello, Minor Conventuale, con la Risposta di detto Padre. In Venetia* 1607. *in-*4°. J'ay parlé ci-dessus de ces Lettres.

　　4. *Adversus prætensum Primatum Regis Angliæ liber. Bononiæ* 1610. *in-*4°. It. *Coloniæ* 1611. *in-*8°.

　　5. *Disputationes duæ de summo Pontificatu B. Petri, & de Successione Episcopi Romani in eumdem Pontificatum, contra Anonymos duos de Papatu Romano, & de Suburbicariis Regionibus ac Ecclesiis. Coloniæ Agrip.* 1621. *in-*4°. It. Avec l'Ouvrage precedent dans le 16 tome de la *Bibliotheca Maxima Pontificia Joannis Thomæ de Rocaberti. Roma in-fol.* 1695. & suiv. Les deux Ouvrages, que *Cappelli* se propose ici de refuter, sont anonymes. L'un intitulé : *Papatus Romanus, deque origine, progressu & extinctione ipsius. Londini* 1617. *in-*4°. est attribué communement à *Marc-Antoine de Dominis.* L'autre, qui a pour titre : *Conjectura de Suburbicariis Regionibus & Ecclesiis, sive de Episcopi Urbis Romæ*

Diœceſi. Francofurti 1617. *in-*4°. eſt   **M. A.**
de *Jacques Godefroy.*   CAPPEL-

  6. *De Appellationibus Eccleſiæ A-* LI.
fricanæ ad Romanam Sedem Diſſertatio.
Pariſ. 1622. *in-*8°. It. dans la *Biblio-*
theca Pontificia de *Rocaberti,* tom.
16ᵉ. It. *Editio tertia, ad Bibliothecæ*
Albanæ exemplar, ab Authore ipſo
majori ex parte immutatum, correctum,
auctum. Præfigitur Joannis Bontonii de
ejuſdem Cappelli vita, & ſcriptis dia-
triba. Romæ 1722. *in-*8°.

  7. *De Cœna Chriſti ſuprema, deque*
præcipuis ejus vitæ capitibus Diſſertatio
adverſus Ægyptium Autorem anni
primitivi. Pariſ. 1625. *in-*4°. Cet Ouvrage eſt contre *Jerôme Vecchietti,*
qui quatre ans auparavant, c'eſt-à-
dire en 1621. avoit publié ſon livre
De Anno primitivo, où il ſoutenoit
entre autres choſes, que Jeſus-Chriſt
n'avoit point mangé l'agneau Paſcal
la veille de ſa mort, ni inſtitué l'Euchariſtie en pain Azime.

  8. L'Oraiſon funebre de *Lucrece*
Tomacelli Ducheſſe de *Palliano.*

  9. Il a fait auſſi un Recueil des
Conſtitutions des Religieuſes Clari-
ſtes de *Boulogne,* & de celles de ſon
Ordre.   A iiij

M. A.
CAPPEL-
LI.

V. *Sa vie par Jean Bontoni. Wad-ding Scriptores Ordinis Minorum.* Rien de plus imparfait que l'article qu'il donne de *Cappelli.* Du Pin, *Biblio-theque des Auteurs Ecclesiastiques du* 17ᵉ *siecle.*

GEORGE HENRI GOETZE.

G. H.
GOETZE.

GEORGE *Henri Goetze* naquit à *Leipsic* l'an 1668.

Après avoir étudié dans les Uni-versitez de cette ville, de *Wittem-berg* & de *Jene*, où il donna des preuves de son habileté par les The-ses qu'il y soutint, il se fit rece-voir en 1687. Maître-ès-Arts à *Leip-sic.* Il fit depuis soutenir differentes Theses tant dans cette Université, que dans celle de *Wittemberg*, où il retourna encore passer quelque temps.

Ses études Academiques finies, il fut choisi le 4 Avril 1690. pour être Ministre de *Burg* dans le Duché de *Magdebourg*, & la même année on l'appella à *Kemnits* dans la Mis-nie, pour y remplir une place de

Diacre de l'Egliſe de cette ville.   G. H.

Il la garda juſqu'en 1694. qu'il GOETZE.
alla être Miniſtre de l'Egliſe de
Sainte Sophie à *Dreſde.* Il paſſa en
1697. à *Anneberg*, petite ville de
Miſnie, pour y être Surintendant
des Egliſes de la dépendance de
cette ville.

L'année ſuivante il alla faire un
tour à *Leipſic*, & s'y fit recevoir Licentié en Theologie le 25 Août. Il
y retourna un an après en 1699. &
y prit le degré de Docteur en la
même Faculté.

En 1700. on lui offrit à *Hall* une
place de Miniſtre ordinaire, mais il
la refuſa. Au mois de Fevrier de
l'an 1702. il fût élu Surintendant
des Egliſes de *Lubeck*, & il ſe rendit en cette ville au mois de May
ſuivant. Il y a toujours vêcu depuis, & il y mourut le 25 Mars de
l'an 1729. âgé de près de 61 ans.

La multitude des Diſſertations
qu'il a publiées fait voir ſon amour
pour l'étude & le travail. La plûpart
roulent ſur des matieres ſingulieres
& curieuſes, & c'eſt ce qui m'a engagé à parler ici de lui. Il y en a ce-

G. H.
GOETZE.

pendant qui sentent trop le controversiste, & même le controversiste
du plus bas étage, & qu'il paroît
avoir données à ses propres preju-
gés, où à ceux des disciples qu'il
avoit à instruire. Elles sont toutes
fort chargées de citations, tirées
ordinairement d'Ecrivains Lutheriens, dont il accompagne toujours
le nom d'Eloges pompeux. D'ailleurs le stile n'en est pas mauvais.

Catalogue de ses Ouvrages.

1. *De Quartadecimanis. Lipsiæ* 1686.
in-4°. Il soutint cette Thèse sous
Jean Schmidt, Professeur ordinaire
en Eloquence, qui apparemment y
a eu la principale part, suivant la
coutume.

2. *De ritu Lectionum Sacrarum.*
Witteberga 1685. *in*-4°. Autre The-
se, qu'il soutint sous *Guillaume Er-*
nest Tentzelius.

3. *De Historia Principum Anhalti-*
norum. Jenæ 1686. *in*-4°. Thèse soutenue sous *Gaspar Sagittarius*, Professeur en Histoire.

4. *Synopsis Errorum Arminianorum.*
Lipsiæ 1686. *&* 1687. *in*-4°. Thèse
soutenue sous *Jean Olearius.*

5. *Diſcuſſio ſingularium Quæſtionum* G. H.
Theologicarum. Lipſiæ 1686. *in-4°.* GOETZE.
Théſe ſoutenue ſous *George Moe-*
bius.

6. *De Traditionibus Pontificiorum*
ſemèt ipſas evertentibus. Wittebergæ
1687. *in-4°.* Théſe ſoutenue ſous
Gaſpar Loeſcherus.

7. *De Apotheoſi Chriſti. Lipſiæ*
1687. *in-4°.* C'eſt la Théſe qu'il
ſoutint ſous *Jean Jacques Sulzber-*
ger, lorſqu'il prit le degré de Maître ès Arts.

8. *De Unctura Chriſti Bethaniæ*
facta. Lipſiæ 1687. *in-4°.* C'eſt la
premiere des Théſes auxquelles il
a preſidé.

9. *De Vigiliis Paſchalibus veterum*
Chriſtianorum. Lipſiæ 1687. *in-4°.*

10. *De Bibliotheca Patrum. Lipſiæ*
1687. *in-4°.*

11. *De Archidiaconis veteris Ec-*
eleſiæ. Lipſiæ 1687. *in-4°.*

12. *De Logo Johanneo. Wittebergæ*
1687. *in-4°.* Il ſoutint cette Théſe
ſous *Conrad Samuel Schurzfleiſch.*

13. *De Scriptoribus Hæreſeologicis*
diſputationes duæ. Wittebergæ 1687.
in-4°.

G. H.
GOETZE.

14. *De Candidatis Veterum. Ibid.* 1687. *in*-4°.

15. *De suppositiis ac de perditis Pauli scriptis Schediasma Historicum. Ibid.* 1687. *in*-4°.

16. *De Magno pietatis Mysterio ad* 1 *Timot.* III. 16. *Ibid.* 1687. *in*-4°.

17. *De Ritibus Solemnibus Magisterialibus. Witteberga* 1688. *in*-4°.

18. *De Macedonianis. Ibid.* 1688. *in*-4°.

19. *De Variis Miscellaneis Historico-Criticis. Ibid.* 1688. *in*-4°.

20. *De dubiis Athanasii scriptis, quæ in nova operum ejus editione leguntur. Lipsiæ* 1689. *in*-4°.

21. *De scriptorum Ciceronis lectione. Lipsiæ* 1689. *in*-4°.

22. *Amœnitatum Juris divini Egloga. Lipsiæ* 1689. *in*-4°. It. dans les *Meletemata Annæbergensia.* Cet Ouvrage consiste 1°. en de magnifiques loüanges de la traduction que *Luther* a faite de la Bible en Allemand, & de ses Commentaires ; aussi bien que de plusieurs autres Commentateurs Allemans. 2°. en une dissertation sur *Cain,* que *Goetze* prétend être mort en desesperé.

23. *Homelie ſur le troiſième Precepte,* G. H.
de la Sanctification du Sabbat. (en GOETZE.
Allemand) *Kemnits* 1693. *in-*4°.

24. *Oraiſon funebre de Wolfg. Ste-*
ger, Etudiant en Theologie (en Allemand) *Kemnits* 1693. *in-*4°.

25. *Refutation des diſcours inſenſés*
des Pietiſtes & des Fanatiques (en Allemand) *Kemnits* 1693. *in-*4°.

26. *Avertiſſement Chrétien contre*
les faux Prophetes (en Allemand)
Dreſde 1694. *in-*4°.

27. *Que dans la Religion Lutherien-*
ne on peut bien croire, bien vivre, &
bien mourir (en Allemand) *Dreſde*
1694. *in-*8°.

28. *La Croyance des Lutheriens, ſe-*
lon le Catechiſme de Luther (en Allemand) *Dreſde* 1695. *in-*8°.

29. *La prudence du Chrétien con-*
tre la Malice du Diable, Sermon ſur
l'Evangile du premier Dimanche de
l'Avent, contre le Monde enchanté de
Becker. (en Allémand) *Dreſde* 1696.
*in-*4°. C'eſt-là une partie de ſes Sermons, qui dans la ſuite ont été imprimés enſemble, comme je le mar-
querai plus bas. Il ſeroit inutile de
parler en détail des autres.

G. H.   30. *Observationum sacrarum speci-*
GOETZE. *men in Mémoriam Jubilæi Annæbergæ*
die 8 *Decembris* 1697. *celebrati. An-*
næbergæ 1697. *in-*4°. *Anneberg* n'étoit
autrefois qu'on Bourg, qu'on nommoit *Schreckenberg* ; mais *George le*
Catholique l'erigea en ville l'an 1497.
en confideration des Mines qu'il y a
dans fon territoire. Comme *Sainte*
Anne y étoit honorée particulierement, il lui donna le nom d'*Anne-*
berg, qui fignifie *Mont Saint-Anne*.
L'Ouvrage que *Goetze* publia pour
celebrer la feconde fête feculaire de
cette érection, eft divifé en quatre
obfervations. La 1e eft fur le Culte
que l'Eglife Catholique rend a quelques Saintes ; la 2e fur *Sixte de Sien-*
ne, & fa Bibliotheque Sainte; la 3e fur
l'autorité de la Vulgate, & la 4e fur
le Chiliafme de *Peterfen*.

31. *De Centurione fub Cruce Chri-*
sti. Lipfiæ 1698. *in-*4°. Il foutint cette Théfe, lorfqu'il fut fait Licentié.

32. *De Spiritu fancto ad Joannis* XIV.
26. *Differtatio Synodalis ; cum annexo*
Programmate de Claudii Clementis Mu-
fæo. Lipfiæ 1699. *in-*4°.

33. *De Claris Schmidiis Oratio Sy-*

nodalis. Lipsiæ 1699. *in-*4°. *Goetze*
parle dans ce discours de divers Auteurs, qui ont porté le nom de
Schmid en Allemand, de *Smith* en
Anglois, de *le Fevre* en François,
& de *Faber* en Latin.

34. *De Cornelii à Lapide Commen-*
tariis in scripturam Sacram. Lipsiæ
1699. *in-*4°. C'est la Thèse qu'il soutint pour recevoir le bonnet de Docteur. Il y louë beaucoup les Commentaires de cet Auteur, qu'il juge
plus utiles pour entendre l'Ecriture,
que la Synopse d'Angleterre.

35. *Num Scriptura Sacra, eaque*
Canonica, remota Ecclesiæ autoritate,
ejusdem sit valoris ac Fabulæ Æsopi,
vel Titus-Livius. Lipsiæ 1700. *in-*4°.
Goetze y réfute cette pensée, qu'il
lui plaît d'attribuer aux Catholiques.

36. *Num Lutherus librum Jobi cum*
Terentii scriptis & Virgilii Æneide
contulerit. Lipsiæ 1701. *in-*4°. *Goetze*
pretend que *Luther* n'a voulu dire
autre chose, sinon que le livre de
Job est composé en forme de Poeme
Dramatique.

37. *De Theologis Pseudo-Medicis,*
seu, Num Theologo Artem Medicam

G. H.
GOETZE. *exercere liceat. Lipsiæ* 1700. *in-*4°. L'Auteur se declare pour la negative.

38. *De Concionatoribus Castrensibus. Lipsiæ* 1700. *in-*4°. Cette dissertation leur apprend quels sont leurs devoirs.

39. *De Principe Concionatore. Annebergæ* 1700. *in-*4°. Il s'agit ici des Princes, qui ont fait la fonction de Ministre. Il ne s'en trouve proprement qu'un seul, qui est *George d'Anhalt*, ordonné Evêque de *Mersbourg* par les mains de *Luther*.

40. *De vestibus Sacris in administratione Cœnæ Dominicæ usitatis. Annæbergæ* 1700. *in-*4°. *Goetze* soutient que l'usage en doit être retenu.

41. *Observationes Exegetico-Practicæ in* 1 *Corinth.* XII. 20. 21. *Lipsiæ* 1701. *in-*4°.

42. *De Imperatoribus Romano-Germanicis, qui fidem Lutherano-Evangelicam morte confirmarunt. Dresdæ* 1701. *in-*4°. L'Auteur met de ce nombre *Charle-Magne*, *Maximilien* I. *Charles-Quint*, *Ferdinand* I. *Maximilien* II. *Rodolphe* II. & il n'est pas éloigné d'y ajouter *Ferdinand II.*

Ferdinand III. Leopold I. Car enfin, G. H.
dit-il, ces Princes ont mis leur con- GOETZE.
fiance en Jeſus-Chriſt ; comme ſi les
Catholiques ne l'y mettoient pas
auſſi.

43. *De Lutheraniſmo D. Bernardi
Schediaſma Theologicum. Dreſdæ* 1701.
in-4°. *Goetze* pretend y prouver que
S. Bernard a enſeigné la même Doctrine que les Lutheriens, ſur la Ju-
ſtification du pecheur, & ſur le
merite des bonnes Oeuvres.

44. *De Principe Hebraice docto.*
Lipſiæ 1701. *in*-4°. On trouve ici les
noms de quelques Princes ſavans en
Hebreu, *Auguſte & Jean George* E-
lecteurs de Saxe, *George d'Anhalt*
Evêque de *Mersbourg*, *Louis* Comte
d'Anhalt, *Philippe* Landgrave de
Heſſe, *Chretien Auguſte* Comte Pa-
latin, & même de quelques Prin-
ceſſes.

45. *De Cultu Abrahami. Lipſiæ* 1702.
in-4°.

46. *De Cultu Joſephi, Parentis Chriſti. Lipſiæ* 1702. *in*-4°.

47. *De cultu Annæ, Aviæ Chriſti,
in Miſniam invecto. Lipſiæ* 1702. *in*-4°.

48. *Concio Valedictoria Annabergæ*
Tome XXIII. B

G. H.
GOETZE.

habita. Lipfiæ 1702. *in-4°.*

49. *De Odio Pontificiorum in Hymnos Ecclefiæ Lutheranæ Commentariolus.* Lipfiæ 1703. *in-4°.*

50. *De Reliquiis Lutheri, diverfis in locis affervatis, fingularia.* Lipfiæ 1703. *in-4°.* Cette differtation ne traite que des lieux ou *Luther* a habité, & des chofes qu'il a poffedées; chofes fort peu intereffantes pour tout autre que pour un Miniftre Lûtherien; encore tous ne font ils pas capables de s'embaraffer de femblables minuties.

51. *Programma de præftantia Epitomes Hunnianæ.* Lubecæ 1703. *in-4°.* C'eft un avantcoureur des leçons qu'il vouloit faire fur l'*Epitome Credendorum Nicolai Hunnii.*

52. *Epiftola ad Joannem Fechtium.* Inferée dans les *Nova Litteraria Maris Balthici an.* 1704. *p.* 7. Cette lettre roule fur les Ouvrages que *Fechtius* avoit déja donné au public, & fur ceux que *Goetze* fouhaitoit qu'il donnât.

53. *De Johannis Bugenhagii Meritis in Ecclefiam & Scholam Lubecenfem Oratio die* 27 *Martii* 1703. *in Schola*

Lubecensi recitata. Lipsiæ 1704. *in*-4°. G. H.

54. *Princeps Græce doctus. Accesse-* GOETZE.
runt Jo. Cunradi Dieterici Program-
mata, quibus restaurationem Græcarum
Litterarum, auspiciis Joan. Reuchlini,
Martini Crusii, Michaelis Neandri,
& Laur. Rhodomanni olim factam des-
cripsit; ut & Joannis Zwingeri Ora-
tio inauguralis de Barbarie superiorum
aliquot sæculorum, orta ex supina Lin-
guæ Græca ignoratione. Lipsiæ 1704.
in-8°.

55. *De conversis Pontificiis ex lectio-*
ne Librorum Lutheri, Lutheranorum-
que Doctorum, ad veritatem Evange-
lico-Lutheranam perductis. Lipsiæ 1704.
in-4°.

56. *Sermons sur differens sujets* (en
Allemand) *Kemnits* 1704. *in*-4°. Ces
Sermons avoient déja été imprimés
en differens temps.

57. *De Mercatoribus eruditis Dia-*
tribe. Lubecæ 1705. *in*-4°.

58. *Spicilegium post Messem, seu ad-*
ditamenta ad Diatriben de Mercatori-
bus eruditis. Lubecæ 1706. *in*-40.

59. *Sylloge Observationum Theolo-*
gicarum Joanni Ligtfooto, Theologo
Anglo, modeste oppositarum. Lubecæ
1706. *in*-4°. B ij

G. H.
GOETZE.

60. *De Versione Novi Testamenti Jeremiæ Felbingeri Egloga Theologica. Lubecæ 1706. in-4°.* Cette version Allemande faite sur le texte Grec de l'Edition d'*Etienne de Courcelles* a paru à *Amsterdam* l'an 1660. *in-8°.*

61. *De Salute Ismaelis. Lubecæ 1706. in-4°.*

62. *De Eruditis Hortorum Cultoribus Dissertatio. Lubecæ 1706. in-4°.* *Goetze* a fait entrer dans sa liste tous ceux qu'il a lû avoir habité à la Campagne.

63. *Observationes Historico-Theologicæ de Johanne Hiltenio ad Articulum* XIII. *Apologiæ Augustanæ Confessionis. Lubecæ 1706. & 1717. in-4°.*

64. *De Litteris Butyricis Specimen Anti-Pontificium. Lubecæ 1706. in-4°.* On ne devineroit pas d'abord qu'il s'agit ici des permissions de manger du beurre en Carême.

65. *Princeps Commentator Biblicus. Lubecæ 1706. in-4°.*

66. *De officio Liberorum erga Parentes. Lubecæ 1706. in-4°.*

67. *Parallelismus Judæ proditoris & Romanæ Ecclesiæ. Lubecæ 1706. in-4°.*

68. *Quantum Moniales debeant Lu-*   G. H.
thero? Lubecæ 1707. *in*-4°.   GOETZE.

69. *An Maria filium Dei pariens,*
obftetricis opera fuerit ufa. Lubecæ
1707. *in*-4°.

70. *Acta Huberiana. Lubecæ* 1707.
in-4°.

71. *De Domefticis Lutheri fingula-*
ria. Lubecæ 1707. *in*-4°.

72. *Meletemata Annæbergenfia varii*
argumenti, conjunctim nunc edita. Lu-
becæ 1709. *in*-12. *trois volumes.* Ce
font vingt Differtations, que *Goetze*
a compofées pendant fon féjour à
Anneberg, à l'exception de la 20.
que j'ai marquée au *N°*. 22. & qu'il
compofa à *Leipfic.*

73. *Diatribe de Rufticis Eruditis.*
Lubecæ 1707. *in*-4°.

74. *Analecta litteraria de Rufticis*
Eruditis. Lubecæ 1704. *in*-4°.

75. *Auctuarium Analectis Litterariis*
de Rufticis Eruditis. Lubecæ 1708. *in*-
4°.

76. *Prælectionum Sacrarum, in Ni-*
colai Hunnii Epitomen credendorum
habitarum, fpecimen. Lubecæ 1708.
in-4°. Cet Effai contient des notes
fur quatre chapitres.

G. H.
GOETZE.
77. *Epistola de Theologis sub auspiciis novorum officiorum demortuis.* Lubecæ 1708. *in-*4°.

78. *Egloga de eadem materia.* Lubecæ 1708. *in-*4°.

79. *De Quatuordecim Opitulatoribus.* Lubecæ 1708. *in-*4°.

80. *De pœnitentia Simsonis Commentatiuncula Sacra.* Lubecæ 1708. *in-*4°.

81. *De Sutoribus eruditis observationes miscellaneæ.* Lubecæ 1708. *in-*4°.

82. *Elogia Germanorum quorumdam Theologorum Sæculi* XVI. & XVII. Lubecæ 1708. *in-*8°. On voit ici les Eloges de dix personnes fort peu connues à notre égard. *Goetze* y a ajouté deux dissertations, l'une de *Michel Siricius* soutenue à *Rostock* sous ce titre : *Andreas Bodenstein Carolostadius à puriore Ecclesia devius* ; l'autre de *Josué Arndius*, composée en 1651. à *Wirtemberg*, *de erroribus Claudii Salmasii in Theologia.*

83. *Elogia Philologorum quorumdam Hebræorum.* Lubecæ 1708. *in-*8°. Il y a encore dans ce Recueil dix Eloges. La plûpart de ceux dont il y est parlé, sont plus connus que ceux du volume precedent.

84. *Elogia præcocium quorumdam* G. H.
Eruditorum, aliorumque virorum Doc- GOETZE.
torum. Lubecæ 1708. *in-*8°. Ce nouveau Recueil contient dix autres
Eloges.

85. *Elogia Germanorum quorumdam
Theologorum. Lubecæ* 1709. *in-*4°. On
trouve dans ce Recueil les vies de
80 Theologiens Lutheriens.

86. *Theologus Semi-Secularis. Lubecæ* 1709. *in-*4°.

87. *De Alecteromachia, in Lyceo
Lubecenfi die* 16 *Octobris* 1708. *infti-
tuta differtatio. Lubecæ* 1709. *in-*4°.
Cet Ouvrage traite des Combats de
Coqs.

88. *De viris doctis Lucæ infignitis
nomine Oratiuncula Scholaftica. Lubecæ* 1709. *in-*4°.

89. *Selecta ex Hiftoria Litteraria.
Lubecæ* 1709. *in-*4°. Les titres des cinq
Chapitres de cette Differtation font
1°. *De Mercatoribus Eruditis.* 2°. *De
Rufticis Eruditis.* 3°. *De Sutoribus E-
ruditis.* 4°. *De Sartoribus Eruditis.* 5°.
*De viris eruditis ab opificiis ad Litte-
rarum ftudia revocatis.*

90. *Ex Hiftoria Litteraria, fpecimen Catechifmi Hiftorialis. Lubecæ*
1710. *in-*4°.

G. H.   91. *Elogium Batto-Medlerianum,*
GOETZE. *exponens Vitas Jacobi Batti, Ecclesiæ*
Rigensis superintendentis, & Nicolai
Medleri, Ecclesiæ Brunoricensis Præ-
sulis. Lubecæ 1710. *in-*4°.

92. *De Theologia Elizabethæ, Lucæ*
I. 41-45. *Lubecæ* 1710. *in-*4°.

93. *Suspirium Publicani, Lucæ*
XVIII. 13. *Lubecæ* 1710. *in-*4°.

94. *De cultu sanctorum pestem de-*
pellentium. Lubecæ 1711. *in-*4°.

95. *Puer decennis, seu Eruditus in*
primo decennio vitæ suæ memorandis
fatis obnoxius. Lubecæ 1711. *in-*4°.

96. *Disquisitio sacra. Num Mori-*
bundus quarta petitione Orationis Do-
minicæ uti possit. Lubecæ 1711. *&*
1717. *in-*4°.

97. *Museum Eruditi variis memora-*
bilibus conspicuum. Lubecæ 1712. *in-*4°.

98. *De Monica Matre Augustini.*
Lubecæ 1712. *in-*4°.

99. *De Baptismo Campanarum. Lu-*
becæ 1712. *in-*4°.

100. *Num Pharao opera Josephi ad*
veram Ecclesiam perductus fuerit. Lu-
becæ 1712. *in-*4°.

101. *Theologia Latronis, Lucæ* XXIII.
42. *Lubecæ* 1712. *in-*4°.

102.

102. *Theoremata de liberalitate vi-*
duarum. Lubecæ 1712. *in*-4°.

103. *Exercitatio in illud Lutheri:*
Peſtis eram vivus &c. Lubecæ 1712.
in-4°.

104. *Diſſertatio Theologica de cultu*
Judæ Proditoris. Lubecæ 1713. *in*-4°.

105. *De Valerii Herbergeri, Theolo-*
gi piiſſimi, notiſſimique Symbolis in Lyceo
Lubecenſi die 17 *Octobris anni* 1713.
habita Oratio. Lubecæ 1713. *in*-4°.

106. *Miſcellanea Hiſtorico-Theolo-*
gica de Conjugio Eruditorum. Lubecæ
1714. *in*-4°.

107. *De Reliquiis Magorum conver-*
ſorum. Lubecæ 1714. *in*-4°.

108. *De fide Magorum. Lubecæ*
1714. *in*-4°.

109. *De Autore fidei Magorum.*
Lubecæ 1714. *in*-4°.

110. *Objectum fidei Magorum. Lu-*
becæ 1714. *in*-4°.

111. *Effectus fidei Magorum. Lube-*
cæ 1715. *in*-4°.

112. *Diſſertatio Hiſtorico-Litteraria*
de Eruditis, qui vel aquis perierunt,
vel divinitus liberati fuerunt. Lubecæ
1715. *in*-4°.

113. *Symbolum Emanuelis Sebaſtia-*
Tome XXIII.   C

G. H.
GOETZE.

ni Harderi, Verbi Dei Ministri apud Lubecenses: Oratiuncula Scholastica. Lubecæ 1715. in-4°. Cette devise est: *Erigit servator humiles.*

114. *De Cæcis Eruditis. Lubecæ 1715. in-4°.*

115. *De Beneficiis, Oeconomiis B. Lutheri Ministerio exhibitis. Lubecæ 1715. in-4°.*

116. *De Mensis Pontificiorum Venenatis. Lubecæ 1715. in-4°.*

117. *De Benedictione Papæ. Lubecæ 1715. in-4°.*

118. *Ecloga Historico-Litteraria de Peregrinationibus, Eruditionis Orientalis colligenda causa, susceptis. Lubecæ 1716. in-4°.*

119. *Ecloga Theologica de Concionibus Sacerdotum Calamo exceptis. Lubecæ 1716. in-4°.*

120. *Ecloga de Conviviis Eruditorum. Lubecæ 1716. in-4°.*

121. *Historia Magorum, Matth. II. 1-12. Lubecæ 1716. in-4°.*

122. *Dogmata Theologica ex Historia Magorum Christum adorantium. Lubecæ 1716. in-4°.*

123. *Dissertatio Theologica in salutem Moribundorum, Jesus-Maria in-*

gemiſcentium, inquirens. Lubecæ 1717. *in*-4°. G. H. GOETZE.

124. *Ecloga Anti-Pontificia, Mariam matrem Fidelium haud dicendam eſſe ex Joan.* XIX. 26. 27. *probans. Lubecæ* 1717. *in*-4°.

125. *Diſſertatio Theologica de Moribundis Evangelico-Lutheranis, inſidiis Pontificiorum obnoxiis. Lubecæ* 1717. *in*-4°.

126. *Diſquiſitio num flexis genibus ſtudiis incumbere liceat ? Lubecæ* 1717. *in*-4°.

127. *Diſſertatio de Peregrinationibus periculoſis ob Doctrinæ Evangelicæ hoſtes. Lubecæ* 1717. *in*-4°.

128. *Bibliotheca Anti-Pontificia Presbyterii Lubecenſis, Juventutis Scholaſticæ commodis ſacrata, commodataque. Lubecæ* 1717. *in*-4°.

129. *Bibliothecæ Anti-Pontificiæ Clarorum Lubecenſium ſpecimen. Lubecæ* 1717. *in*-4°.

130. *Bibliothecæ Lutheranæ, ſcriptores quoſdam Apologeticos, Lutheri doctrinam & vitam vindicantes, complectentis, ſpecimen. Lubecæ* 1717. *in*-4°.

131. *Miracula Catechiſmi Lutheri.*

C ij

G. H.
GOETZE.

(en Allemand) *Lubecæ* 1717. *in*-4°.

132. *De Salute Lutheri. Lubecæ* 1718. *in*-4°.

133. *De Præceptoribus Lutheri Commentatio. Lubecæ* 1718. *in*-4°.

134. *Ecloga Theologica de moribundi Lutheri colloquio, in ultima cœna habito. Lubecæ* 1718. *in*-4°.

135. *Exercitatio Theologica de gradibus gloriæ in vita æterna Luthero afferendis. Lubecæ* 1718. *in*-4°.

136. *De* Ισαγγελία *Lutheri. Lubecæ* 1718. *in*-4°.

137. *Vindiciæ Catechismi Lutheri adversus Laurentium Surium. Lubecæ* 1718. *in*-4°.

138. *Diatribe Theologica de Pictura Electoris Saxoniæ & Martini Lutheri, coram imagine Crucifixi procumbentium. Lubecæ* 1718. *in*-4°.

139. *Dissertationes, Oraculum Lutheri : Fleissig gebetet, ist uber die Helffte Studiret, ac Præsagium Lutheri de Johanne Stromero, Antecessore Academiæ Jenensis editum, illustrantes. Lubecæ* 1718. *in*-4°.

140. *De Evangelii Ministris à Martino Luthero ordinatis. Lubecæ* 1718. *in*-4°.

141. *Propoſitiones varii argumenti* G. H. *Hiſtoriam Lutheri illuſtrantes. Lubecæ* GOETZE. 1718. *in-*4°.

142. *Cabinet Hiſtorique de Medailles, contenant les Medailles qui ont été frappées pour la fête du Jubilé Lutherien celebré le* 17 *Octobre* 1717. (en Allemand) *Lubec* 1718. *in-*4°.

143. *Miſcellanea Theologica ex Hiſtoria Vitæ, actorumque Martini Lutheri. Lubecæ* 1719. *in-*4°.

144. *De Inſidiis Pontificiorum Juventuti Scholaſticæ ſtrui ſolitis Oratio Scholaſtica. Lubecæ* 1719. *in-*4°.

145. *De Scholarum incrementis. Lubecæ* 1719. *in-*4°.

146. *De Paupertate Martini Lutheri. Lubecæ* 1719. *in-*4°.

147. *De Veſtimentis Monachorum. Lubecæ* 1719. *in-*4°.

148. *De Lutheraniſmo Beghinarum. Lubecæ* 1719. *in-*4°.

149. *Num Hier. Drexelii ſcripta Oraculorum divinorum inſtar haberi debeant. Lubecæ* 1720. *in-*4°.

150. *De Litterarum Sacrarum Cultoribus contemptim Schwartzmantel, & Catechiſmus-Knechte vocatis, Diſſertatio. Lubecæ* 1720. *in-*4°.

C iij

G. H.
GOETZE.

151. *Oratio Scholastica de Hymnis & Hymnopœis Lubecensibus, continuo Autorum Syllabo, Hymnos passim notos, illosque ab iis, quos vel Lubeca tulit, vel publice docentes audivit, confectos, sistentem. Lubecæ 1721. in-8°.*

152. *Philippi Saltzmanni, Theologi Cizensis, Vita ac merita in scripta Lutheri, nec non Memoria Erasmi Gruberi, Præsulis Ecclesiarum Ratisbonensium, de scriptis Lutheri præclare meriti, gemino Sermone Scholastico, in Lyceo Lubecensi die 5 Aprilis & die 18 Octobris An. 1718. habito, instaurata. Lubecæ 1721. in-8°.*

Ce sont là tous les Ouvrages de *Goetze*, que j'ai pu découvrir; il doit en avoir fait encore plusieurs autres, qui ne sont point venus à ma connoissance.

V. *Nova Litteraria Maris Balthici* 1702. p. 205. *Athenæ Lubecenses* tom. I. p. 27. & tom. 4. p. 562. & 583. *Historia Bibliothecæ Fabricianæ.* tom. 6. p. 84. *Bibliotheque Germanique* tom. 15. p. 210.

ADAM LITTLETON.

ADAM *Littleton* naquit dans le A. Lit-
Comté de *Worcester* en Angle- ᴛʟᴇᴛᴏɴ.
terre où son pere étoit Ministre. Sa
famille, qui étoit noble & ancienne, avoit porté autrefois le nom de
Westcot, qu'il a pris dans un de ses
Ouvrages dont je parlerai plus bas.

Ayant été admis au College du
corps de Christ à *Oxford* l'an 1647.
il en fut chassé l'année suivante par
les Visiteurs que le long Parlement
avoit établis pour la recherche de
ceux qui n'étoient pas affectionnés
au parti Républicain.

Il enseigna depuis les Belles-Lettres dans l'Ecole de *Westminster*, &
ailleurs. Au commencement de l'an
1658. il fut fait second Maître de
cette Ecole, & après le rétablisse-
ment du Roy *Charles II.* il enseigna
à *Chelsea* dans le Comté de *Middlesex*, & fut nommé Recteur de l'E-
glise de ce lieu.

Il devint depuis Chapelain du
Roy, & Prebendier, & ensuite Sous-
C iiij

A. LIT-
TLETON.
Doyen de *Westminster.* Il s'étoit fait recevoir Docteur en Theologie à *Oxford* l'an 1670.

Il mourut vers le 1 Juillet 1694. & fut enterré dans l'Eglise de *Chelsea.*

Catalogue de ses Ouvrages.

I. *Tragi-Comœdia Oxoniensis.* 1648. *in-*4°. C'est un Poeme Latin sur la conduite des Visiteurs établis par le Parlement. Il passe communement pour être de *Littleton;* cependant *Thomas Barlow* a souvent dit qu'il étoit de *Jean Carrick,* Etudiant du College du Corps de Christ, dont il a mis le nom à la tête de l'exemplaire qu'il avoit.

2. *Pasor Metricus, sive voces omnes Novi Testamenti primigeniæ Hexametris versibus comprehensa.* Londini 1658. *in-*4°. En Grec & en Latin.

3. *Diatriba in octo Tractatus distributa, in qua agitur de flectendi, derivandi, & componendi ratione.* A la suite de l'Ouvrage précedent.

4. *Elementa Religionis, sive quatuor Capita Catechetica totidem linguis descripta, in usum Scholarum.* Londini 1658. *in-*8°.

5. *Complicatio Radicum in primæva* A. LIT-
Hebræorum lingua. Avec l'Ouvrage TLETON.
précedent.

6. *La porte de Salomon , ou Entrée
dans l'Eglife , contenant une explication familiere des fondemens de la Religion* (en Anglois) *Londres* 1662.
in-8°. C'eft un Catechifme.

7. *Linguæ Latinæ liber Dictionarius
quadripartitus. Londini* 1678. *in-4°.*
It. *auctior. Ibid.* 1685. *in-4°.*

8. *Soixante-un Sermons, prêchés en*
differentes occafions (en Anglois) *Londres* 1680. *in-fol.* Cinq de ces Sermons avoient déja été imprimés fe-
parément.

9. *Sermon prononcé dans une Affemblée des habitans de la Ville & du Comté de Worcefter faite dans l'Eglife de
Sainte-Marie le Bow le 24 Juillet
1680. Londres* 1680. *in-4°.*

10. *Preface des Oeuvres de Ciceron.*
Dans une édition faite à *Londres*
en 1681. en deux vol. *in-fol.*

11. Il a traduit du Latin en Anglois un Ouvrage de *Jean Selden ,*
intitulé : *Jani Anglorum facies altera,*
& y a ajouté quelques notes. Sa traduction a été imprimée à *Londres* en

E. LIT- 1683. *in-fol.* avec quelques autres
TLETON. Ouvrages de Selden, fous le nom
de *Redman Westcot.*

12. Il a auffi traduit du Grec en
Anglois la vie de *Themistocle* par *Plutarque*, & fa traduction fe trouve
dans le premier volume des Vies de
Plutarque en Anglois. *Londres* 1683.
in-8°.

13. *Differtatio Epistolaris de Jura-
mento Medicorum. Londini* 1693. *in-
4°.*

V. *Athenæ Oxonienfes.* Tom. 2. p.
915.

UBBO EMMIUS.

U. EM- **U**BBO *Emmius* naquit à *Gretha*,
MIUS. village de l'Oostfrife, ou de
la Frife Orientale le 5 Decembre
1547. d'*Emmo Diken*, Ministre de
ce lieu, qui avoit été difciple de
Luther & de *Melanchton*, & d'*Elife
Tiarda*, fille d'*Egbert Tiarda*, qui
avoit été trente ans de fuite Bourg-
Meftre de *Norden*.

On l'envoya à l'âge de neuf ans
à *Emden*, pour y faire fes études,

& il demeura en ce lieu près de neuf
années, c'est-à-dire jusqu'en 1565.
Il n'en sortit que pour aller à *Brême*
profiter des leçons du celebre *Jean
Molanus.*

De retour en sa patrie, il ne passa pas tout d'un coup aux Academies, mais on le fit demeurer quelque temps à *Norden*, où le College
se rétablissoit alors, afin de lui donner le temps de se perfectionner
dans ce qu'il avoit appris.

En 1570. son pere le voyant en-
tré dans sa 24e année & d'un esprit
mûr, crut qu'il étoit temps qu'il
visitât les Academies, & l'envoya à
celle de *Rostock*, qui étoit très-flo-
rissante. Il y écouta les leçons de
David Chytrée, Theologien & Histo-
rien celebre, & d'*Henri Bruceus*,
habile Mathematicien & Medecin,
pendant deux ans; au bout desquels
il songea à voyager & à passer en
France.

Il se disposoit à le faire, lorsqu'il
reçut la nouvelle de la mort de son
pere, qui l'obligea de retourner en
Frise. L'affliction de sa mere, que sa
présence pouvoit seule adoucir,

U. Em-
mius.

U. EM-
MIUS.

l'engagea à renoncer à son voyage de France, & il demeura trois ans de suite auprès d'elle.

Voyant ensuite que le temps l'avoit consolée, il s'en alla à *Geneve* en 1576. & y passa deux ans, pendant lesquels il écouta avec assiduité les leçons de *Theodore de Beze*, de *Lambert Daneau*, de *François Portus*, & d'autres, & prit par-là du goût pour les sentimens des Calvinistes; ce qui lui procura dans la suite quelques chagrins.

Lorsqu'il fut de retour dans son pays, il eut à choisir entre deux emplois celui de Ministre, & celui de Recteur de College.

Son inclination le portoit au Ministere; mais comme il étoit naturellement si timide, qu'il n'osoit presque pas parler en compagnie, il crut que cet état ne lui convenoit point, & il y renonça.

Il s'engagea donc au Rectorat de l'Ecole de *Norden*, dont il prit possession vers la fête de Pâques de l'an 1579.

Il se maria au mois d'Avril 1581. & épousa *Theda Tjabber*, d'une bon-

ne famille de *Norden*, dont il eut U. Em-
l'année suivante un fils, qui mou- mius.
rut à *Groningue* âgé de 19 ans, &
que son bon naturel fit beaucoup re-
gretter par son pere. Cette femme
ayant été attaquée de la peste, qui
regnoit dans le pays, mourut en ac-
couchant pour la seconde fois, avec
son enfant le 16 Octobre 1583. âgée
de 24 ans.

Trois ans après *Emmius* se remaria
à *Marguerite de Bergen*, fille d'un
bourgeois d'*Emden*, qui lui survêcut, avec un fils, nommé *Wesselus
Emmius*, que son pere vit Ministre
à *Groningue* avant que de mourir,
& une fille.

Emmius fit fleurir extrémement
l'Ecole de *Norden*; mais il n'en con-
serva le Rectorat que jusqu'à l'an
1587. qu'on le lui ôta, parce qu'il
ne voulut pas souscrire à la Confes-
sion d'*Augsbourg*, & que les Lutheriens dominoient dans ce lieu.

Il ne demeura cependant pas
longtemps sans emploi. Il fut appellé l'année suivante 1588. à *Leer*
dans le même Pays d'*Oostfrise* pour
un poste semblable à celui qu'on lui
venoit d'ôter.

Il donna alors un si grand lustre à l'Ecole de *Leer*, qu'elle surpassa celle de *Norden*, où les Lutheriens ne purent jamais reparer le déchet où elle tomba par la destitution d'*Emmius*.

Ils avoient aussi chassé de *Gronin-gue* plusieurs personnes, qui étoient dans les sentimens de *Calvin*. La conformité de fortune fit que ceux d'entre ces exilés, qui se retirerent à *Leer*, lierent une amitié très-étroi-te avec *Emmius*; & cela fut cause que lorsque la ville de *Groningue* s'associa avec les Provinces-Unies, & qu'elle songea à rétablir son Col-lege, il fut recommandé par tant de personnes, qu'on jetta les yeux sur lui pour lui en donner la con-duite, & qu'on lui adressa une vo-cation pour cela, en lui accordant le pouvoir de faire les Reglemens, & d'établir les Maîtres qu'il juge-roit à propos.

Il prit possession de cet employ l'an 1594. à l'âge de 47 ans, & l'e-xerça près de vingt années conse-cutives, au bien & à l'avantage de la jeunesse, que l'on envoyoit en foule de toutes parts à cette Ecole. U. EM-

Pendant ce temps il fut follicité MIUS.
par les villes de *Dordrecht* & de *Leu-*
warde d'accepter un emploi fem-
blable avec des appointemens plus
confiderables, & celle d'*Emden* lui
en offrit un autre plus lucratif. Mais
comme il n'étoit point intereffé, il
les remercia de leurs offres, & dé-
meura toujours attaché à fon Ecole
de *Groningue*.

Les Magiftrats de cette ville ayant
erigé en 1614. leur Ecole en Academie, donnerent à *Emmius* une chaire
de Profeffeur en Hiftoire & en Langue Gréque,& le choifirent pour premier Recteur de cette Academie.

Il en fut un des plus beaux ornemens par fes favantes leçons, qu'il
fit toujours avec exactitude jufqu'à
ce que les infirmités de la vieilleffe
le contraignirent de ne plus paroître en public.

Il ne devint pas inutile pour cela,
ni à la République des Lettres,
ni à l'Academie de *Groningue*; il
continua à compofer differens Ouvrages, & à aider de fes fages confeils le Senat Academique dans tou-

tes les affaires de conséquence. Car c'étoit un homme dont l'érudition ne faisoit pas tout le merite ; il savoit aussi donner des conseils aux Princes mêmes. *Guillaume Louis* Comte de *Nassau*, Gouverneur de la Province de Frise & de celle de *Groningue* connoissoit son habileté en ce genre, puisqu'il le consultoit souvent dans des affaires importantes, & qu'il se conformoit presque toujours à ses avis.

Il mourut à *Groningue* le 9 Decembre 1625. au commencement de sa 79e année.

Les Magistrats firent mettre son portrait dans la maison de ville, & *Henri Alting* lui dressa cette Epitaphe, qui a été gravée sur son tombeau.

Immortali Memoriæ Clariss. & pientiss. senis, Ubbonis Emmii, Frisii Grethani : primi Academ. Groning. Rectoris, Theologi Sinceri, Philologi eximii, Historici absoluti, Viri prudentiæ singularis, qui per omnem vitam suâ sorte contentus, labore indefesso, de Ecclesia ac Republ. patria quam optime meritus, vere pia demum ac pla-
cidiss

cidiff. morte defunctus, heic corpore U. EM-
quiefcit. MIUS.

Margareta à Bergen, vidua, &
liberi fuperftites, Mœrentes H. M. P.

Vixit in terris an. 78. *dies* 4. *Abiit*
in Cœlos an. Chriftiano 1625. *die* 9
Decembris Jul.

Catalogue de fes Ouvrages.

1. *Opus Chronologicum novum, com-*
plectens Rerum Chronologicarum libros
v. *Canones Chronicos, & Chronolo-*
giam Romanam. Groningæ 1619. *in-fol.*
Cette chronique eft fort fuccincte;
ce font même plutôt des Tables
Chronologiques fort nues & fort
féches, qu'une Hiftoire ou une
Chronique. Elle eft peu lûe aujour-
d'hui, & peut-être ne l'a-telle pas
été beaucoup en fon temps. On
trouve à la tête de l'Ouvrage des
difcuffions Chronologiques, qui ne
font pas à negliger. (*L'Abbé Lenglet,*
Methode pour l'Hiftoire.)

2. *Appendix Genealogica, illuftran-*
do operi Chronologico adjecta. Gronin-
gæ 1620. *in-fol.* Ce font des Tables
difpofées d'une maniere fort nette.

3. *Vetus Græcia illuftrata, com-*
plectens defcriptionem Græciæ, res geftas

Tome XXIII. D

U. Em-
MIUS.

Græcorum, *statum Rerumpublicarum*
Græcarum. Lugd. Bat. Elzevir 1626.
in-8°. 3 *vol. Emmius*, qui vit com-
mencer ou peut-être finir cette édition, mit par écrit le 6 Decembre
1625. trois jours avant sa mort ce
qu'il en pensoit. L'Imprimeur, dit-
il, a fait deux fautes. 1ᶜ. Il a mis
mon Ouvrage *in-8°*. contre la pro-
messe qu'il m'avoit faite de l'imprimer *in-fol*. & a rendu ainsi inutiles des tables Chorographiques que
j'avois dressées avec beaucoup de
soin en cette forme, pour y être inserées, & dont le livre a indispen-
sablement besoin. 2ᵉ. Il a fait traîner
si fort en longueur l'impression,
que le chagrin qui m'est survenu
par la mort de mon fils *Egbert*, &
ensuite mes infirmités m'ont empêché de travailler à une ample préface
que j'avois dessein de composer lorsque le livre seroit prêt à paroître;
& dans laquelle j'aurois fait une com-
paraison entre les anciennes Républiques Gréques, & celles d'à present, montrant ce qu'il y a de bon
& de mauvais dans les unes & les
autres. L'Ouvrage d'*Emmius* a été

inſeré dans les Antiquités Gréques. U. Em-
de *Gronovius* tom. 4e. p. 85. avec des MSS.
additions anecdotes de ſa façon. Le
troiſiéme tome, qui contient l'Etat
des principales Républiques de la
Grece, a été imprimé ſeparément
l'an 1632. à *Leyde* chez *Elzevir* en
deux volumes *in-*24. pour être joint
au corps des petites Républiques.
L'Ouvrage en lui-même eſt eſtimé.

4. *De Origine & Antiquitate Fri-*
ſiorum, contra Suffridum Petri, &
Bernardum Furmerium. Groningæ 1603.
*in-*8°. It. Avec l'hiſtoire de Friſe de
l'Edition de 1616.

5. *De Agro Friſiæ inter Amaſum*
& Lavicam flumina, deque urbe Gro-
ninga in agro eodem, & de jure utriuſ-
que. Groningæ 1605. *in-*8°.

6. *Rerum Friſicarum Hiſtoriæ decas*
prima. Franekeræ 1596. *in-*8°. *Decas*
ſecunda. Ibid. 1598. *in-*8°. *Decas*
tertia. Ibid. 1599. *in-*8°. *Decas quar-*
ta. Arnhemii 1604. *in* 8°. *Decas quin-*
ta. Groningæ 1607. *in-*8°. *Decas ſexta.*
Lugduni Bat. 1616. *in-*8°. Toutes
ces decades ont été enſuite réunies &
imprimées enſemble. *Editio auctior,*
cui accedunt ejuſdem de Friſia & Fri-

D ij

U. Em-*siorum Republica, deque Civitatibus,*
MIUS.   *Foris, & Vicis inter Flevum & Vi-*
surgim flumina libri aliquot, cum Ta-
bulis æneis, nec non de Origine Frisio-
rum veritatis assertio contra Suffridum
Petri & Bern. Furmerium. Lugd. Bat.
Elzevir 1616. *in-fol. Decas septima &*
ultima. Lugd. Bat. 1617. *in-8°.* Cette
histoire est estimée. *Emmius* ne s'y
est point entêté de son pays, il y a
au contraire refuté fortement les fables que les Historiens de Frise, qui
l'avoient precedé, avoient débitées
sur les Antiquités de leur Nation;
ce qui deplut à plusieurs personnes,
& lui attira quelques Critiques.

7. *Guillelmus - Ludovicus Comes*
Nassovius, seu de vita, gestis, & mor-
te hujusce Comitis, Gubernatoris Frisiæ,
Hollandiæ &c. cum Schemate Genealo-
gico domus Nassoviæ. Groningæ 1621.
*in-*4°. Cet Ouvrage est une marque
de sa reconnoissance envers ce Prince, qui, comme on l'a dit ci-dessus,
avoit beaucoup de confiance en lui.

8. *Natales Academiæ, Ill. ac Po-*
tentum Groningæ & Omlandiæ ordinum
auspiciis erecta, in urbe Groningæ,
prout stylo V. C. Ubbonis Emmii, pri-

mi ejufdem *Rectoris, re recenti accu-*   U. Em-

rate confignati & defcripti, in archi- mius.

vis Academicis inveniuntur. A la tête

du livre intitulé : *Effigies & vitæ*

Profefforum Academiæ Groningæ, &

Omlandiæ. Groningæ 1654. *in-fol.*

9. *Vita & Sacra Eleufina Davidis*

Georgii qui monftra pudenda, errorum

aut furorum veterum à fe recocta mun-

do propinavit ex libris ejus myfticis

eruta. Je ne connois point cet Ou-

vrage, dont le titre eft ainfi rap-

porté par *Freher,* non plus que le

fuivant.

10. *Refponfio ad confutationem D.*

Danielis Hoffmanni quam contra dif-

putationes fuas oppofuit. Herbornæ 1591.

*in-*8°.

Il travailloit lorfqu'il mourut, à

l'Hiftoire de *Philippe* Roi de Mace-

doine ; & fon deffein étoit d'y mon-

trer pour l'ufage des Provinces unies,

par quels moyens ce Prince avoit

opprimé la liberté de la Gréce. Il

avoit déja conduit cette hiftoire

jufqu'à la 15e année du Regne de ce

Monarque.

On trouve dans fa vie l'Epitaphe

qu'il fit à un de fes fils mort à Or-

U. Em-
MIUS.
leans, & qu'il est à propos de rapporter ici. La voici

D. O. M. S.

*Memoriæ carissimi filii sui Egberti
Emmii, juvenis optimi, modestissimi,
suorum, quibus obsequium debebat,
observantissimi, & ad eorumdem volun-
tatem sequendam paratissimi, tum pietate singulari in Deum, probitate in
homines eximii, vitæ apprime frugi,
sobriæ, castæ, literarum bonarum &
Jurisprudentiæ Studiosi, nati Groningæ
Frisior. anno Æræ Christianæ 1596.
die Novemb. Jul. 26. profecti hinc in
Galliam anno æra ejusdem 1624. mense
Junio, atque ibi apud Aurelianos,
procul à suis, evocante Christo serva-
tore, ex hac vita subducti anno proxi-
mo (1625.) die 25 Julii exeunte, cum
vixisset in hoc mundo annos 28 menses
8. fere, relicto suis ingenti sui deside-
rio, parens mœstissimus, Ubbo Emmius, ad levandum dolorem suum hoc
Epitaphium typis excudi ac vulgari
curavit.*

 V. *Son Eloge* par un de ses amis
dans la 5ᵉ *Decade* des *Memoriæ Phi-*

lofophorum &c. Henningi Witten p. U. Em-
31. *Vitæ Profefforum Academiæ Gro-* MIUS.
ningæ. p. 39. *Freher Theatrum Viro-*
rum Doctorum. p. 1520. *Sweertii A-*
thenæ Belgicæ. Valerii Andreæ Biblio-
theca Belgica. Bayle , Dictionnaire.

OLIVIER MAILLARD.

OLIVIER *Maillard* étoit Bre- O. MAIL-
ton , mais on ne fait dans quel LARD.
lieu de la Bretagne, ni en quelle
année il vint au monde.

Il fe confacra de bonne heure au
fervice de Dieu , en entrant dans
l'ordre des freres Mineurs Conven-
tuels , d'où le defir d'une plus grande perfection le fit dans la fuite paffer dans celui des Obfervantins.

L'Auteur des *Effais de Litterature*
met après *la Croix du Maine* ce changement en 1500. c'eft-à-dire deux
ans avant fa mort; mais il doit avoir
precedé de beaucoup cette année,
puifque *Maillard* avoit déja paffé
alors plufieurs fois par les principales charges de cet Ordre.

En effet il en fut trois fois Com-

O. MAIL-miſſaire ou Vicaire General, en 1487.
LARD.   en 1493. & en 1499.

Si l'on en croit *Artur du Mon-ſtier*, il fut chargé par le Pape *Innocent VIII.* de negocier pluſieurs affaires importantes à la Cour de *Charles VIII.* Roi de France.

Arnoul du Ferron aſſure dans ſes Additions à l'Hiſtoire de France de *Paul Emile*, auſſi bien que quelques autres Hiſtoriens, que ce fut lui qui engagea le Roy *Charles VIII.* dont il étoit Confeſſeur, à rendre le Rouſſillon à *Ferdinand*, Roy d'Arragon, & qu'il abuſa de la confiance de ce Prince, en faveur d'une groſſe ſomme d'argent qu'il avoit reçue de *Ferdinand*. Une accuſation ſemblable étoit trop oppoſée à la Sainteté que *du Monſtier* attribue à *Maillard*, pour qu'il ne la rejettât pas. Il ſe contente cependant de nier le fait, ſans s'embaraſſer de le refuter.

Quoi qu'il en ſoit, on ne peut nier que *Maillard* ne témoignât un grand zele pour la converſion des mœurs du peuple de ſon temps. Il en reprenoit les vices avec une hardieſſe ſurprenante ; ſes Sermons
étoient

étoient remplis de traits vifs & ani- O. MAIL-
més ; il n'y ménageoit perſonne, LARD.
& deſignoit ſi bien, dans les por-
traits des pécheurs, ceux qu'il avoit
en vûe, qu'on ne s'y trompoit jamais. Cette conduite lui attira quelquefois des reproches ; mais l'amour
de la verité, ſelon ſes Panegyriſtes,
ou peut-être ſon caractere hardi &
impetueux, l'emportoit toujours en
lui ; & on a été ſouvent effrayé pour
lui de la liberté avec laquelle il at-
taquoit toutes ſortes d'états & de
conditions dans ſes Sermons.

On dit que prêchant un jour à
Toulouſe devant le Parlement, il fit
une peinture ſi vive & ſi forte d'un
mauvais Juge, & en fit une application ſi ſenſible à pluſieurs Officiers
de cette compagnie, qu'il fut mis
en deliberation de le faire arrêter.
Après bien des reſolutions differentes, on convint de s'en remettre au
jugement de l'Archevêque, qui pour
donner quelque ſatisfaction à ceux
de cette Compagnie, qui avoient
été dépeints avec des traits trop reſ-
ſemblans, interdit pour quelque
temps la chaire à *Maillard.*

Tome XXIII. E

Celui-ci reçut cette mortification en esprit de penitence ; il fit même plus ; car de lui-même & sans qu'on le lui eût ordonné, il alla se jetter aux pieds de deux Magistrats qui s'étoient cru offensés, & dans les termes de la satisfaction qu'il leur fit, il en mêla de si touchans, & de si forts sur l'état d'un pécheur endurci, que ce qu'il n'avoit pu obtenir comme Ministre de la parole de Dieu, il l'obtint comme suppliant ; & que ces Magistrats se convertirent d'une maniere éclatante, se défirent de leurs charges, & qu'il y en eut même un qui entra dans un ordre très-austere.

Il vint en 1501. à *Paris* avec cinquante autres Cordeliers de l'Observance, pour introduire la Réforme dans le Couvent de *Paris*. Les Evêques d'*Autun* & de *Castel-a-mar* avoient été nommés par le Cardinal d'*Amboise*, Legat du Pape, pour travailler à cette réforme ; mais les Cordeliers ayant sçu que ces Prélats venoient chez eux pour ce sujet, exposerent aussitôt le Saint Sacrement, & firent de si longues prie-

res , que les Evêques furent obligés O. MAIL-
de s'en retourner, fans avoir pu LARD.
leur parler ; quoiqu'ils leur eussent
ordonné de la part du Roy de mettre fin à leurs chants. Ils convinrent cependant dans la suite de se
soumettre à une réforme, mais pourvû que les Observantins ne s'en mê-
lassent pas ; ce qui leur fut accordé.
Ainsi *Olivier Maillard avec ses Cordeliers fut honteusement mis hors du
dudict Couvent, & hué d'un chacun,*
dit *Jean d'Auton*, qui nous apprend
cette particularité dans son Histoire
de *Louis XII.*

Maillard ne survêcut pas longtemps à cette affaire ; car il mourut
le 13 Juin de l'année suivante 1502.
fête de *S. Antoine de Padoue*, comme *Wadding* le marque dans sa Bibliotheque des Francifcains. Je ne
sai pourquoi *du Monstier* a parlé de
lui feulement au 21 Juillet.

Catalogue de ses Ouvrages.

1. *Sermones de Adventu, declamati
Parisiis in Ecclesia S. Joannis in Gravia anno 1493. Impressi Parisiis 1498.
in-4°. It. Paris. 1511. in-8°.*

2. *Quadragesimale opus declamatum*

E ij

*Parisiorum urbe in Ecclesia S. Joan-
nis in Gravia. Paris.* 1498. *in-*4°. It.
Paris. 1512. *in-*8°. Ces Sermons ou
plutôt ces extraits sont écrits d'un
stile fort grossier. Le Prédicateur y
envoye à tout moment ses Auditeurs à tous les Diables. *Invito vos
ad omnes Diabolos. . . Ad omnes Diabolos talis modus agendi.* Il falloit que
la corruption fût bien publique de
son temps, puisque sa morale roule
le plus souvent sur l'Impureté, qu'il
se sert en cette matiere des expres-
sions les plus crues, & que lorsqu'il
en parle, il s'adresse presque toujours aux Ecclesiastiques. Dans chaque Sermon il agite une question de
Scholastique & de Droit Canon ;
ce qui étoit la Methode de son siecle, comme on le voit par les autres
Prédicateurs ses Contemporains.

 Il paroît qu'il avoit plus de zele
que de Science ; ses Sermons sont
remplis de fables, de traits burles-
ques, & d'Histoires apocryphes. Je
ne sai où il a pris ce qu'il dit dans
le Sermon du Lundi d'après Pasques.
*Christus non portabat gladium, &
tamen ita perfectè scindebat panem,*

quod *non cadebat una mica,* & *hoc* O. MAIL
femper faciebat, quando manducabat LARD.
panem.

Les Indulgences, ou du moins
leurs abus ne lui plaifoient pas. Voici
ce qu'il en dit le Mardy de la pre-
miere femaine de Carême avec fa
vivacité ordinaire.

Suntne hic portatores Bullarum ?
Certe ibi eft magnus abufus, & *miror*
quod Prælati non apponant remedium.
Durandus dicit quod de Indulgentiis
nihil habemus certum in Sacra Scrip-
tura. Legatis Bafilium, Hieronymum,
Auguftinum, nihil dicunt de Indulgen-
tiis. Ita dicunt Doctores moderni, &
afferunt quod materia indulgentiarum
femper fuit dubia. Sed diceret aliqua
mulier : Pater, ego nefcio fi fint bonæ ;
nonne melius eft capere poftquam Epif-
copus mifit ? Credo quod capiunt par-
tem fuam, & *omnes funt fures. Heu !*
funt aliqui Bullatores, qui dicunt quod
fi fcirent quod pater eorum non cœpif-
fet, numquam orarent pro eo. Ad om-
nes Diabolos.

Ajoutons ici quelques morceaux
de fes Sermons qui faffent connoî-
tre fa maniere de traiter les fujets,

& comment il tournoit sa morale.

Le jeudi de la 2ᵉ semaine de Carême.

*Estne pulchrum, quod uxor unius
Advocati qui emit officium suum, &
non habet decem Francos in redditibus,
vadat sicut una Principissa, & quod
talis portet aurum in capite, & in
collo, & in zona. Vos dicitis, quod
hoc est secundum statum vestrum; ad
omnes Diabolos status ille, & tu ipsa.
Et vos, domine Jacobe, absolvitis eas
in tali statu & tam leviter. Dicetis
forte : Maritus noster non dat nobis
tales vestes, sed nos lucramur ad pœ-
nam nostri corporis. Ad triginta mille
Diabolos talis pœna.*

Le Lundi avant le premier Dimanche de l'Avent.

*Ponatis casum, quod sit aliquis Ma-
querellus, qui portat bagam pulchram
ex parte unius Præsidentis, & veniat
ad quinque mulieres, quarum prima
sit Picarda, secunda Pictaviensis, tertia Turonensis, quarta Lugdunensis,
& quinta Parisiensis.*

*1. Venit ad primam in domo sua exi-
stentem, & percutit ad ostium dicendo :
Trac, trac, trac. Et ancilla venit,*

& quærit quis eſt; qui ait : aperiatis O. MAIE mihi, & dicatis Dominæ, quia ſum LARD. ſervus talis Domini, & volo ſibi loqui. *Ancilla venit ad Dominam, & dicit Domina ancillæ, quia nolo ſibi loqui, ideo dic ſibi quod recedat. Iſta mulier prima eſt bona.*

2. *Venit ad oſtium ſecundæ & facit ſicut fecit primæ; ſed ancilla aperit ſibi oſtium, & loquitur Dominæ, quæ dicit : Dicatis Magiſtro veſtro quod non ſum talis, ſeu de illis. Iſta ſecunda eſt bona, ſed non tantum ſicut prima.*

3. *Vadit ad oſtium tertiæ, & dicit ancillæ, ſicut & cæteris, & ingreditur domum, & oſtendit Dominæ bagam, joyau Gallice, & placet mulieri, & dicit : Certe baga veſtra, ſeu Jocale veſtrum eſt pulchrum & mihi placet. Tunc ait ſervus : Eſt veſtra, ſi velitis. Reſpondet mulier : Nolo; dubito enim quod maritus meus videret. Iſta mulier eſt mala, quia dat conſenſum, quamvis nollet facere actum propter diffamationem.*

4. *Vadit ad quartam, quæ dicit ſervo : Baga eſt pulchra, ſed habeo peſſimum maritum; ſi ſciret, deponeret*

mihi nafum ; ideo non faciam. Ifta mulier nihil valet, quia non dimittit peccatum propter Deum, fed propter timorem mariti fui.

5. *Venit ad quintam, quæ retinet Bagam, & dicit fervo : Dicatis Magiftro veftro, quod vir meus vadit mercurii extra, & tunc ibo eum vifitatum. Ifta mulier eft pejor omnium aliarum.*

Le Lundi après le fecond Dimanche de l'Avent.

Tempore Regis Ludovici in una Civitate hujus Regni, erant duo Advocati, qui erant compatres. Unus bonus vir venit ad unum illorum, & dicit fibi : Domine, ego habeo unam caufam in Curia, vos eritis Advocatus meus, fi placet. Refpondit : Libenter. Poft duas horas venit adverfarius fuus, qui erat multum pinguis, & dixit ei : Domine habeo unam caufam contra unum rufticum, rogo, fitis Advocatus meus. Refpondit : Libenter. Quando venit Dieta, primus qui non erat tam dives ficut alius venit ad Advocatum, & dicit ei : Domine hodie debet teneri Dieta, fi placet, refpondebitis pro me. Tunc dixit ipfe : Amice mi, alia vice quando fuifti, nihil tibi locutus fum

O. MALL-
LARD.

propter occupationes diverſas ; ego ta-
men aviſavi de facto tuo. Sed ego non
poſſum eſſe Advocatus tuus , quia ſum
Advocatus partis adverſæ : tamen dabo
tibi probum virum , qui erit Advocatus
tuus , & ſcribam ad eum litteras. Bene ,
dixit iſte , habeo vobis gratias Domine.
Tunc iſte Advocatus ſcripſit litteras in
hunc modum ; Compater mi , venerunt
ad me duo Capones pingues ; ego pin-
guiorem cepi , & alium vobis mitto.
Plumetis à parte veſtra , & ego plu-
mabo alium. Numquid ita facitis , Do-
mini Advocati ?

3. *Sermones Dominicales & alii*
omni tempore prædicabiles , ſimul cum
XVI. *Sermonibus dè peccati ſtipendio.*
Pariſ. 1515. *in-8°.*

4. *Sermones de Sanctis. Pariſ.* 1513.
in-8°.

5. *Le Recolation de la très-piteuſe*
paſſion de nôtre Seigneur, repréſentée par
les Saints & Sacrés myſteres de la Meſ-
ſe ; prêchée devant le grand Maître de
France en ſa ville de Laval. Paris.
Pierre Sergent. in-8°. It. ſous cet autre titre : *Le Myſtere de la Meſſe con-*
forme & correſpondant à la doulou-
reuſe paſſion du nôtre Benoît Sauveur.
Paris. Jean Bonſons in-4°.

O. MAIL-
LARD.

6. *L'Exemplaire de Confeffion avec*
la Confeffion generale. Rouen & Caen
in-4°. fans date. It. Lyon 1524. in-
8°.

7. *Traité envoyé à plufieurs Reli-*
gieufes pour les inftruire & exhorter
à fe bien gouverner. Paris in-8°.

8. *Contemplatio in falutationem An-*
gelicam. Parif. 1607.

V. *Art. du Monftier Martyrologium*
Francifcanum. Luca Waddingi Scrip-
tores ordinis Minorum. Effays de Litte-
rature du mois de Septembre 1702. p.
185. Ludovici Bail fapientia foris præ-
dicans. p. 379. Les Bibliotheques Fran-
çoifes de la Croix du Maine & de Du
Verdier.

ALEXANDRE PICCOLOMINI.

A. Picco-
LOMINI.

ALEXANDRE *Piccolomini* naquit à *Sienne* vers l'an 1508.
d'Ange Piccolomini, & *d'Hippolyte*
Sancti; & fortoit de la même famille qu'*Æneas Sylvius*, qui avoit
été Pape fous le nom de *Pie II.*

Il s'appliqua avec beaucoup d'ardeur à l'étude, & acquit de gran-

des connoiffances, non feulement A. Picco-
dans les langues Latine, Gréque & LOMINI.
Hebraïque; mais encore dans la
Theologie, la Jurifprudence, la
Medecine, la Philofophie & les Ma-
thematiques.

Il étoit cependant encore moins
recommandable par fon favoir &
fon érudition, que par fa vertu :
car fa douceur, fa gravité, fa mo-
deftie, & fa pieté lui gagnoient l'affection de tout le monde, & il avoit
joint à ces qualités une charité fi extraordinaire, qu'il diftribuoit fes
biens aux pauvres avec une liberalité fans exemple, affiftant furtout
les gens de Lettres, qui fe trouvoient
dans la neceffité.

Son merite l'éleva aux dignités
de l'Eglife, au fervice de laquelle
il s'étoit engagé. Il fut d'abord Archevêque de *Patras.* Enfuite il fut
nommé le 28 Juillet 1574. Coadju-
teur de *François Bandini* Archevêque
de *Sienne* ; mais il mourut avant ce
Prélat le 12 Mars 1578. âgé de 70
ans.

Il fut enterré dans la Cathedrale de
Sienne, avec cette Epitaphe.

A. Picco-
lomini.

Alexandro Piccolomineo, Patrarum
Archiepiscopo, Senarum Coadjutori,
cui comitas cum gravitate & morum
sanitate conjuncta, & amorem & ve-
nerationem omnium conciliaverat. In-
credibilis autem in omni laudandarum
artium genere doctrinæ copia, & in
eisdem tradendis perspicuitas, num-
quam morituris ab eo consignata monu-
mentis, summam toto terrarum orbe no-
minis celebritatem compararat.

Joannes Baptista hujus Templi Æ-
dituus, & Deiphœbus Archipresbyter,
fratresque alii posuerunt.

Vixit annos 70. Obiit anno 1578.
Quarto Idus Martii.

Cette Epitaphe a été très-mal copiée dans *Ughelli.*

Il étoit de l'Academie des *Intro-*
nati de *Sienne*, & de celle des *In-*
fiammati de *Padoue.* Il est le premier
qui se soit servi de la langue Italienne, pour écrire sur des matieres Philosophiques. *Imperiali* l'en
blâme, comme d'une chose qui avi-
lissoit les Sciences, & qui ne s'ac-
cordoit pas avec le respect que l'on
doit avoir pour la langue de l'ancienne *Rome*; mais il y a dans ce

qu'il dit ſur ce ſujet plus de préven- A. Picco-
tion, que de raiſon. LOMINI.

Catalogue de ſes Ouvrages.

1. *L'Aleſſandro*, *Comedia*. *In Ve-*
netia 1562. *in-*12. *Piccolomini* s'amu-
ſoit dans ſa jeuneſſe à compoſer des
pieces de Théatre, & on en a imprimé, ſuivant *Ghilini* & *Imperiali,*
ſeulement deux, qui ſont celle-ci
& la ſuivante.

2. *L'Amor Conſtante*, *Comedia.*
In Venetia 1586. *in-*8°. En Proſe
auſſi bien que la précedente.

3. *L'Ortenſio*, *Comedia degli Acca-*
demici Intronati. *In Siena* 1571. *in-*
8°. *Haym* prétend dans ſa *Notizia*
de' libri rari, que cette piece eſt encore de *Piccolomini*, quoique les
Auteurs, que j'ai cités ci-deſſus,
n'en parlent point. Je ne ſai ſur quel
fondement *Teiſſier* lui en a donné
encore une autre intitulée : *La con-*
verſione di ſan Cipriano. Au reſte il
a ſi bien réuſſi dans ſes Comedies,
qu'au jugement de Trajan Boccalini
il tient le premier rang parmi les
Poetes Comiques Italiens.

4. *I Sonetti.* Je ne ſai quand ils
ont été imprimés.

5. *Annotazioni sopra la Poetica d'A-
ristotele con la traduzione del medesi-
mo libro in Lingua volgare. In Venetia
1575. in-4°. Jean Cinelli* dans la seconde partie de sa *Bibliotheca volante*
p. 15. cite ainsi la traduction de la
Poetique d'*Ariftote* par *Piccolomini.
Il libro della Poetica d'Ariftotile tradotto di Greca lingua in Volgare da M.
Al. Piccolomini, con una sua Epistola
a i Lettori del modo del tradurre. Siena
1512. in-4°.* Il faut qu'il y ait faute
dans cette date, puisque Piccolomini n'avoit en 1512. que quatre ans.

6. *I tre libri della Rettorica di Ari-
stotile, tradotti in lingua volgare. In
Venetia 1571. in-4°.*

7. *Paraphrase nel primo libro della
Rettorica d'Ariftotile. In Venetia 1565.
in-4°. Nel secondo libro. Ibid. 1569.
in-4°. Nel terzo libro. Ibid. 1572.
in-4°.*

8. *Le due Orationi d'Ajace & d'U-
lisse. In Venetia 1545. in-8°.* Cette
traduction a paru sous le nom de
lo Stordito, qu'il avoit dans l'Academie des *Intronati* de *Sienne.*

9. *Orazione in lode delle Donne.
In Venetia 1549. in-8°.*

10. *Dialogo dove si ragiona della* A. PICCO-
bella Creanza delle Donne. In Milano LOMINI.
1558. *in-*8°. Cette édition est marquée par *Haym.* It. *In Venetia* 1574.
*in-*12. *pp.* 108. Le nom de *Piccolo-*
mini ne paroît point à la tête de cet
Ouvrage, qui en effet ne s'accorde
guéres avec la gravité & la pieté de
ce Prélat, puisqu'il est rempli de
mauvaises maximes, qui ne peuvent
être que funestes au sexe. C'est apparemment une production de sa jeunesse, dont on a ignoré longtemps
l'Auteur, hors de l'Italie. *Vincent*
Placcius & *Pierre Scavenius* ne savoient guéres ce que c'étoit, lorsqu'ils l'ont attribué ridiculement,
le premier au Pape *Paul V.* & le second à *Pie V.* On y voit un entretien entre une jeune Dame, & une
de ces femmes qui se meslent de
débaucher la jeunesse. Cette femme
veut persuader à la jeune Dame l'a-
vantage qu'il y a de se faire aimer &
d'avoir un Amant, & lui enseigne
la maniere dont elle se doit conduire pour en avoir, & pour lui plaire, les qualités qu'elle doit chercher en lui, & la conduite qu'elle

A. Picco-
LOMINI.

doit tenir à son égard. Comme la jeune Dame lui réprésente qu'en prenant un Amant, elle fait une infidelité à son Mari, l'autre lui répond qu'il n'y a de mal, que lorsque le Mari le sçait, & l'avertit de prendre toutes les mesures necessaires pour le lui cacher, & pour l'empêcher même de le soupçonner. Elle finit en l'exhortant à s'attacher à un jeune homme qu'elle lui fait connoître, & la jeune Dame séduite par ses discours se sépare d'elle dans la résolution de profiter de ses avis. Voilà le precis de cet Ouvrage, qui est extrêmement rare, & qui pouroit l'être encore davantage, sans qu'on y perdît. Il a été traduit en François par *François d'Amboise*, Avocat au Parlement de *Paris*, & depuis Conseiller au Parlement de *Rennes*, qui a publié sa traduction sous le faux nom de *Thierry de Timophile* Gentilhomme Picard, & sous le titre suivant : *Instruction aux jeunes Dames en forme de Dialogue, dans laquelle elles sont apprises comme il se faut bien gouverner en Amour.* Lyon *in-*16. sans date. Mais comme

ce titre pouvoit allarmer la pudeur A. Picco-
du fexe , & éloigner quelques per- lomini.
fonnes de fa lecture, on changea
ainfi le titre dans une autre édition :
Dialogues & Devis des Damoifelles,
pour les rendre vertueufes & bienheu-
reufes en la vraye & parfaite amitié.
Paris. Robert le Maignier 1583. *in-*16.
Le traducteur n'y marque point que
fon livre eft une traduction de *Pic-*
colomini.

11. *Dell' Inftitutione morale libri*
XII. *In Venetia* 1575. *in-*4°. It. en
François : *L'Inftitution Morale d'Al.*
Piccolomini traduite de l'Italien par
Pierre de Larivey. Paris. Abel l'An-
gelier 1581. *in-*4°. Une partie de cet
Ouvrage avoit été traduite auparra-
vant par *A. de Saint-André*, Pari-
fien, & imprimée fous ce titre :
Traité de l'Amitié auquel eft difcouru
de la diftinction ; qui eft entre l'Amour
& l'Amitié; de la caufe ou commence-
ment, & de la définition ou de fes efpeces,
contenant 14 *Chapitres pris du* 9e *livre*
de l'Inftitution d'Alex. Piccolomini. Pa-
ris Nicolas Bonfons 1579. *in-*16. Avec
un *Traité de la Nature d'Amour tra-*
duit de l'Italien de Flaminio Nobili.
Tome XXIII.   E

12. *Dell' Institutione di tutta la vita dell' vomo nato nobile, e in Citta
libera, libri* x. *Dal Sign. Aless. Piccolomini composti per la Instruttione del
Nobil. Alessandro, figlio della Bellis-
sima Madonna Laudomia Forteguerri.
In Venetia* 1543. *in-4°.* It. *In Venetia*
1552. *in-8°.*

13. *Aristotelis Quæstiones mechani-
cæ, cum pleniori Paraphrasi Alex.
Piccolominei. Venetiis* 1565. *in-8°.* It.
en Italien : *Parafrase di Aless. Piccolomini sopra le Meccaniche d'Aristoti-
le, tradotte da Oreste Vannocci. In
Roma* 1582. *in-4°.*

14. *Commentarius de certitudine
Mathematicarum disciplinarum.* A la
suite de l'Ouvrage précedent.

15. *L'Instrumento della Filosofia
Naturale. In Roma* 1551. *in-4°.* It.
In Venetia 1576. *in-4°.*

16. *Filosofia Naturale distinta in due
parti, con un Trattato intitolato : l'Instrumento, e con la terza parte di Por-
zio Piccolomini. In Venetia* 1585. *in-*
4°. Cet Ouvrage avoit déja été imprimé auparavant.

17. *Della grandezza della Terra, e
dell' Acqua. In Venetia* 1558. & 1561.
in-4°.

18. *Delle ſtelle fiſſe libro uno. In* A. Picco-
*Venetia in-*4°. ſans date. Cet Ouvra-LOMINI.
ge & le précedent ont été traduits
en Latin & imprimés à *Baſle* en
1568. *in-*4°.

19. *Delle Theoriche, o vero ſpecu-
lationi de’ i Planeti. In Vinegia* 1563.
*in-*4°.

20. *Della Sfera del Mondo. In Venetia* 1540. *in-*4°. It. *Edizione accre-
ſciuta. In Venetia* 1595. *in-*4°. It. en
François. *La Sphere du Monde d’A-
lex. Piccolomini trad. par* Jacques Goupil Docteur en Medecine. *Paris* 1580.
*in-*8°.

21. *Brevis Tractatus de Iride. Venetiis* 1561. Cet Ouvrage eſt marqué
dans le Catalogue de la Bibliotheque d’*Oxford.*

V. *Joannis Imperialis Muſæum Hi-
ſtoricum p.* 82. *Ghilini Teatro d’Huomini Letterati. Les Eloges de M. de
Thou & les additions de Teiſſier. Thevet vie des Hommes Illuſtres tom.* 8. *p.*
29. *Ughelli Italia ſacra dans le Catalogue des Archevêques de Sienne.*

FRANÇOIS PICCOLOMINI.

**F. PICCO-
LOMINI.**

FRANÇOIS *Piccolomini* naquit à *Sienne* vers l'an 1520. de l'illustre famille de ce nom, dont étoit *Alexandre Piccolomini*, duquel je viens de parler.

Il étudia en Philosophie à *Padoue* sous *Marc-Antoine Zimara*, & eut alors pour Condisciple *Felix Peretti*, qui fut depuis Pape sous le nom de *Sixte V.* & qui se glorifia toute sa vie, si l'on en croit *Imperiali*, de l'avoir eu pour agresseur dans une Thèse publique, & d'avoir pu répondre aux objections d'un Philosophe aussi subtil que lui.

En effet *Piccolomini* fit de si grands progrès dans la Philosophie, qu'on le jugea bientôt capable de l'enseigner lui-même aux autres.

Il professa d'abord la Logique à *Sienne*, & passa ensuite à *Macerata*, où il remplit une Chaire de Philosophie, mais seulement pendant un an ; car ayant été appellé au bout de ce temps-là à *Perouse* pour un em-

ploi ſemblable , il préfera le féjour F. Picco-
de cette derniere ville à celui de LOMINI.
Macerata , & y enſeigna la Philoſophie pendant dix années avec
beaucoup d'applaudiſſement.

En 1560. on lui donna une Chaire
de Profeſſeur extraordinaire en Philoſophie à *Padoue* & quatre ans après,
c'eſt-à-dire en 1564. il y fut fait
Profeſſeur ordinaire en la même Faculté avec de bons appointemens ,
qui furent augmentés à differentes
repriſes juſqu'à la ſomme de mille
écus.

Il remplit ce poſte juſqu'en 1601.
que ſon grand âge l'obligea de renoncer aux fonctions de Profeſſeur , qu'il avoit remplies pendant
53 ans ; 41 à *Padoue* , 10 à *Pe-
rouſe* , un à *Macerata* , & apparemment autant à *Sienne.* Bayle n'a pu
trouver ce nombre ; parce qu'il s'eſt
arrêté au calcul d'*Imperiali* , qui n'a
fait profeſſer *Picculomini* à *Padoue*
que 22 ans , & qui s'eſt trompé en
cela , comme on le peut reconnoî-
tre par les Faſtes de l'Univerſité de
Padoue rapportés par *Tomaſini* , où
l'on voit que *Cæſar Cremonin* monta

F. Picco-en 1601. de la seconde Chaire de
LOMINI. Philosophie à la premiere, que *Piccolomini* avoit laissée vacante.

Piccolomini n'avoit rien oublié pour contribuer à la gloire de l'Université & à l'avantage de ses disciples. Ayant remarqué que les disputes que les Professeurs faisoient faire l'après-midi étoient une source de divisions & de querelles, il les supprima. Mais s'il trouva le moyen d'entretenir par-là la paix parmi les Ecoliers; il n'eut pas le même bonheur par rapport à sa famille. Car il eut des enfans, qui s'entrehaïrent si fort, & se porterent si peu au bien, qu'ils remplirent sa vieillesse de chagrins & d'amertumes.

Lorsqu'il se fut défait de la Charge de Professeur, il se retira à *Sienne*, où il passa le reste de ses jours, & mourut l'an 1604. âgé de 84 ans, laissant beaucoup de bien à ses héritiers.

Ses funerailles témoignerent d'une façon singuliere l'estime que les Siennois avoient conçue pour lui; car toute la ville prit le deuil, & l'on

F. Picco-

ferma tous les Tribunaux.

Il fut enterré dans l'Egliſe de *S.* lomini.
François, avec cette Epitaphe.

D. O. M.

Franciſcus Piccolominæus, Philoſo-
phus, ejuſque hæredes, donec lux po-
ſtrema refulgeat, in his tenebris re-
quieſcent. Fides dirigit, ſpes elevat,
charitas cum Deo neſtit. 1604.

Il a compoſé pluſieurs Commentaires ſur *Ariſtote*, que l'on a eſtimé
beaucoup autrefois, à cauſe de la
clarté & de la ſubtilité qu'on y trouve ; mais dont on ne tient plus de
compte à preſent. Il tâcha tant par
ſes leçons que par ſes écrits de rétablir la Philoſophie de *Platon*, & de
montrer que dans le fond elle s'ac-
cordoit avec celle d'*Ariſtote*. Il eut
pour Antagoniſte le fameux *Jacques*
Zabarella, qu'il ſurpaſſoit par la
facilité de l'expreſſion & la netteté
du diſcours, mais à qui il étoit infe-
rieur par rapport à la force & à la
ſuite du raiſonnement ; parce qu'il
n'approfondiſſoit pas les matieres
comme lui, & qu'il voltigeoit trop
de propoſition en propoſition.

F. Picco-
lomini.

Catalogue de ses Ouvrages.

1. *Universa Philosophia de Moribus, nunc primum in Decem gradus redacta & explicata. Venetiis* 1583. *in-fol.* Piccolomini a inseré dans cet Ouvrage un Traité de la Methode, où il combat le sentiment de *Zabarella* sur cette matiere. Celui-ci se défendit ; mais *Piccolomini* revint à la charge contre lui en publiant le livre suivant.

2. *Comes Politicus pro recta ordinis ratione propugnator.* Je ne sai quand a paru pour la premiere fois cette réponse, qui a été réimprimée avec l'Ouvrage précedent, *cum Lemmatibus & animadversionibus Rodolphi Glocenii. Francofurti* 1601. *&* 1611. *in-8°.*

3. *De arte definiendi & eleganter discurrendi liber singularis ; continens omnivariam disciplinam, & discursus Logicos, Physicos, Ethicos ac Politicos de rerum definitionibus, divisionibus & explicationibus, quæ in cognitionem humanam venire possunt. Francofurti* 1600. *in-4°.*

4. *Libri de scientia Naturæ, quinque partibus. Francofurti* 1597. *in-4°.*

Id.

It. Ibid. 1627. *in-8°.* C'est un cours F. Picco=
de Physique. LOMINI.

5. *Expositio & annotationes in Ari-*
stotelem de ortu & interitu. Venetiis
1602.

6. *Commentarii in tres libros Ari-*
stotelis de Anima. Francofurti 1602.
avec le Commentaire précedent.

7. *Expositio & Annotationes in Ari-*
stotelis libros de Cælo. Venetiis 1607.
Ces trois Commentaires ont été imprimés ensemble à *Mayence* en 1608.
*in-*4°.

8. *Versio & annotationes ad librum*
octavum Physicorum Aristotelis. Vene-
tiis 1606.

V. *Jacobi Philippi Tomasini Elogia*
tom. I. *p.* 208. *& Gymnasium Pata-*
vinum. C'est ce que nous avons de
plus exact, sur cet Auteur. *Ghilini*
Teatro d'Huomini Letterati. tom. 1. *p.*
62. Cet article est copié de Tomasini. *Imperialis Musæum Historicum*
p. 114. *Bayle Dictionnaire. Freheri*
Theatrum Virorum Doctorum p. 1498.

Tome XXIII. G

ANDRE' THEVET.

ANDRE' *Thevet* né à *Angoulême*, se fit Cordelier dans le
Couvent de cette ville.

L'étude l'occupa d'abord ; & quoiqu'on l'ait souvent accusé d'ignorance, on ne peut nier qu'il n'eût
beaucoup lû, & qu'il n'eût une cer-
taine érudition ; mais c'étoit une
érudition, à laquelle le Jugement
& la Critique, qui doivent toujours
l'accompagner, manquoient absolu-
ment.

Il eut de bonne heure une forte
envie de voyager ; mais il fut longtemps sans pouvoir la satisfaire.

Il alla enfin en Italie, & ayant
rencontré à *Plaisance* le Cardinal de
Lorraine, il trouva le moyen par sa
faveur & ses bienfaits de faire le
voyage de *Jerusalem*.

Il partit de *Plaisance* au mois de
Juin de l'an 1549. & s'embarqua à
Venise le 23 du même mois. Etant
arrivé à *Chio*, dans le temps qu'un
Ambassadeur Genois alloit à *Cons-*

ftantinople porter le tribut ordinaire A. THE-
de l'Ifle, qui étoit de douze cens VET.
Ducats, il y paffa avec lui, & y arriva le 30 Novembre.

Comme il cherchoit partout des
Medailles, il alla en 1550. avec le
favant *Pierre Gilles* en chercher dans
les ruines de *Chalcedoine*, & il y en
trouva effectivement plufieurs.

Etant enfuite parti pour *Rhodes*,
il fut jetté par le vent dans la Gréce;
ce qui lui donna occafion de voir
Athênes. Il arriva le 2 Novembre
1550. à *Rhodes*, & continuant fa
route il aborda fur la fin de ce mois
à *Alexandrie*, où il paffa quatre
mois, occupé à vifiter le pays.

Il fe rembarqua le 23 Mars 1551.
pour la Terre Sainte, qu'il vit avec
foin, & ne fut de retour en France
qu'en 1554.

L'année fuivante il entreprit un
autre voyage; & partit le 15 Juillet
1555. avec *Nicolas Durand, Seigneur
de Villegaignon*, qui alloit établir
une Colonie au Brefil. Ils arriverent
le 10 Novembre au Cap *Frio* & quatre jours après à l'embouchure du
Rio Janeiro, où ils bâtirent le Fort

de *Coligny*, dans une isle deserte.

Thevet tomba malade peu de temps après, & ne put dire la Messe le jour de Noël.

De Leri, qui passa dans ce Pays l'année suivante, prétend avoir appris de ceux qui y avoient vû *Thevet*, qu'il n'étoit guéres sorti de l'Isle de *Coligny*, pendant environ dix semaines qu'il demeura dans ce pays-là ; cependant il en a donné une description aussi circonstanciée que s'il avoit tout vû par lui-même.

Il partit du Bresil le 31 Janvier 1556. pour revenir en France, où il arriva la même année. Ce fut là apparemment le dernier de ses grands voyages.

Il quitta depuis son habit de Cordelier, & prit celui d'Abbé ; & devint Aumônier de la Reine *Catherine de Medicis*.

Il mourut à *Paris* au mois de Novembre 1590. & fut enterré aux Cordeliers, où il avoit fait faire son tombeau. On dit que se sentant près de sa fin, il alloit tous les jours le voir, afin de hâter les ouvriers qui y travailloient.

Tous les Auteurs qui ont parlé A. THE-
de lui, l'ont traité de menteur & VET.
d'impoſteur. Il a en effet debité mille fauſſetés dans ſes Ouvrages , ſoit
qu'elles fuſſent de ſon invention ,
ſoit qu'on ſe fût fait un plaiſir de
lui en impoſer. Car c'étoit un homme fort crédule , qui recevoit avec
avidité tout ce qu'on pouvoit lui
dire d'extraordinaire. Je crois cependant qu'on a outré les choſes par
rapport à cette crédulité , lorſqu'on
a dit qu'on lui avoit fait accroi-
re que *Demoſthenes* étoit Evêque ,
qu'*Anacreon* avoit écrit lui-même
être mort d'un pepin de raiſin , &
autres ſemblables pauvretés.

Il y a auſſi de l'exageration dans
ce que *Mencken* rapporte dans ſa
Charlatanerie des Savans, que *The-*
vet ſavoit 28 langues à fond , & les
parloit très-coulamment.

Il a eu les titres d'Hiſtoriographe de France, & de Coſmographe
du Roy , & en a reçu les appointemens; & il marque dans ſon Hiſtoire des Hommes Illuſtres, que le Roi
Charles IX. le mandoit ſouvent pour
lui éclaircir les difficultés qu'il avoit
G iij

A. THE-
VET.
sur les Cartes & les Pays étrangers.

Catalogue de ses Ouvrages.

1. *Cosmographie de Levant. Par F. André Thevet. Lyon* 1554. *in-*4°. It. *revûe & augmentée de plusieurs figures. Lyon. J. de Tournes & Guil. Gazeau* 1556. *in-*4°. C'est une Relation de son voyage à *Constantinople* & dans la Terre Sainte depuis son départ de *Plaisance* jusqu'à son retour en France. Un défaut assez ordinaire à *Thevet* est de se contredire dans ses dates ; ainsi il dit ici, par exemple, qu'il a demeuré quatre mois à *Alexandrie*, & dans ses *Vies des Hommes Illustres* il témoigne y avoir demeuré trois ans. Il dit encore ici qu'il est parti de *Venise* le 23 Juin 1549. au lieu que dans sa *Cosmographie Universelle* p. 778. il met ce départ en 1547. On voit à la tête de l'Ouvrage une Ode de *François de Belleforest* à la loüange de *Thevet* ; mais ils se brouillerent dans la suite, comme je le dirai plus bas.

2. *Les Singularités de la France Antarctique, autrement nommée Ame-*

rique, & de pluſieurs Terres & Iſles A. THE-
decouvertes de notre temps, par F. VET.
André Thevet. Paris 1558. *in-*4°.
On voit à la tête du livre deux Odes
Françoiſes à ſa loüange, l'une d'*E-
zienne Jodelle*, & l'autre plus longue
de *François de Belleforeſt. Thevet* y
donne une Rélation de ſon voyage
au Breſil. Une longue fievre qui l'attaqua à ſon retour ne lui ayant pas
permis de mettre la derniere main
à cet Ouvrage, il en chargea *Ambroiſe de la Porte*, homme ſtudieux,
& bien entendu en la langue Françoiſe, Auteur des *Epithetes Françoiſes*, & frere aîné de *Maurice de la
Porte*, Libraire de *Paris*, qui mourut avant que d'avoir ſatisfait à ſes
deſirs. Ces deux accidens ſervent à
Thevet à lui faire demander quelque indulgence ſur les défauts de
langage que l'on pourra remarquer
dans ſon livre; mais s'il en merite
de ce côté-là, il n'en merite aucune
du côté de la verité & de l'exactitude; car ſon Ouvrage eſt rempli de
fauſſetés & de menſonges. *Jean de
Leri* les a relevés avec beaucoup de
vivacité dans la longue Préface qu'il

G iiij

a mife à la tête de l'Hiftoire de fes voyages. *Lefcarbot* femble vouloir l'excufer fur le defir qu'il avoit d'animer le Roy par des chofes merveilleufes à foutenir la Colonie; mais cette excufe n'eft valable en aucune maniere; car outre qu'il en impofoit ainfi au Roy, il en a ufé de même dans fa *Cofmographie Univerfelle*. Il a pris dans les deux Ouvrages, dont je viens de parler, le nom de *Frere Thevet*, qu'il quitta dans les fuivans; ce qui fait voir qu'il ne fortit des Cordeliers qu'après l'année 1558. Ainfi *la Popeliniere* s'eft trompé dans fon *Hiftoire des Hiftoires*, quand il a dit qu'il fut quelque temps Cordelier, mais qu'ayant jetté le froc, il travailla pour apprendre les bonnes lettres, puis fe mit à voyager; paroles qui font entendre qu'il ne s'appliqua à l'étude & qu'il ne voyagea qu'après avoir quitté les Cordeliers; deux chofes abfolument fauffes, & fur lefquelles M. *de Thou* s'eft auffi trompé dans le livre onziéme de fon hiftoire.

3. *Difcours de la Bataille de Dreux*.

Paris 1563. *in-*8°. Cette bataille fe A. The-
donna le 19 Decembre de l'année vet.
précedente 1562.

4. *Cofmographie univerfelle illuftrée
de diverfes figures des chofes plus remarquables vûes par l'Auteur, &
inconnues de nos anciens & modernes.
Paris* 1575. *in-fol. deux volumes.* Le
Privilege de cette Cofmographie eft
du 20 Octobre 1574. Ce qui fait
voir que M. *le Duchat* s'eft trompé
dans fes notes fur le *Catholicon,*
lorfqu'il a mis une édition précedente de l'an 1563. Le mal que *Belleforeft* dit de cet Ouvrage dans fes
additions à la Cofmographie de
Munfter, les brouilla vivement enfemble, & ils ne fe réconcilierent
que lorfque *Belleforeft* fut à l'article
de la mort.

5. *Hiftoire des plus illuftres & favans hommes de leurs fiecles, tant de
l'Europe, que l'Afie, Afrique, &
Amerique. Paris* 1584. *in-fol. deux
vol. It. Paris* 1671. *in-*12. *huit vol.*
Cette feconde édition eft augmentée de plufieurs vies. Il ne faut pas
chercher dans cet Ouvrage beaucoup de particularités fur ceux dont

A. THE-
VET.

il y est parlé. Ce ne sont le plus
souvent que des generalités qui n'apprennent rien ; & il y a des fables
& des imaginations de l'Auteur,
comme dans ses autres Ouvrages.
Il y a surtout un article d'un certain *Quoniambec*, Geant fabuleux
dont *Jean de Leri* l'a fort raillé.

6. *L'Univers reduit en fleur de Lys.*
Il parle ainsi de cette Carte dans sa
vie de *Clovis*, qui se trouve dans
l'Ouvrage précedent : » J'ay mon-
» tré assez évidemment par ma Car-
» te fleurdelisée le bonheur qu'on
» doit tenir dans la fleur de Lys,
» qui est telle, qu'elle peut contenir
» tout le monde, de maniere qu'au
» contentement (comme j'estime)
» des amateurs des bonnes sciences
» je l'ai réprésentée cette année 1583.
» à la Majesté de mon Roy, com-
» me chose rare, & qui n'avoit été
» encore vûe ; au bas de laquelle
» sont écrits ces vers

　　» *Sire, votre Lys, qui s'épend*
　　» *En trois parts, le monde comprend,*
　　» *L'Europe, l'Afrique, & l'Asie,*
　　» *Qui sont peintes en cette fleur :*

» *Fleur de Lys ſur les fleurs choiſie,* A. THE-
» *Embraſſant par vôtre valeur* VET.
» *Outre les trois avecque l'Onde*
» *Aux Antipodes un autre monde.*

7. *Les quatre parties du Monde en quatre feuilles.* Le Privilége accordé à *Thevet* pour ſa Coſmographie Univerſelle en 1674. eſt auſſi pour ces Cartes, qui ont dû paroître vers ce temps-là.

8. *La Carte de la France.*

9. *La Carte d'Eſpagne.* La Croix du Maine, qui parle de ces deux Cartes, n'en marque point l'année.

Cet article eſt tiré des Ouvrages de Thevet. V. *Les Bibliotheques Françoiſes de la Croix du Maine,* & *de Du Verdier.*

GUILLAUME CAMDEN.

G. CAM-
DEN.

GUILLAUME *Camden,* ou *Cambden,* naquit à *Londres* le 2 May 1551. & non pas en 1550. comme *Degoré Whear* le dit dans ſon oraiſon funebre.

Samson Camden son pere , natif
de *Litchfield* , s'étoit venu établir à
Londres , où il avoit été reçu dans
la Compagnie des Peintres de cette
ville , & où il exerça quelques années cette profession ; pour sa mere,
elle sortoit de l'ancienne famille des
Curwens originaire de *Wirkington*
dans le Comté de *Cumberland.*

Ayant dans sa premiere jeunesse
perdu son pere , qui lui laissa fort
peu de bien , il fut mis dans la Maison des Orphelins où il apprit les
premiers principes de la Grammaire. Lorsqu'il y fut un peu avancé ,
on l'envoya à l'Ecole fondée par le
Docteur *Colet* près de l'Eglise de *S*.
Paul , & il y fit en peu de temps de
si grands progrès , qu'il surpassa toutes les esperances que l'on avoit
conçues de lui.

Il y étoit occupé de ses études ,
lorsqu'en 1563. il fut attaqué de la
peste ; cette maladie obligea à l'envoyer à *Islington* Village situé près
de *Londres* , où il demeura longtemps ; ce qui le recula beaucoup
dans son travail.

En 1566. on l'envoya à *Oxford* ,

où il fut reçu dans le College de la G. Cam-
Magdeleine, en qualité de Chori- den.
fte, ou même de Serviteur. Pendant
le féjour qu'il y fit, il continua fes
études avec beaucoup d'application
dans une Ecole voifine, qui étoit
conduite par *Thomas Cooper*, lequel
fut après Evêque de *Lincoln*. Il paffa enfuite au College, qui fut depuis appellé de *Pembroke*, & y étudia pendant deux ans & dèmi, fous
la conduite de *Thomas Thornton*,
Chanoine de l'Eglife de *Chrift*, qui
lui trouvant de l'efprit & de la dif-
pofition pour les fciences, voulut le
prendre chez lui, & pourvut à fon
entretien tout le temps qu'il demeura encore à *Oxford*.

Vers le même temps fe trouvant
en fituation de prétendre à une place dans le College *de toutes les Ames*,
il s'en vit privé par les Catholiques
cachés, qui y dominoient alors, &
qui l'empêcherent d'y être aggregé, à
caufe de l'attachement qu'il paroif-
foit avoir pour la Religion Anglicane.

Au mois de Juin 1570. il demanda à être reçu Bachelier-ès-Arts;

G. CAM-
DEN.

mais il fut refusé, sans qu'on on en sache la raison; les fastes de l'Université d'Oxford qui rapportent ce fait, n'en disant rien autre chose. *Gibson* s'est donc trompé, lorsqu'il a prétendu dans sa vie de *Camden*, que l'Université d'*Oxford* lui offrit alors le degré de Maître-ès-Arts, mais qu'il ne l'accepta pas, ne croyant pas en avoir besoin. La chose arriva à la verité, mais ce ne fut que longtemps après.

Enfin après avoir passé cinq années à *Oxford*, *Camden* retourna à *Londres*, & il y trouva entre autres Patrons *Gabriel* & *Geoffroy Goodman*, Docteurs en Theologie, qui ayant connu ses talens, se firent un plaisir de lui fournir les moyens de les cultiver.

Il retourna à *Oxford* en 1573. & y fit au mois de Mars de nouvelles tentatives pour obtenir le degré qui lui avoit été d'abord refusé. Les Registres ne marquent point s'il fut admis cette fois; il est cependant à présumer qu'il le fut, quoique sans les formalités ordinaires; puisque les mêmes Registres témoignent que

lorfqu'il demanda en 1588. à être G. CAM-
reçu Maître-ès-Arts, il repréfenta DEN.
qu'il y avoit 16 ans qu'il avoit pris
le degré de Bachelier.

En 1575. il fut fait fecond Re-
gent de l'Ecole de *Weftminfter* à la
recommandation de *Geoffroy Good-*
man, Neveu de *Gabriel*, & non pas
frere, comme dit *Bayle. Camden*,
affez grand Humanifte, pour s'acquit-
ter dignement de cet emploi, en
remplit exactement toutes les fonctions, & ne laiffa pas de s'occuper
à des études plus relevées.

Il s'attacha principalement par
goût & par inclination à rechercher
les Antiquités de l'Angleterre; &
comme la grandeur de fon genie, &
l'excellence de fon jugement lui firent bientôt découvrir toute l'étendue de ce deffein, & tous les fecours qui lui étoient néceffaires
pour y réuffir, il tourna toutes fes
penfées & tous fes travaux du côté
des préparatifs de l'Ouvrage qu'il
meditoit. C'étoit l'hiftoire des anciens peuples Britanniques, dont il
vouloit décrire à fond l'Origine, les
mœurs & les loix. Il étoit neceffaire

G. CAM-
DEN.

pour cela non seulement qu'il en-
tendît tout ce que les Grecs & les
Latins nous ont laissé concernant la
grande Bretagne ; mais aussi l'ancienne langue du cette Isle, l'ancien
Breton, & l'ancien Saxon. Il falloit
qu'il examinât les anciens Itinerai-
res, qu'il fouillât dans les archives,
qu'il consultât une infinité d'anciennes pieces manuscrites. Il ne negli-
gea rien de tout cela. Ses diligences
& ses soins furent extrêmes, & le
fruit qu'il en retira le fut aussi ; &
comme sa réputation s'étoit répan-
due jusques dans les pays étrangers,
tous ceux qui savoient juger des choses, le trouverent capable d'exécu-
ter ce grand dessein, l'y exhorte-
rent, & l'aiderent même chacun suivant leurs lumieres.

Pour mieux réussir dans le travail
qu'il avoit entrepris, il voulut connoître par lui-même la situation des
lieux, & il n'y eut aucun coin en
Angleterre, qu'il ne visitât soigneu-
sement dans les voyages qu'il y fit
en differentes années.

En 1582. il alla dans le Comté
d'*Yorck* par celui de *Suffolck* & s'en
revint

revint par celui de *Lancaſtre.*

Le 3 Juin 1588. il demanda en qualité de Bachelier-ès-Arts depuis ſeize ans, d'être admis au degré de Maître; ce qui lui fut accordé, pourvû qu'il ſe preſentât ſuivant la coutume à la prochaine aſſemblée de l'Univerſité. Mais il ne paroît pas qu'il y ait été, ſes voyages l'en ayant apparemment empêché.

Il partit en effet le même mois pour *Ilfarcomb* dans le Comté de *Devon*, dans le deſſein d'examiner les Antiquités du Pays. Ce voyage ne lui fut point inutile pour ſes propres interêts; car il ſe fit connoître à l'Evêque de *Salisbury* d'une maniere ſi avantageuſe, que ce Prélat lui donna le 6 Fevrier ſuivant la Prébende d'*Ilfarcomb* attachée à ſon Egliſe, que *Camden* a gardée juſqu'à ſa mort, quoiqu'il ne fût point engagé dans les Ordres.

En 1590. il alla viſiter la Principauté de Galles avec *François Godwin*, qui donna depuis l'Hiſtoire des Evêques d'Angleterre.

Au mois de Mars 1593. il ſucceda à *Edouard Grant* dans la direction

Tome XXIII. H

de l'École de *Weftminfter* & en devint par-là le premier Maître , après
avoir été le fecond pendant dix-huit
ans.

En 1596. il alla à *Salisbury* & à
Wells , recherchant avec foin par
tout où il paffoit les Antiquités qui
s'y trouvoient.

Le 22 Octobre de l'année fuivante
il fut créé Heraut d'Armes, fous
le titre de *Richmond* , mais feulement pour la forme ; parce qu'on
vouloit lui donner une place de Roy
d'Armes , qui ne peut être remplie
que par un Heraut. En effet dès le
lendemain il fut créé Roy d'Armes
fous le titre de *Clarence* , à la place
de *Richard Lee* , qui étoit mort le
23 Septembre précedent.

En 1600. il alla vifiter *Carlifle* &
les lieux voifins, avec *Robert Cotton* ; grand Antiquaire , & fon ami.

La pefte , qui attaqua la ville de
Londres en 1603. l'ayant obligé d'en
fortir, il fe retira dans la Maifon de
Cotton à *Connington* dans le Comté
de *Huntington*, où il demeura jufqu'à
la fin de l'année.

Ayant été à *Oxford* au commen-

cement de l'année 16ɪ3. pour aſſiſter G. CAM-
aux funerailles du Chevalier *Thomas* DEN.
Bodley, l'Univerſité lui offrit le degré de Maître-ès-Arts ; mais il paroît par les Regiſtres d'*Oxford*, qu'il
le refuſa, parce qu'il étoit dans
une ſi grande réputation, qu'un
ſemblable titre lui devenoit inutile. *Bayle* s'eſt donc trompé, lorſqu'il a dit dans ſon Dictionnaire
qu'il le reçut ; & la reflexion qu'il
ajoute, que c'étoit un grand honneur pour l'Univerſité d'*Oxford*
qu'un homme de cet âge & de cette
réputation, ſouhaitât l'avoir, eſt
une reflexion, qui tombe à faux.

Quelque temps après il fut nommé premier Hiſtoriographe du College de *Chelſea* par ſon fondateur.

Il fit le 5 May 16ɪ1. ſon Teſtament, par lequel il fonda une Chaire de Profeſſeur en Hiſtoire dans l'U-
niverſité d'*Oxford*. Cette fondation
fut publiée dans une Aſſemblée de
cette Univerſité le 17 May de l'année ſuivante 1622. & en reconnoiſ-
ſance il en fut declaré Bienfaiteur.

Au mois de Juin ſuivant il eut
une dangereuſe maladie, dont il
H ij

G. CAM-
DEN.

revint; mais deux mois après, c'est-
à-dire le 16 Août, lorsqu'il étoit
occupé à méditer sur son siege, il
fut attaqué d'une paralysie, qui lui
ôta l'usage des mains & des pieds.

Il ne fit plus que languir depuis
ce temps-là jusqu'à sa mort, qui arriva le 9 Novembre 1623. dans une
maison de Campagne, à *Chiselhurst*,
à dix milles de *Londres*, où depuis
l'année 1609. il avoit passé tout le
temps, qu'il pouvoit être hors de
cette ville. Il étoit alors âgé de 72
ans.

Il avoit ordonné par son testament qu'on l'enterrât dans le lieu
où il mourroit; mais les Executeurs
de ce Testament ne suivirent pas en
cela son intention. Ils le firent en-
terrer avec pompe dans l'Eglise de
Westminster; & *Christophe Sutton*,
qui en étoit Prébendier, prononça
en cette occasion son Oraison funebre. On lui dressa dans cette Eglise
un Monument, où l'on mit son
Buste de marbre blanc, & cette Epitaphe au-dessous.

Qui fide antiqua & opera assidua
Britannicam antiquitatem indagavit,

simplicitatem innatam honestis studiis G. CAM-
excoluit, animi solertiam candore il- DEN.
lustravit, Gulielmus Camdenus ab E-
lizabetha Regina ad Regis Armorum
(Clarentii titulo) dignitatem evocatus.
Hic spe certa resurgendi in Christo S.
E. Q. Obiit anno 1623. *Novembris* 9.
Ætatis suæ 74. Ceux qui ont dressé
cette Epitaphe n'étoient pas bien in-
struits de son âge; il n'avoit alors
que 72 ans.

L'Université d'*Oxford* n'eut pas
plutôt appris sa mort, qu'elle nomma *Zouch Townley*, Membre du
Collège de *Christ* pour faire son O-
raison funebre, qui fut prononcée
publiquement; on composa aussi à
sa louange plusieurs pieces de vers,
qui furent imprimées avec l'Oraison
funebre, sous le titre de *Camdeni*
Insignia. Oxonii 1624. *in-*4°. *Camden*
fit plusieurs legs à divers savans,
même des pays étrangers, avec lesquels il avoit été en relation. Il laissa aussi à la Communauté des Peintres de *Londres* une coupe de vermeil de 16 livres sterling, sur laquelle étoit cette inscription : *Gul.*
Camdenus. Clarenceus, filius Sampso-

G. Cam-*nis, Pictoris Londinensis, dono dedit.*

DEN.   Pour ce qui est de ses livres, il
donna ceux de Blason au College
des Herauts, & tous les autres tant
imprimés que Manuscrits au Chevalier *Cotton.* Mais lorsqu'on eut formé une nouvelle Bibliotheque à
Westminster, tous ses livres imprimés y furent transportés par les soins
du Docteur *Jean Williams*, Garde
des Sceaux, Evêque de *Lincoln*, &
Doyen de *Westminster*, en vertu
d'une expression du Testament, qui
étoit susceptible d'un double sens.

Il ne s'est pas rendu moins illustre par son merite particulier, que
par sa science. Il étoit sincere, doux,
affable, bon ami ; il haissoit la mé-
disance, ne portoit point d'envie à
son prochain, & n'étoit point vin-
dicatif ; sa modestie lui fit refuser le
titre de Chevalier. Il étoit veritablement attaché à la Religion Anglicane, & c'est sans aucun fondement que quelques Auteurs l'ont accusé d'hypocrisie sur cet article.

Son attachement à l'étude l'empêcha de voyager hors de son pays,
& de s'engager dans le Mariage,

quoiqu'on lui eût offert des partis G. CAM-
avantageux. Ainfi il a toujours vêcu DEN.
dans le celibat & n'eft jamais forti
de l'Angleterre. Ce qui fait voir
que *Claude Joubert* fe trompa, lorfqu'il lui écrivit de *Dijon* l'an 1612.
qu'il fe fouvenoit avec joye du temps
qu'ils avoient paffé enfemble à *Padoue.* Il falloit qu'il le prît pour un
autre, qu'il avoit connu dans cette
ville.

Catalogue de fes Ouvrages.

1. *Britannia, five Regnorum Anglia, Scotia & Hibernia & Infularum
adjacentium defcriptio. Londini* 1582.
*in-*8°. C'eft la premiere édition,
dont la date réfute l'opinion de *Sor-
biere*, qui prétend dans fa Relation
de l'Angleterre, que *Camden* entreprit cet Ouvrage par ordre du Roy
Jacques, puifque ce Prince ne monta fur le Throne d'Angleterre que
21 ans après, c'eft-à-dire en 1603.
L'Ouvrage excellent d'abord en lui-
même par les foins que Camden
s'étoit donnés pour le compofer,
devint dans la fuite encore plus
parfait à mefure qu'il en publia de
nouvelles éditions, qui parurent à

G. CAM-Londres en 1585. & 1587. *in-*
DEN. 8°. en 1590. 1594. & 1600. *in-4°.*
enfin en 1607. *in-fol.* C'est la derniere qu'il a donnée, laquelle sur-
passe toutes les autres; elle est ac-
compagnée de Cartes Topographi-
ques, qui manquent dans les précedentes. Je ne dis rien des éditions
qui ont été faites hors de l'Angleterre, comme à Francfort en 1590.
& 1616. *in-8°.* &c.

Cette description de *Camden* cri-
tiquée d'abord par un de ses envieux, comme je le dirai plus bas,
ne trouva plus de Critiques après
l'Edition de 1607. Il est vrai que le
Chevalier *Simon d'Ewes* le menaca
dans la suite de faire des remarques
sur son livre, où il disoit avoir trouvé des fautes à chaque page; mais
ce ne fut qu'une simple menace,
qu'il auroit peut-être eu bien de la
peine à effectuer. Il faut avouer au
reste que la description que *Camden*
a donnée de l'Angleterre qu'il avoit
parcourue, est beaucoup plus exacte
que celle qu'il a faite de l'Ecosse &
de l'Irlande, où il n'avoit point été,
& qu'il ne connoissoit que par les
livres.

G. CAM-
DEN.

livres. Le Marquis de *Clanricarde*
dit même dans ſes Memoires imprimés en Anglois à *Londres* en 1722,
qu'il n'a pas réuſſi dans ſa deſcription de l'Irlande, & rapporte à ce
ſujet ce diſtique.

Perluſtras Anglos oculis, Camdene,
  duobus,
  Uno oculo Scotos, cæcus Hiber-
  nigenas.

Le merite de l'Ouvrage de *Cam-*
den le fit bientôt traduire en diver-
ſes langues.

Philemon Holland de *Coventry* le
traduiſit en Anglois ſur la derniere
édition de 1607. & ſa traduction
parut pour la premiere fois à *Lon-*
dres en 1610. *in-fol. Guillaume Ni-*
colſon eſt porté à croire après *Thomas*
Fuller que les additions faites par ce
Traducteur au livre de *Camden*, lui
furent communiquées, qu'il les ap-
prouva, & qu'ainſi elles doivent
être regardées comme ſon Ouvrage. *Holland* publia de nouveau ſa
traduction à Londres en 1637. *in-*
fol. mais comme *Camden* ne vivoit

Tome XXIII. I

G. CAM-
DEN.

plus alors, il se donna la liberté de changer bien des choses, & d'alterer ainsi le texte de cet Auteur. C'est ce qui engagea dans la suite *Edmond Gibson* à donner une nouvelle traduction Angloise, conforme au Texte Original de *Camden*, avec les additions de *Holland*, qui ont leur merite, & des Remarques de differentes personnes, imprimées à part. Sa premiere édition a paru à *Londres* en 1695. *in-fol.* Il en a donné depuis une seconde plus exacte à *Londres* en 1722. *in-fol.* Il a mis à la tête de toutes les deux la vie de *Camden*, qui n'est presque que l'abregé de celle que *Smith* avoit publiée auparavant.

L'Original Latin fait la 4e partie de l'*Atlas* de *Jansson* imprimée à *Amsterdam* l'an 1659. *in-fol.* mais il est fort changé. Car on n'y a point gardé l'ordre de *Camden*, on y a omis plusieurs choses, & on y a ajouté divers morceaux de *Jean Speed* & d'autres Ecrivains, sans distinguer ces additions du propre texte de l'Auteur.

Il a été traduit en Francois avec les autres parties de l'*Atlas*.

Reinier Vitellius de Ziriczée en G. CAM-
Zelande en a donné un abregé avec DEN.
de petites Cartes, ſous le titre de
*Guil. Camdeni Britannia in Epitomen
contracta. Amſtelodami* 1639. *in-*12.

Jacques *Dalrympe* a publié à part
en Anglois la deſcription de l'Ecoſſe
avec ſes remarques & ſes additions
à *Edimbourg* 1695. *in-*8°.

2. *Reſponſio ad R. Brooke per Au-
thorem Britanniæ. in-*4°. *Raoul Brooke*, Heraut d'Armes, du titre d'*York*,
jaloux de la réputation que *Camden*
s'étoit acquiſe par ſa deſcription de
la Grande Bretagne, l'attaqua par
une Critique pleine d'aigreur &
d'emportement, qu'il intitula: *Découverte de certaines erreurs dans la
celebre deſcription de la Grande Bretagne, qui peuvent cauſer du tort aux
familles & aux ſucceſſions de l'ancienne nobleſſe de ce Royaume* (en Anglois)
Londres 1594. *in-*4°. Cette date fait
voir que *Smith*, & *Bayle* qui l'a ſuivi, ſe ſont trompés en attribuant
cet Ouvrage au dépit que *Brooke*
eut de s'être vû préferer *Camden*
pour la charge de Roy d'Armes,
puiſque cette charge ne fut donnée

I ij

G. CAM-
DEN.

à ce dernier qu'en 1597. L'origine de leur erreur a été qu'ils ont mis en 1599. l'édition de la Critique de *Brooke*, qui a paru cinq ans plutôt. Cet Auteur ne se contenta pas d'y attaquer *Camden* sur les matieres Genealogiques, il l'accusa encore de Plagiat, c'est-à-dire d'avoir pillé les Ecrits de *Glover* & de *Leland*. Il est vrai que *Camden* ne s'étoit d'abord appliqué aux Genealogies que superficiellement, & qu'il ne les étudia à fond, que lorsqu'il eut été fait Roy d'Armes ; aussi n'eut-il pas honte d'avouer ses fautes en ce genre, dans la réponse qu'il fit à *Brooke*. Pour ce qui est de l'accusation de Plagiat, il est vrai que *Camden* avoit vû les Manuscrits de *Glover*, Heraut très-habile dans sa profession, qui mourut en 1588. & ceux de *Leland*, mais il avoit peu tiré d'eux, & s'en étoit plus fié à ce qu'il avoit vû par lui-même.

3. *Institutio Græcæ Grammatices compendiaria in usum Regiæ Scholæ Westmonasteriensis. Londini* 1597. *in-*8°. *Edouard Grant* directeur de l'Ecole de *Westminster* avoit composé

une Grammaire Gréque pour l'uſage G. CAM
de cette Ecole. Mais *Camden* ayant DEN.
obſervé par une longue experience ,
que cette Grammaire étoit defec-
tueuſe à divers égards, compoſa cette autre , qu'on a enſeignée depuis
ce temps-là dans la plûpart des Eco-
les d'Angleterre.

4. *Reges , Reginæ , Nobiles & alii
in Eccleſia Collegiata B. Petri Weſt-
monaſterii ſepulti , uſque ad annum
1600. Londini 1600. & 1606. in-4°.*
It. inſeré dans un livre Anglois intitulé : *Monumenta Weſtmonaſterien-
ſia , ou Deſcription hiſtorique de l'O-
rigine , des Aggrandiſſemens , & de
l'Etat preſent de S. Pierre ou de l'Abbaye de Weſtminſter. Par Henri Keep.*
(en Anglois) *Londres* 1682. *in-8°.*

5. *Anglica , Normannica , Hiber-
nica , Cambrica à Veteribus ſcripta.
Ex editione Guil. Camdeni. Francofurti* 1602. *in-fol.* Les Auteurs contenus dans cette Collection , qui eſt
fort bonne , & très-recherchée, ſont
les ſuivans. *Aſſeri Menevenſis res
geſtæ Ælfredi. Anonymi tractatus de
vita Guilielmi Conqueſtoris. Thomæ
Walſinghami hiſtoria Angliæ ab Eduar-*

*do I. ad Henricum V. Ejusdem Hypo-
digma Neustriæ. Thomæ de la Moore
vita & Mors Eduardi II. Guilielmus
Gemiticensis de Ducum Normannorum
gestis. Giraldi Cambrensis Topographia
Hiberniæ, sive de Mirabilibus ejus.
Ejusdem historia vaticinalis de expug-
natione Hiberniæ. Ejusdem Itinerarium
Cambriæ, seu Balduini Archiepiscopi
Cantuariensis per Walliam legationis
accurata descriptio, cum notis Davidis Poweli.*

6. *Restes* touchant la grande Bretagne, ses habitans, ses langages &c.
(en Anglois) *Londres* 1604. & 1614.
*in-*4°. *Camden* ne mit pas son nom
à cet Ouvrage, mais seulement les
deux Lettres *M. N.* qui sont les
dernieres des deux Syllabes, qui le
composent. Ce sont les restes des
materiaux qu'il avoit amassés pour
sa description de la Grande-Breta-
gne, & qu'il n'avoit pu y faire entrer. *Jean Philipot*, Heraut d'Armes, du titre de *Somerset*, le fit réimprimer avec plusieurs additions de
sa façon à *Londres* en 1637. *in-*4°. &
ensuite *in-*8°. On trouve dans ce
livre bien des particularités touchant

G. CAM-
DEN.

le langage, les Monnoyes, les fur-
noms, & les habillemens des anciens Bretons & Saxons. Mais la lifte
des noms propres pourroit être bien
augmentée, par ce que *Jufte George
Schottelius* & *Edmond Gibfon* ont écrit
fur ce fujet, le premier dans le
5ᵉ livre de fon Traité *de Lingua Ger-
manica*, & le fécond dans l'Appendix du *Chronicon Saxonicum* imprimé à *Oxford* en 1692. *in-*4°. Quant
aux Anagrammes, aux Allufions,
aux *Rebus*, que *Camden* y a fait entrer, on peut dire que ce font des
bagatelles, qui ne meritoient pas
qu'il y fît attention & les confervât
à la pofterité.

7. *Actio in Henricum Garnet Societatis Jefu in Anglia fuperiorem. Ad-
jectum eft fupplicium de Henr. Garnet
Londini fumptum. Londini* 1607. *in-*
4°. Ce fut par ordre du Roy, qu'il
traduifit ces pieces en Latin.

8. *Rerum Anglicarum & Hiberni-
carum Annales, regnante Elizabetha.
Tomus primus. Londini* 1615. *in-fol.*
Ce volume commence à la premiere année du Regne d'Elizabeth &
finit à l'an 1588. *Tomus fecundus.*

I iiij

Londini 1627. *in-fol.* Celui-ci s'étend depuis l'an 1589. jusqu'à la mort de cette Reine arrivée en 1603. Il avoit déja été imprimé en Hollande dans une nouvelle édition complette de l'Histoire d'*Elizabeth* par *Camden*, faite à *Leyde* en 1625. *in-8°*. It. *Lugd. Bat.* 1639. *in-8°*. It. en François sous le titre d'*Histoire d'Elizabeth, Reine d'Angleterre, traduite du Latin de Camden par Paul de Bellegent, Avocat au Parlement. Paris* 1627. *in-4°*. Il a aussi quelques traductions Angloises de l'Histoire de *Camden.* Une, dont l'Auteur ne s'est designé que par les Lettres initiales *B. N.* a été imprimée plusieurs fois *in-fol.* Une autre faite par *Abraham Darcy*, est remplie de fautes, parce que l'Auteur ne sachant pas le Latin, a traduit l'Ouvrage sur la version Françoise. On a aussi une traduction Angloise du second volume seulement faite par *Thomas Browne* & imprimée à *Londres* en 1629. *in-4°*.

Cette histoire d'*Elizabeth* n'a gueres moins donné de réputation à *Camden*, que sa description de la Grande Bretagne. Dès qu'il eut été

élevé à la dignité de Roi d'Armes, G. Cam-
Guillaume Cecil le pria de travailler den.
à l'Hiftoire de cette Reine, & lui
promit toutes fortes de Mémoires.
Camden s'y engagea; mais la mort
de *Cecil*, qui arriva l'année fuivante, rallentit beaucoup l'ardeur avec
laquelle il s'étoit donné à cet Ouvrage. Après la mort d'*Elizabeth*,
il fe fentit encore moins animé, &
il fe relâcha de plus en plus à l'égard
de ce travail, dans l'efperance
que parmi tant d'habiles gens qui
avoient été comblés des bienfaits
de cette Princeffe, il fe trouveroit
quelque autre qui l'entreprendroit.
Mais voyant enfin que perfonne n'y
fongeoit, il reprit avec ardeur fon
premier deffein, qu'il mit auffitôt
à exécution. Son Ouvrage fut reçu
avec applaudiffement, & il faut
avouer qu'on n'eût pû traiter cette
matiere avec plus de jugement, de
gravité, & d'exactitude, ni avec
une plus grande netteté de ftile.
Quelques-uns ont prétendu que le
Roi *Jacques* avoit fait ôter & ajouter
diverfes chofes à la premiere partie
en faveur de la Reine d'Ecoffe fa

G. CAM-mére, & *Antoine Wood* eſt de ce
DEN. ſentiment; mais c'eſt une choſe dont
on n'apporte aucune preuve. L'envoi qu'il fit à M. *Dupuy* du ſecond
volume de ſon hiſtoire, pourroit
à la verité faire naître quelque ſoupçon à cet égard, ſi la crainte ſeule
qu'elle ne fût alterée eût pû avoir
part à cet envoi. Mais *Camden* pouvoit auſſi apprehender qu'on ne la
ſupprimât entierement, ou que
quelqu'un ne s'en emparât après ſa
mort; ce qu'il voulut éviter en la
mettant entre les mains de M. *Du-*
puy, qui effectivement la donna au
public après la mort de ſon Auteur,
en la faiſant imprimer à *Leyde*.

9. *Sentiment de Guillaume Camden*
ſur la Cour Souveraine du Parlement.
(en Anglois) *Londres* 1658. *in-8°.*
Avec les ſentimens de *Jean Dode-*
ridge, d'*Artus Agard*, & de *Fran-*
çois Tate ſur le même ſujet.

10. *G. Camdeni & Illuſtrium Vi-*
rorum ad G. Camdenum Epiſtolæ; cum
Appendice varii argumenti. Acceſſe-
runt Annalium regni Regis Jacobi I.
Apparatus, & Commentarius de An-
tiquitate, dignitate & officio Comi-

tis Marescalli Angliæ. Præmittitur G. CAM-
G. Camdeni vita. Scriptore Thoma DEN.
*Smitho S. Th. D. Ecclesia Anglicanæ
Presbytero. Londini* 1691. *in-*4°. Les
Lettres de *Camden*, qui se trouvent
dans ce Recueil, sont en si petit
nombre, qu'à son égard le titre du
livre est presque honoraire ; le plus
grand nombre est des Savans de son
temps, avec qui il étoit en relation, & qui le complimentoient sur
ses Ouvrages. Il y en a fort peu qui
renferment quelque point de litterature considerable. Les Annales du
Roy *Jacques I.* s'étendent depuis
l'an 1603. qu'il monta sur le Thrône
jusqu'en 1623. C'est une espece de
Journal dans lequel *Camden* marquoit chaque jour ce qui arrivoit de
considerable en Angleterre ou ailleurs. Outre les Ouvrages marqués
dans le titre de ce Recueil, on y
trouve encore des Remarques de
Camden sur l'histoire de M. *de Thou*,
avec le Testament de ce dernier.

V. *Sa vie par Thomas Smith à la
tête de ses Lettres, & par Edmond
Gibson devant la traduction Angloise
de la description de l'Angleterre.* Son

G. CAM-éloge par *Degoré Whear. Antonii*
DEN. *Wood Athenæ Oxonienses tom.* I. p.
480. C'eſt ce que nous avons de
plus exact ſur *Camden*, & ce que
j'ai ſuivi préferablement à tout. *Bay-*
le , Dictionnaire.

ANTOINE SHERLEY.

'A. SHER-**A**NTOINE *Sherley* naquit vers
LEY. l'an 1565. à *Wiſton* dans le
Comté de *Suſſex* en Angleterre , de
Thomas Sherley Chevalier , & d'*An-*
ne Kempe.

Il fut reçu au commencement de
l'année 1579. à *Hart-hall,* ou *l'Ecole*
du Cerf à Oxford , étant alors âgé
de 14 ans ; & après s'y être fait paſſer Bachelier-ès-Arts, à la fin de l'année 1581. il fut élu Membre du College de *toutes les Ames* , en qualité de
parent du Fondateur , par ſa Mere.

Mais il abandonna l'Univerſité ,
avant que d'avoir reçu le degré de
Maître-ès-Arts , & alla dans les
Pays-Bas , où il eut quelque Commandement dans les Troupes An-
gloiſes qui y étoient alors.

De retour en Angleterre, il s'em- A. SHER-
barqua fur une flotte qui partoit LEY.
pour l'Amerique. Ce voyage fe fit
en 1596. & ne dura pas deux ans.
Il eut cependant occafion d'y donner des marques de fa valeur dans
les differentes expeditions que les
Anglois firent durant cette courfe ;
& le Comte d'*Effex*, qui avoit conçu de l'eftime pour lui, lui confera
d'abord après fon retour le titre de
Chevalier.

La Reine *Elizabeth* l'envoya quelque temps après en Italie, pour
foutenir les Ferrarois qui s'étoient
foulevés contre le Pape. Mais ayant
appris en chemin qu'ils avoient fait
leur paix, il renvoya fes gens, &
fe rendit à *Venife* avec *Thomas Sherley* fon frere, & quelques-uns de
fes amis.

Il lui vint alors en penfée d'aller
chercher fortune en Perfe, & d'y
mener des Fondeurs d'Artillerie,
dont il favoit qu'on manquoit dans
ce Pays.

Il partit donc de *Venife* en 1598.
avec une fuite de quarante perfonnes. Après avoir fejourné deux mois

A. SHER-à *Alep*, où il se faisoit passer pour
LEY.   un Marchand, il en sortit le 2 Septembre 1598. & continuant sa route il arriva au commencement de Decembre à *Casbin*, où il salua le Roy de Perse *Cha-Abbas*, qu'il suivit à *Hispahan*.

Il tâcha d'obtenir de ce Prince un Port, où les Anglois pussent se retirer, hyverner, & commercer, comme ils en ont en plusieurs endroits des Indes : mais voyant qu'il ne vouloit point chagriner les Portugais, ce qui ne manqueroit pas d'arriver s'il lui accordoit sa demande, il s'en desista.

D'un autre côté ayant remarqué qu'il étoit fort disposé à faire la guerre aux Turcs, il n'oublia rien pour l'y animer, & lui fit esperer que les Princes Chrétiens le seconderoient, en les attaquant de leur côté.

Dans cette vûe le Roy de Perse l'envoya en qualité d'Ambassadeur vers les Princes Chrétiens, avec des présens pour chacun d'eux, & lui donna pour adjoint *Hussein-Ali-Begh*.

Ils partirent au mois d'Avril 1599.

& arriverent le 15 Septembre à *Aftra-*
can. Le Czar *Etienne*, qu'ils virent
le premier, les écouta favorablement, auffi bien que les autres Princes qu'ils vifiterent. Pour ce qui fut
de l'Efpagne, *Sherley* ne jugea pas
à propos d'y aller, fe doutant bien
qu'on y étoit inftruit du motif qui
lui avoit fait faire le voyage de Perfe,
& qu'il y feroit pour cette raifon
mal reçu.

Il fe fépara donc d'*Ali-Begh*, qui
y alla feul, & y fut magnifique-
ment reçu. Pour lui il fe rendit à
Venife, où il fut mis en prifon par
ordre de la Seigneurie. Il y auroit
même couru rifque de la vie pour
certain crime dont on l'accufoit,
fans les follicitations de l'Ambaffadeur d'Efpagne.

Les démarches que cet Ambaffadeur fit pour lui, & l'efperance de
faire mieux fes affaires en Efpagne
qu'en Perfe, le déterminerent à abandonner les affaires dont on l'avoit
chargé, & à fe mettre au fervice de
l'Efpagne.

Il ne tarda pas à fe faire connoître avantageufement dans cette

A. Sher- Cour; & il fut nommé Géneral des
ley. Vaiſſeaux Eſpagnols de la Mediter-
ranée & du Conſeil Collateral de
Naples. Le Comte de *Benevente* étoit
alors Viceroy de ce Royaume, & il
lui fit naître le deſſein de ceſſer de
faire venir les ſoyes de Perſe par
Bagdad, *Alep*, & *Conſtantinople*,
& de priver les Turcs du profit im-
menſe qu'ils en retiroient, en les
faiſant venir par *Ormus* à *Lisbonne.*

Ce deſſein fut communiqué au
Roy de Perſe par *Dominique Strope*,
que ce Prince renvoya à *Naples* pour
chercher les moyens de le mettre en
exécution. Mais on ne trouve point
dans les Auteurs qui parlent de cette
négociation, quelle en fut la ſuite.

Le reſte de la vie de *Sherley* nous
eſt inconnue; tout ce qu'on ſait de
plus de lui, eſt qu'il vivoit en
1631. à la Cour d'Eſpagne, & qu'il
s'étoit marié longtemps auparavant,
& avoit épouſé une Angloiſe, nommée *Françoiſe Vernon.*

Catalogue de ſes Ouvrages.

1. *Rélation du Voyage d'Antoine
Sherley en Amerique*, fait en 1596.
(en Anglois) Dans le Récueil des
Voya-

Voyages de *Richard Hakluyt* impri- A. SHER-
mé en 1600. *tom. 3. p. 598.* LEY.

2. *Relation du Voyage de M. Ha-
met dans les Royaumes de Maroc,
Fez, &c.* (en Anglois) *Londres* 1609.
in-4°.

3. *Histoire de ses Voyages en Perse*
(en Anglois) *Londres* 1613. *in-4°.*
Samuel Purchas en a inferé un abregé dans le second volume de son Récueil de Voyages, imprimé en 1625.
in-fol.

4. *Voyage sur la Mer Caspienne &
dans la Russie.* Inferé dans le Récueil
de *Purchas.*

Une perfonne qui l'avoit accompagné dans fon Voyage de Perse, en
a décrit exactement une partie dans
un petit Ouvrage qui a paru dans
un Récueil de voyages donnés par
Morisot à *Paris* l'an 1651. *in-4°.* fous
ce titre : *Relation d'un Voyage de
Perse fait ès années* 1598. & 1599.
*par un Gentilhomme de la suite du
Seigneur Scierley Ambassadeur du Roy
d'Angleterre.* Il y a cependant trois
fautes dans ces derniers mots, qui
font apparemment de l'Editeur.
1°. Le nom de *Sherley* est mal écrit

Tome XXIII. K

A. SHER-*Scierley.* 2°. Il n'y avoit point en 1598. & 1599. de Roy en Angle-
LEY. terre; c'étoit la Reine *Elizabeth* qui y regnoit. 3°. *Sherley* n'avoit point le Caractere de son Ambassadeur.

V. *Les Relations de ses Voyages & Athena Oxonienses, tom.* 1. *p.* 551.

THOMAS SHERLEY.

T. SHER-**T**HOMAS *Sherley*, frere aîné
LEY. d'Antoine, dont je viens de par-
ler, naquit à *Wiston* vers l'an 1564. Il fut reçu à l'âge de 15 ans à *Hart-Hall* en même temps que son frere, c'est-à-dire en 1579. Après deux an-nées environ de séjour en cette éco-le, on le rappella dans sa patrie, où il se maria, & fut fait Chevalier en 1589.

La réputation que son frere acque-roit par ses voyages, lui inspira l'en-vie de l'imiter, & il le suivit en 1598. dans son voyage de Perse.

Il demeura dans ce Royaume, lorsque son frere fut envoyé en Eu-rope par *Cha-Abbas*, & il acquit pendant le séjour qu'il y fit l'estime

de ce Prince. Le Commerce qu'il T. SHER-
eut alors avec les Religieux qui de-LEY.
meuroient en Perſe, lui fit goûter
la Religion Catholique qu'il embraſſa avec ſept ou huit de ſa ſuite.

Le Roi de Perſe l'envoya en 1604.
en Europe. Il prit d'abord la route
de Moſcovie, & paſſa en Allemagne
où l'Empereur *Rodolphe* le fit Comte de l'Empire, & enſuite en Italie.

Il fit ſon entrée dans *Rome* le 28
Septembre 1609. habillé à la Perſan-
ne, mais avec un Crucifix élevé au-
deſſus de ſon Turban, ayant à ſa
ſuite plus de 500 Chevaux de perſonnes qualifiées de Rome; & le
lendemain il eut audience du Pape
Paul V. en plein Conſiſtoire. *Wic-*
quefort dit que ce Pape le fit Maître
du Sacré Palais, mais il ſe trompe
groſſierement; cette Charge, qui eſt
très-conſiderable, eſt toujours poſ-
ſedée par un Dominicain. Ce qu'il
y a de vrai, eſt qu'il lui donna un titre d'honneur, apparemment celui
de Comte Palatin, & qu'il lui accorda le pouvoir de legitimer les
Indiens. *Sherley* alla auſſi en Angleterre, où il eut audience du Roy

K ij

T. Sher-
ley.

Jacques I. dans laquelle on lui permit de fe couvrir, quoiqu'on lui eût
contefté pendant quelque temps
cette liberté, parce qu'il étoit vêtu
à l'Angloife.

De retour en Perfe il fut renvoyé
de nouveau en Europe en 1616.
pour propofer encore, comme à fon
premier voyage, une alliance contre le Turc, & on lui donna pour
adjoint le Pere *Redempt de la Croix*,
Carme.

Ayant paffé à *Goa*, dans le deffein de s'y embarquer pour *Lisbonne*, il fut obligé d'y attendre un an
avant que de pouvoir parvenir à le
faire. Arrivé à *Lisbonne*, il y fut mal
reçu; ce qui l'engagea à aller à *Madrit*, où par le crédit du Carme, il fut
écouté plus favorablement. On y
réfolut même, conformément à fes
demandes, d'envoyer cinq Gallions
pour fermer la Mer rouge aux Turcs,
à condition que le Roi de Perfe en-
voyeroit fes foyes par la voye d'*Ormus* & des Indes, & reftitueroit *Ba-
barem*, *Queixome*, & le fort de *Cor-
moran*.

Sherley fut retenu à *Madrit*;

où l'on convint qu'il reſteroit juſ- T. SHER-
qu'à l'exécution du Traité, & l'on LEY.
envoya le P. *Redempt* avec quatre
Gallions commandés par *Ruy Freint
d'Andrada.* Mais ce Père n'acheva
pas ſon voyage ; il mourut en Gui-
née le 30 May 1619. de fievre, avec
quelque ſoupçon de poiſon. Pour ce
qui eſt des Gallions, ils arriverent à
Ormus au commencement de Juin
1620.

On ne ſait quand *Sherley* quitta
l'Eſpagne ; mais il eſt ſûr qu'il alla
en Angleterre au mois de Janvier
1624. en qualité d'Ambaſſadeur du
Roy de Perſe. Le Caroſſe du Roy
l'alla prendre à *Saxham*, où il étoit
debarqué, & il eut audience du
Roy *Jacques I.* aux pieds duquel il
mit ſon Turban, car il étoit habillé en Perſan, & commença ſa harangue à genoux, mais le Prince le fit
lever & couvrir. *Larrey* tom. 3ᵉ. p.
698. de ſon *Hiſtoire d'Angleterre* prétend que ce fut mal à propos qu'il
ôta ſon Turban, & ajoute que le
Roy corrigeant ſa faute l'avertit de
le reprendre & de ſe couvrir. Mais
cette Critique n'eſt pas juſte ; car

T. Sher-
ley.

Finett, qui étoit Maître des Ceremonies, & par conſequent exact en
ces ſortes de matieres, remarque
que *Sherley* n'avoit ôté ſon Turban
ni devant l'Empereur ni devant le
Roy d'Eſpagne, lorſqu'il avoit été
à leur audience ; mais qu'il avoit été
obligé de l'ôter devant le Roy d'Angleterre, afin d'avoir la permiſſion
de ſe couvrir devant lui; ce qu'on
ne lui auroit pas accordé ſans cela,
parce qu'il étoit né ſujet d'Angleterre.

Il avoit amené avec lui une belle Circaſſienne, fort ſpirituelle,
nommée *Thereſe*, qui étant née de
parens nobles & Chrétiens avoit été
miſe par haſard dans le ſerail du
Roy de Perſe *Cha-Abbas*, dont elle
avoit gagné les bonnes graces. Ce
Prince voulant témoigner à *Sherley*
ſon affection, la lui fit épouſer, &
Sherley l'aima toute ſa vie fort ten-
drement. Quelques-uns ont dit
qu'elle étoit ſœur de la Reine de
Perſe, mais *Sherley* prétendoit ſeulement qu'elle étoit ſa parente, comme on le verra plus bas.

Elle accoucha à Londres d'un fils

que la Reine Epouse de *Jacques I.* T. SHER-
& le Prince de Galles, depuis *Char-* LEY.
les I. lui firent l'honneur de tenir sur
les fonds.

Sherley demeura à Londres jusqu'en 1626. qu'il lui arriva une
avanture fort désagreable.

Il vint à *Londres* vers le milieu
du mois de Fevrier de cette année
un Persan nommé *Nogdi-Beg*, ou
Nogdi-Alli-Beg, qui se disoit Ambassadeur de Perse. Les Marchands
de la Compagnie d'Orient affecte-
rent, pour chagriner *Sherley*, qu'ils
n'aimoient pas, de le faire recevoir
avec de grands honneurs, & le dé-
frayerent.

Sherley accompagné du Comte
de *Cleveland*, qui avoit épousé sa
Niece, & de neuf ou dix Gentilshommes, du nombre desquels étoit
Jean Finett, Maître des Ceremonies, alla voir le Persan, qui ne
salua le Comte du *Cleveland*, que
quand on l'eut averti qui il étoit.
Sherley avoit apporté ses Lettres
de Créance du Roy de Perse, qu'il
avoit presentées au Roy *Jacques I.*
à son arrivée en Angleterre. Il les

déplia, les porta à ses yeux, les mit
sur sa tête, les baisa, & les presen-
toit déja au Persan, qui selon la
coutume en devoit faire autant,
lorsque celui-ci se leva tout à coup
de son estrade, alla droit à *Sherley*,
lui arracha les lettres, & après les
avoir déchirées, lui donna un coup
de poing dans le visage. Milord
Cleveland se mit entre deux, mais
le fils du Persan secondant son pere, s'approcha de *Sherley*, & lui
donna encore deux ou trois coups.
Les Gentilshommes Anglois porterent aussitôt la main à leurs épées,
mais sans les tirer, se contentant
de dire au Persan, que s'ils ne re-
spectoient en sa personne le Monarque qu'il réprésentoit, ils n'épar-
gneroient ni lui ni aucun des siens.

Nogdi-Beg parut alors revenir de
son emportement, & dit qu'il étoit
fâché d'en être venu à cet excès en
leur presence; & que ce qu'il en
avoit fait n'avoit été que par un de-
pit extrême contre une personne
qui avoit osé contrefaire le seing du
Roi son Maître, qui le mettoit toujours au haut des Lettres, & non
pas

pas au revers, comme il l'avoit vû T. SHER-
dans celles que *Sherley* lui avoit LEY.
montrées, & contre un impoſteur,
qui oſoit ſe vanter d'avoir épouſé la
niéce du Roi ſon Maître.

Sherley prit alors la parole, &
déclara qu'il n'avoit jamais dit que
ſa femme fût Niece du Roy, mais
ſeulement parente de la Reine, &
qu'à l'égard du ſeing, il étoit vrai
que le Roy le mettoit en haut dans
les Lettres qu'il donnoit à ſes ſujets,
qu'il envoyoit aux Princes étrangers;
mais que quand il envoyoit un E-
tranger comme lui en Ambaſſade,
c'étoit l'uſage qu'il ſignât au dos des
Lettres, afin qu'on pût voir, avant
que de les ouvrir, de quelle part
ils étoient envoyés. Le Perſan ne répondit à cette explication que par
des regards dédaigneux, & on le
quitta bruſquement.

Le Roy fut informé de cette
ſcéne; ce qui lui fit differer l'audience qu'il devoit donner au Perſan.

Cependant la patience que *Sher-*
ley eut en cette occaſion, où il avoit
été ſi indignement outragé, ne lui

Tome XXIII. L

fit pas d'honneur ; quelques-uns même douterent de sa bonne foy, &
ce doute l'obligea de présenter une
Requeste au Roy, pour lui demander qu'on le renvoyât en Perse avec
ses Lettres, afin qu'on y décidât de
leur verité.

Le Roy lui accorda sa demande,
& après avoir donné audience le 6
Mars à *Nogdi-Beg*, il obligea les
Marchands malgré eux à les conduire tous deux en Perse, avec *Dodmer
Cotton*, qu'il envoyoit en Ambassade
au Roy de Perse, soit pour regler
le Commerce des soyes, que *Nogdi-
Beg* avoit proposé, soit pour s'y in-
former si *Sherley* étoit un imposteur
ou non.

La flotte composée de six grands
vaisseaux partit de *Douvres* le 23
Mars 1626. *Cotton*, *Sherley* & *Nogdi-
Beg* étoient en trois differens Navi-
res ; du moins le dernier n'étoit
avec aucun des deux autres. *Thomas
Herbert*, qui étoit du Voyage, en
a donné une belle Relation.

Ils arriverent le 9 Decembre à
Souali près de *Surate*, & le même
jour *Nogdi-Beg* mourut. Craignant

la ſeverité de *Cha-Abbas*, & le châ-T. Sher-
timent de pluſieurs fautes aſſez con-ley.
ſiderables qu'il avoit faites en Angleterre, il avoit pris du poiſon,
& ne mangeoit depuis quatre jours
que de l'Opium. Son fils *Ebrahim-
Chan* conduiſit ſon Corps à dix
lieues dans le pays, & le fit enter-
rer à un jet de pierre du tombeau de
Thomas Coryat.

Le 20. Janvier 1627. ils débar-
querent à *Gomron*, & ayant traverſé
Car, *Schiras* & *Hiſpahan*, ils allerent tous trouver le Roy à *Aſharaf*
à cinq milles de *Ferabath* ſur la mer
Caſpienne.

Dodmer Cotton ayant repreſenté à
ce Prince, qu'il étoit venu en partie pour demander juſtice des fauſſes
accuſations de *Nogdi-Beg* contre
Sherley, le Roy lui promit de lui
donner une entiere ſatisfaction. Mais
les choſes changerent de face à *Caſ-
bin*, où le Roy alla enſuite.

Mahomet-Alli-Beg, premier fa-
vori du Roi, gagné par les ennemis
de *Sherley*, déclara à *Cotton* que
Nogdi-Beg étant mort, *Sherley* ne
devoit attendre aucune autre ſatis-

faction que ce que le Roi lui avoit dit à *Asharaf*, ajoûtant que *Sherley* avoit proposé lui-même toutes les Ambaſſades pour leſquelles il avoit été envoyé dans les Etats des Princes Chrétiens, & qu'aucune n'avoit réuſſi.

Cotton repliqua que *Sherley* avoit ſes lettres de Créance en bonne forme, & qu'il s'agiſſoit de les verifier. *Mahomet* engagea *Cotton* à les lui confier pour les faire voir au Roy; mais trois jours ſe paſſerent, ſans qu'on en eût de nouvelles, & il vint dire enfin à l'Ambaſſadeur, que le Roi avoit vû les Lettres, mais qu'il nioit de les avoir ſignées, & même que dans ſa colere il les avoit jettées au feu, ajoûtant qu'il ſeroit bien aiſe que *Sherley* ne troublât plus le repos de ſon Royaume, & qu'il en ſortît.

Les Anglois furent tous perſuadés que *Mahomet* n'avoit point parlé au Roy de cette affaire, & qu'il ne lui avoit point montré les Lettres. *Cha-Abbas*, qui affectoit d'être équitable, en auroit uſé tout autrement; puiſqu'il ne voulut pas qu'*E*-

brahim-*Chan* fils de *Nogdi-Beg* re-   T. SHER-
vint à fa Cour, jufqu'à ce que fes LEY.
amis eurent fait fa paix, en repre-
fentant au Roy que le fils n'étoit
point coupable des fautes de fon
pere.

Au refte *Herbert* ajoute que *Sherley* étant fort âgé & incapable de
rendre fervice au Roy à l'avenir, ce
Prince étoit bien aife de s'en défaire,
pour ne lui point donner les récom-
penfes qu'il meritoit.

Ce procédé injufte, ou quelque
autre accident mit *Sherley* au tombeau environ quinze jours après fon
arrivée à *Casbin.* Il mourut le 23
Juillet 1627. en la 63 année de fon
âge, dit *Thomas Herbert*, qui le
connoiffoit parfaitement, & il fut
enterré fans ceremonie fous le feuil
de la porte de fa Maifon.

L'Ambaffadeur *Cotton* mourut dix
jours après de dyffenterie, foit pour
avoir mangé trop de fruit, foit pour
avoir fouffert trop de chaud & de
froid au paffage du Mont *Taurus.*
Le chagrin qu'il eut de l'injuftice de
Mahomet-Alli-Beg, & du mauvais
fuccès de fa Negociation, y contri-

T. SHER-
LEY.

bua aussi beaucoup. Il fut enterré avec pompe par les Armeniens dans leur Cimetiere de *Casbin.*

La Comtesse de *Sherley* étoit retournée en Perse avec son Mari, laissant leur fils en Angleterre. Lorsque son Mari mourut, elle étoit malade de la dyssenterie, & pour comble de disgrace, un Peintre Allemand, Juif, nommé *Jean*, de concert avec *Mahomet-Alli-Beg*, lui alla demander une somme considerable qu'elle devoit à ce qu'il prétendoit à un certain Flamand ; & sans lui donner le temps de s'expliquer, fit saisir chez elle tout ce qu'on y trouva de meilleur. Cependant il manqua les Diamans qu'on savoit qu'elle avoit. Elle les avoit tirés quelque temps auparavant d'un matelas de satin, sur lequel elle étoit couchée, & les avoit confiés à M. *Hedges*, Gentilhomme de la suite de l'Ambassadeur, qui les lui remit, quand l'orage fut passé.

Elle retourna en Angleterre avec *Thomas Herbert*, & se retira depuis à *Rome.*

Sherley, dit *Herbert*, étoit le plus

grand Voyageur de notre temps. Il T. Sher-
étoit fait à la fatigue, & avoit de LEY.
plus éprouvé l'inconftance de la fortune. Il étoit d'un caractere fort
franc, & étoit philofophe plutôt
par l'effet de fon temperament, que
par la force de fon efprit. Il avoit
peu d'étude, ce n'étoit pas là fon
talent; mais il avoit le genie propre
pour les Negociations. Ainfi je n'ai
point parlé ici de lui, comme d'un
homme de Lettres; mais à caufe du
rapport qu'il a avec fon frere, &
de la fingularité de fes avantures,
que l'on ne trouve point ailleurs que
dans des livres qu'on ne lit guéres.

V. *Athenæ Oxonienfes tom.* 1. *p.*
551. Il me paroît qu'on y a confondu ce qui regarde notre Voyageur,
& un de fes freres nommé *Robert*
comme lui. *Relation du Voyage de
Thomas Herbert traduit de l'Anglois
par M. de Wicquefort. Paris* 1663.
*in-*4°. Il fait mourir *Sherley* à l'âge
de 63 ans & déja caffé, & hors d'état
de rendre davantage fervice au Roi
de Perfe; & il eft jufte de s'en rapporter à lui, qui le connoiffoit parfaitement. Ainfi ce que difent d'au-

L iiij

tres Auteurs comme *Govea*, *Pietro
della Valle*, & *Monnier* de ſa grande jeuneſſe, lorſqu'il alla pour la
premiere fois aux Indes, eſt faux,
ou doit s'entendre de ſon jeune frere
nommé comme lui. *Joh. Finetti Phi-
loxenis*, *ou Obſervations ſur la Reception*, & *le traitement des Ambaſſadeurs
Etrangers en Angleterre* (en Anglois)
Londres 1656. *in-*8°. Cet Ouvrage
renferme pluſieurs particularités ſingulieres ſur *Sherley*.

ETIENNE PAVILLON.

ETIENNE *Pavillon* naquit à *Paris* l'an 1632. Son pere, petit-fils
d'un des plus celebres Avocats du
Parlement, étoit alors dans une fortune aſſez conſiderable, & par l'alliance que le mariage de ſa ſœur lui
avoit procuré avec une des plus puiſ-
ſantes familles de la Robbe, il pouvoit raiſonnablement ſe promettre
des établiſſemens conſiderables &
éclatans pour un fils capable des
plus grands emplois.

Il ne ſe contenta pas de le faire.

instruire dans toutes les bonnes Let‑ tres, il voulut encore lui donner à son entrée dans le monde une édu‑ cation solide, qui lui servît de gui‑ de dans tout le reste de sa vie. Pour cet effet il l'envoya près du fameux Evêque d'*Aleth*, son frere.

Ce fut là que le jeune *Pavillon* prit goût à l'étude de l'Ecriture Sainte & des Peres, dans laquelle il fit de grands progrès, & qui lui donna une facilité merveilleuse pour s'expliquer sur toutes les matieres de la Religion.

A son retour, il fut pourvû de la Charge d'Avocat General au Par‑ lement de *Mets.* Quoique fort jeu‑ ne, il ne tarda gueres à faire con‑ noître les grands talens qu'il avoit pour l'éloquence, & sa capacité dans les affaires. Il ne se présentoit aucune matiere, dont il ne parût instruit à fond. Le Droit Romain, les Ordonnances de nos Rois, les Constitutions du Royaume lui é‑ toient présentes dans toutes les oc‑ casions. Il n'étoit pas moins bien in‑ struit des décisions des Conciles, des Decrets des Papes & des Liber‑

E. PA‑ VILLON.

E. PA-
VILLON.

-tés de l'Eglise Gallicane. Tout ce
savoir soûtenu d'un grand sens,
d'une mémoire admirable, d'une belle prestance, d'une façon de s'exprimer heureuse & facile, & enfin d'une prononciation telle qu'on la peut souhaiter pour la perfection d'un Orateur ; tout cela se trouvoit réuni dans *Pavillon*, & lui donna en peu de temps une très-grande réputation.

Il fit les fonctions d'Avocat General pendant dix ans avec tant d'approbation & de succès, qu'il a souvent dit à ses intimes amis, qu'il n'avoit jamais parlé dans aucune affaire, sans dicter l'Arrêt par ses conclusions.

Un si beau genie & de si rares qualités demandoient un plus grand Théatre que *Metz* ; aussi le Cardinal *Mazarin* voulut-il lui procurer la Charge d'Avocat General au Parlement de *Paris* ; mais n'ayant pas trouvé dans son esprit & dans ses sentimens toute la déference pour ses volontés, & toute la souplesse qu'il auroit souhaitée, la chose en demeura là.

Cette circonstance jointe aux changemens qui s'étoient faits dans les affaires de son pere, lequel ne se trouvoit plus en état de l'avancer dans des Charges, où l'on ne peut parvenir qu'avec des biens considerables, le détermina à vendre sa Charge d'Avocat General, & de revenir à *Paris* pour y vivre dans un état de liberté & d'independance. Si le Public y perdit, *Pavillon* y gagna un loisir auquel il ne s'étoit pas attendu, & dont les charmes neanmoins ne lui étoient pas indifferens.

C'est dans cet agréable loisir, que conservant toujours la gravité d'un Magistrat, il s'étoit établi une sorte de Tribunal, dont les meilleurs esprits reconnoissoient l'empire avec plaisir. Il voyoit beaucoup de monde; il étoit aimé & consideré de diverses personnes distinguées par leur naissance & par leur merite, dont il avoit toute la confiance.

Si l'ambition avoit eu quelque place dans son cœur, il n'auroit pas manqué d'occasions pour s'avancer; & le commerce que la beauté de son

esprit & l'agrément de sa conversation lui procuroient avec tout ce
qu'il y avoit de plus spirituel à la
Ville & à la Cour, auroit pû lui servir à regagner ce que la fortune lui
avoit ôté. Mais soit par Philosophie,
soit par une juste crainte des perils
où les grands emplois exposent un
homme sage, soit enfin par l'amour
du repos, qu'il avoit commencé à
goûter, il ne voulut plus entendre
parler de Charges ni d'emplois.

Ainsi étant appellé dans la suite
pour travailler à l'éducation du Duc
du Maine, auprès duquel il pouvoit se promettre une fortune éclatante, on ne put jamais le résoudre
à s'y engager, quelques facilités &
quelques agrémens, qu'on pût lui
offrir. Il s'en défendit d'une maniere
si modeste & si raisonnable, que ses
amis ne purent s'empêcher d'admi-
rer la sagesse de ses raisons.

On lui avoit souvent dit qu'une
place dans l'Academie Françoise lui
convenoit extrémement, surtout
depuis qu'il n'étoit plus gueres occupé : mais sa modestie le retenoit, &
les sollicitations qu'il croyoit neces-

faires l'avoient toujours detourné E. PA-
d'y penſer. Cette Academie ſe trou- VILLON.
vant un jour balancée entre deux
perſonnes , qui partageoient les
voix , & formoient deux partis qu'on
ne pouvoit accorder , il arriva à
l'Abbé *Tallemant* de parler de M.
Pavillon. Il ne l'eut pas plutôt nommé , qu'il ſe fit un applaudiſſement
general ; on abandonna les deux
partis auxquels on avoit paru ſi attaché , & tout ſe réunit en un moment en faveur d'un merite qui parut ſuperieur à tout autre.

Cette élection peu uſitée étonna
tout le monde , & *Pavillon* en fut
lui-même dans une ſurpriſe extraordinaire. Mais vaincu par la maniere
honnête & obligeante dont s'étoit
fait un tel choix , il fut très-ſenſible
à l'honneur qu'il recevoit , & ſon
remerciment fit éclater ſa reconnoiſ-
ſance. Il fut reçu le 17 Septembre
1691. à la place d'*Iſaac de Benſera-
de.*

La goute commença bientôt après
à le retenir dans ſa maiſon , & à
l'attacher à ſon fauteuil , d'une maniere peu douloureuſe à la verité ,

E. Pa-
villon.

mais qui lui ôtoit la liberté de marcher. Sa chambre devint alors le rendez-vous de plusieurs personnes illustres par leur naissance, leur savoir & leur merite. Comme sa tête étoit libre & saine, il fournissoit à la conversation, y décidoit en maître, mais sans faste, & parloit sur toutes sortes de matieres avec une facilité admirable.

La mort de M. *Racine* arrivée en 1699. lui procura une place dans l'Academie des Inscriptions, où malgré son absence involontaire, il ne laissa pas de donner de bons conseils sur differentes productions qui en sont sorties.

Il mourut le 10 Janvier 1705. âgé de 73 ans, ayant conservé jusqu'à son dernier moment son bon sens, ses amis, & sa réputation.

Le Roi l'avoit honoré d'une pension long-temps auparavant.

Il étoit bien fait, de grande taille, & d'une mine avantageuse, qui imposoit par elle-même, & par un air de gravité bien entendu, qui lui étoit naturel.

Sa prose & ses vers ne laissent rien

à defirer ; foit louange , foit morale , foit galanterie , foit badinage ,
tout y eft parfait dans fon genre , &
a toujours un caractere honnête &
plein de retenue.

 Il ne parut de lui pendant fa vie,
que fon difcours de reception à l'A-
cademie Françoife , qui fe trouve
dans les Recueils de cette Academie , & qui a été imprimé feparé-
ment *in*-4°. en 1691. fuivant la coutume ; & quelques pieces de Poefie , qu'on voit parmi les Lettres du
Comte *de Buffy* , & dans quelques
Recueils. Ce n'eft qu'après fa mort
qu'on a fongé à raffembler fes Oeuvres.

 Ils parurent pour la premiere fois
à *la Haye* en 1715. *in*-8°. Cette édition eft fort imparfaite ; de 59 pieces qu'elle contient , il y en a près
de la moitié qui ne font point de
M. *Pavillon* ; d'ailleurs on y trouve
des vers omis , eftropiés , ou ajou-
tés mal à propos. C'eft ce qui engagea *Henri du Sauzet* , Libraire de *la
Haye* , qui l'avoit donnée , d'en publier une nouvelle en 1720. à *la Haye
in*-8°. Cette feconde renferme 76

E. PA-
VILLON.

E. PA-
VILLON.

pieces, qui font veritablement de M. *Pavillon.* L'Editeur a mis à la tête des deux éditions un Eloge Hiftorique de l'Auteur, qui eft fuivi de fon difcours de Reception à l'Academie Françoife.

V. *Son Eloge par M. l'Abbé Tallemant dans le premier volume de l'Hiftoire de l'Academie des Infcriptions; & celui qu'on a mis à la tête de fes Oeuvres, où l'on trouve quelques particularités, qui ne font point dans le premier.*

THOMAS CORNEILLE.

T. COR-
NEILLE.

THOMAS *Corneille* naquit à *Rouen* le 20 Août 1625. de *Pierre Corneille* Avocat du Roy à la Table de Marbre, & de *Marthe le Pefant* fille d'un Maître des Comptes.

Il fit fes claffes aux Jefuites, & il y a apparence qu'il les fit bien. Ce qu'on en fait de plus particulier, c'eft qu'étant en Rhetorique, il compofa en vers Latins une piece, que fon Régent trouva fi fort à fon gré, qu'il

qu'il l'adopta, & la ſubſtitua à celle T. Cor-
qu'il devoit faire déclamer par ſes E- NEILLE.
coliers, pour la diſtribution des Prix.

Lorſqu'il eut fini ſes études, il
vint à *Paris*, où l'exemple de *Pierre
Corneille*, ſon frere aîné, le tourna
du côté du Théatre.

Son debut fut heureux, & *Timocrate*, une de ſes premieres Trage-
dies, eut un ſi grand ſuccès, qu'on
la joua de ſuite pendant ſix mois. Le
Roy vint exprès au Marais pour en
voir la repréſentation : & le zele de
quelques amis de *Corneille* alla juſqu'à vouloir lui perſuader d'en demeurer là, comme s'il n'y avoit eu
rien à ajouter à la gloire qu'il avoit
acquiſe, & qu'il eût beaucoup riſqué
à la vouloir ſoutenir par de nouvelles productions. Mais d'autres pieces
qu'il donna dans la ſuite n'eurent
pas moins d'applaudiſſemens.

Du Tragique ſublime, qu'il avoit
d'abord employé, il paſſa à des Caracteres, qui plus naturels, & plus
à la portée de nos mœurs, quoique
toujours héroiques, n'avoient cependant pas encore été placés ſur la
ſcéne Françoiſe. Ariane & le Comte

Tome XXIII. M

T. Cor-
neille.

d'Eſſex, qu'il compoſa dans ce goût, enleverent tous les ſuffrages, dès qu'elles parurent, & le Public ne s'eſt point refroidi à leur égard ; on les repreſente encore avec ſuccès.

Le Tragique ne lui fit point negliger le Comique; il commença par mettre au Théatre pluſieurs pieces Eſpagnoles, dont on ne croyoit pas qu'il fût poſſible de conſerver l'eſprit & le ſel, ſi l'on vouloit les dégager des licences & des fictions, qui leur ſont particulieres, & que nôtre Scéne n'admet point ; & d'un comique outré, il en fit un ſimple & inſtructif.

Il s'exerça auſſi à la Poëſie chantante, & nous avons de lui deux Opera.

Il perdit le 1 Octobre 1684. *Pierre Corneille* ſon frere, avec lequel une eſtime & un amour reciproques, des inclinations & des travaux à peu près ſemblables, les engagemens de la fortune, ceux même du hazard, tout enfin ſembloit avoir concouru à l'unir. Ils avoient épouſé les deux ſœurs, en qui ſe trouvoit la même difference d'âge, qui étoit entre eux.

Il y avoit des enfans de part & d'au- T. COR-
tre, & en même nombre. Ce n'étoit NEILLE.
qu'une même maifon, & un même
domeftique. Enfin après plus de 25
ans de mariage, les deux freres n'a-
voient pas encore fongé à faire le
partage des biens de leurs femmes,
biens fitués en Normandie, dont
elles étoient originaires comme eux,
& ce partage ne fut fait que par une
neceffité indifpenfable, à la mort de
Pierre Corneille.

L'Academie Françoife crut ne pouvoir mieux reparer la perte qu'elle
fit alors, qu'en lui donnant pour
fucceffeur un frere, qui marchoit
fur fes traces. *Thomas Corneille* y fut
reçu le 2 Janvier 1685.

Depuis ce temps-là il donna au
Public differens Ouvrages, dont je
parlerai plus bas, & qui lui ouvri-
rent une entrée dans l'Academie des
Infcriptions, où il fut admis, quand
il plut au Roy en 1701. de l'augmenter par un nouveau Reglement.
Son âge déja fort avancé ne l'empêcha pas de fe rendre très-reguliere-
ment aux Affemblées. Il perdit la
vûe bientôt après; mais cet accident

M ij

ne diminua rien de fon affiduité.
D'autres infirmités fuccedant infenfiblement à la perte de fes yeux, on
le déchargea en 1705. des travaux
de l'Academie, dont l'entrée, le
droit de fuffrage, & toutes les autres prérogatives lui furent confer-
vées fous le titre de Veteran.

Lorfque l'impreffion de fon Dictionnaire Geographique, qui parut
en 1708. eut été achevée, il fe retira
à *Andely*, petite ville de Normandie, où il avoit du bien. Il y mourut la nuit du huit au neuf de Decembre 1709. âgé de 84 ans.

Il avoit joui toute fa vie, fi l'on
en excepte les cinq ou fix dernieres
années, d'une fanté égale & robu-
fte, malgré fon application conti-
nuelle au travail. Il eft vrai que perfonne ne travailloit avec plus de facilité. On dit qu'*Ariane*, fa Tragedie favorite, ne lui avoit couté que
dix-fept jours, & qu'il n'en avoit
donné que vingt-deux à quelques
autres.

Il étoit d'une converfation aifée;
fes expreffions vives & naturelles la
rendoient legere, fur quelque fujet

qu'elle roulât. Il avoit conſervé une
politeſſe ſurprenante juſques dans ſes
derniers temps, où l'âge ſembloit
devoir l'affranchir de beaucoup d'at-
tentions : & à cette politeſſe il joi-
gnoit un cœur tendre, qui ſe livroit
aiſement à ceux qu'il ſentoit être
du même caractere.

Penetré des verités de la Religion,
il en rempliſſoit les devoirs avec la
derniere exactitude, mais ſans aucune affectation. Sincerement mode-
ſte, il n'avoit jamais voulu profiter
des occaſions favorables de ſe montrer à la Cour, ni chez les Grands ;
& toujours empreſſé à louer le merite d'autrui, on l'a vû pluſieurs fois
ſe derober aux applaudiſſemens que
le ſien lui attiroit. Il aimoit ſur toutes choſes une vie tranquille, quelque obſcure qu'elle pût être ; bien-
faiſant d'ailleurs, genereux, liberal,
même dans la plus mediocre fortune.

Catalogue de ſes Ouvrages.

1. *Les Engagemens du Hazard,*
Comedie. Cette piece & toutes les
ſuivantes ſont en vers & en cinq
Actes.

T. COR-
NEILLE.

2. *Le feint Astrologue, Comedie.*

3. *Dom Bertrand de Cigarral, Co-*
medie.

4. *L'Amour à la mode, Comedie.*

5. *Le Berger extravagant, Pasto-*
rale burlesque.

6. *Le Charme de la voix, Come-*
die.

7. *Le Geolier de soi-même, Come-*
die.

8. *Les Illustres Ennemis, Comedie.*

9. *Timocrate, Tragedie.*

10. *Berenice, Tragedie.*

11. *La mort de l'Empereur Commo-*
de, Tragedie.

12. *Darius, Tragedie.*

13. *Stilicon, Tragedie.*

14. *Le Galant double, Comedie.*

15. *Camma, Tragedie. 1662.*

16. *Maximian, Tragedie 1662.*

17. *Pyrrhus Roi d'Epire, Tragedie.*

18. *Persée & Demetrius, Trage-*
die.

19. *Antiochus, Tragedie.*

20. *Laodice, Tragedie.*

21. *Le Baron d'Albikrac, Come-*
die 1670.

22. *La mort d'Annibal, Tragedie.*

23. *La Comtesse d'Orgueil, Comedie.*

24. *Theodat, Tragedie.*

25. *Le Feſtin de Pierre, Comedie.*
C'eſt celle de *Moliere,* que *Thomas
Corneille* a miſe en vers, en y faiſant quelques legers changemens.
Elle commença à paroître en 1677.
& on ne joue plus qu'elle maintenant.

26. *Axiane, Tragedie.*

27. *La mort d'Achille, Tragedie.*

28. *D. Cèſar d'Avalos, Comedie.*

29. *Circé, Tragedie.*

30. *L'Inconnu, Comedie, meſlée
de divertiſſemens.*

31. *Le Comte d'Eſſex, Tragedie.*

32. *Bradamante, Tragedie* 1696.
Toutes ces pieces qui ont été imprimées à part, chacune dans leur
temps, ont été réunies enſuite, &
imprimées enſemble pluſieurs fois.
L'Edition la plus complette eſt celle
qui a paru à *Paris* en 1722. en 5 vol.
in-12. mais les précedentes font plus
belles.

33. *Bellerophon, Tragedie miſe en*
muſique par M. de *Lully* & repreſentée en 1679.

34. *Medée, Tragedie miſe en muſi-*
que par M. *Charpentier,* & repreſentée en 1694.

35. *Les quatre premiers Livres des Metamorphoses d'Ovide, traduits en vers. Paris* 1669. *in-*12.

36. *Les Metamorphoses d'Ovide mises en vers François. Paris* 1697. *in-*12. 3 *vol.* Avec des figures au commencement de chaque histoire.

37. *Pieces choisies d'Ovide, traduites en vers. Paris* 1670. *in-*12. C'est une traduction des Epîtres Heroiques.

38. *Discours prononcé à sa reception à l'Academie Françoise le* 2 *Janvier* 1685. *Paris* 1685. *in-*4°. It. dans les Recueils de l'Academie. It. A la fin de ses pieces de Théatre.

39. *Réponse à M. de Fontenelle, à sa reception à l'Academie Françoise, le* 5 *May* 1691. *Paris* 1691. *in-*4°. It. Dans les Recueils de l'Academie, & à la fin de ses Pieces de Théatre.

40. *Remarques sur la langue Françoise de M^r. de Vaugelas, avec les notes de Thomas Corneille. Paris* 1687. *in-*12. *deux tomes.*

41. *Observations de l'Academie Françoise sur les Remarques de M. de Vaugelas. Paris.* 1704. *in-*4°. It. *la Haye* 1705. *in-*12. *deux vol.* Ces Observations

fervations ont été recueillies par T. Cor-
Thomas Corneille, qui a pris foin NEILLE.
de les donner au public.

42. *Le Dictionnaire des Arts & des
Sciences. Paris* 1694. *in-fol. deux vol.*
Ce Dictionnaire eft deftiné à fervir
de fupplément à celui de l'Academie Françoife.

43. *Dictionnaire Univerfel, Geographique & Hiftorique. Paris* 1708.
in-fol. trois vol. Cet Ouvrage, qui
l'a occupé pendant quinze ans, eft
le plus ample que l'on eût vû jufques-là en ce genre. Il en corrigea
lui-même les épreuves, quoiqu'a-
veugle. Il avoit dreffé pour cela un
Lecteur, dont il s'étoit rendu la
prononciation fi familiere, qu'à l'entendre lire il jugeoit parfaitement
des moindres fautes, qui s'étoient
gliffées dans la ponctuation ou dans
l'orthographe. Il n'avoit rien oublié
pour perfectionner fon Ouvrage,
& avoit écrit dans les Provinces,
dont il avoit tiré d'excellens memoires, qui ne fe trouvent que dans
fon livre. Dans les articles les plus
communs, il entre dans un détail
qui les rend curieux & intereffans.

Tome XXIII. N

T. Cor-
neille.

D'ailleurs il cite exactement ſes ga-
rants; ce qui eſt un avantage pour
le Lecteur qui veut recourir aux
ſources. Cependant ſon Dictionnaire étoit déja decrié preſque avant
que d'être mis en vente. Il faut
avouer auſſi que le plan en eſt vicieux auſſi bien que l'exécution. Car
1°. il a omis les définitions des termes Geographiques, qui devroient
s'y trouver. 2°. Il a ſouvent pris ſes
articles tout faits au haſard dans les
Auteurs qu'il avoit ſous la main, &
y a ajouté en forme de ſupplément
ce qu'il trouvoit dans d'autres; au
lieu qu'il auroit fallu remanier le
tout, & ne choiſir que ce qu'il y
avoit de meilleur dans chaque Ecri-
vain pour en dreſſer un ſeul article.
3°. Il a negligé les diviſions qui ap-
portent neanmoins de l'ordre & de
la facilité dans l'étude de la Geographie. 4°. Il ſe jette trop ſur l'hiſtoire. 5°. Il n'a pas fait aſſez d'uſage
des excellens livres de Critique,
qui étoient déja publics. 6°. Il lui
eſt ſouvent arrivé de préferer la plus
mauvaiſe maniere d'écrire les noms,
qu'il eſt preſque impoſſible de trou-

ver, à cauſe de ce dérangement.
7°. Il n'a point mis d'Index Latin à
la fin, croyant y avoir aſſez ſuppléé
dans le corps même de l'Ouvrage,
où il a inſeré beaucoup d'articles,
qui ne concernent que l'ancienne
Geographie, & qui commencent
par des noms Latins. Mais il s'en
faut beaucoup que ce qu'il en a mis
ſoit ſuffiſant, tant par rapport au
nombre, que par rapport à l'exactitude. Malgré tous ces défauts ſon
livre contient une infinité d'excellentes choſes, & ne merite pas le
mépris que tant de perſonnes en ont
fait, ſouvent ſans connoiſſance de
cauſe. C'eſt le jugement que M. de
la Martiniere, bon juge en ces ſortes de matieres, en porte dans un
*Eſſai ſur l'Origine & les progrès de la
Geographie*, inſeré dans les *Memoires Hiſtoriques & Critiques* du mois
de Decembre 1722. p. 13.

 V. *Son Eloge par M. de Boze dans
l'Hiſtoire de l'Academie des Inſcrip-
tions, tom.* 1. *Baillet Jugemens des Savans, ſur les Poetes.*

T. Cor-
NEILLE.

N ij

JEROSME BIGNON.

J. BI- **J**EROSME *Bignon* naquit à *Paris*
GNON. l'an 1590. de *Rolland Bignon*,
Avocat au Parlement, d'une ancien-
ne famille originaire d'Anjou, &
de *Marie Ogier*, fille de *Christophe
Ogier*, aussi Avocat au Parlement.

   Rolland Bignon, qui est mal appellé *Jerosme* dans les *Opuscules de
Loysel* p. 582. né au mois de Fevrier
de l'an 1559. fut un des plus savans
hommes de son siecle. Il avoit été
disciple de Messieurs *Roaldés* & *Ma-
ran*, fameux Jurisconsultes de l'Université de *Toulouse*; & lorsque le
premier se retira dans celle de *Ca-
hors*, il laissa sa Chaire de Professeur
en Droit à *Rolland Bignon*, qui,
comme cette Profession étoit alors
très-honorable, y enseigna publiquement pendant une année, & dicta
d'excellens Paratitles sur les cinq
livres des Decretales. Etant ensuite
venu à *Paris*, il exerça avec beaucoup de reputation la profession
d'Avocat, à laquelle se bornoient

alors pluſieurs perſonnes de Naiſſan- J. BI-
ce & de merite, qui conſervoient GNON.
la moderation des anciennes mœurs,
& qui étoient prévenus d'une eſpece
d'averſion contre lavenalité desChar-
ges introduites depuis peu. Après
avoir brillé dans le Barreau, il devint celebre dans les Conſultations,
& fut generalement eſtimé comme
un homme d'une rare ſuffiſance, &
d'une probité ſinguliere.

Perſuadé qu'il étoit plus redevable à ſon fils qu'à tout autre, il ne
voulut confier ſon éducation qu'à
lui-même. *Jerôme Bignon* n'eut pas
beſoin d'aller chercher une autre
école, pour apprendre les Langues,
les Humanités, l'Eloquence, la Philoſophie, les Mathematiques, l'Hiſtoire, la Juriſprudence & la Theologie. Il apprit ſous un ſi excellent
Maître toutes ces Sciences, avec une
rapidité extraordinaire, & ſe vit
preſque à la fin de ſes études dans
un âge, où l'on né commence gueres
qu'à deliberer ſur les moyens de
faire étudier les enfans.

Dès l'âge de dix ans, il donna au
public un eſſai de ſon érudition,

qui lui fit dès-lors meriter la qualité d'Auteur. C'eſt une Chorographie, ou Deſcription de la Terre Sainte; qui fut une preuve des connoiſſances qu'il avoit déja acquiſes dans l'Hiſtoire, la Geographie & l'Ecriture Sainte. Il n'en demeura pas-là, & l'on fut encore ſurpris de voir trois ans après paroître deux autres Ouvrages de ſa compoſition; Ouvrages qui le firent connoître à tout ce qu'il y avoit de perſonnes habiles & conſiderables dans la France.

Le Roi *Henri IV.* ayant entendu parler de lui, voulut le voir, & le choiſit pour être en qualité d'Enfant d'Honneur auprès du Dauphin, qui fut depuis le Roi *Louis XIII.*

Le jeune *Bignon* parut à la Cour avec des manieres tout-à-fait aiſées & polies. L'auſterité d'une étude aſſidue n'avoit point obſcurci les diſpoſitions naturelles qu'il avoit pour paroître dans le grand Monde; & le tumulte & les engagemens de la Cour ne furent point capables d'affoiblir l'inclination qu'il ſe ſentoit pour les Sciences.

Il compoſa en ce temps-là un

Traité de l'excellence des Rois &   J. BI-
du Royaume de France, pour prou- GNON,
ver que les Rois de France doivent
avoir la préféance fur tous les autres
Rois, qui lui attira bien des applaudiffemens. Il le dedia au Roi *Henri*
IV. qui l'engagea par ordre exprès
à pouffer plus loin fes recherches
fur cette matiere.

Mais la mort funefte de ce Prince
arrivée peu de temps après, inter-
rompit ce projet, & détermina même M. *Bignon* à fe retirer de la Cour.
Ce ne fut pas cependant pour longtemps; il y fut bientôt rappellé à la
follicitation de *Nicolas le Fevre*,
nouveau Précepteur du Roi *Louis*
XIII. & ne put fe défendre d'y demeurer jufqu'à la mort de cet ami.
Il travailla dans cet intervalle à l'E-
dition des Formules de *Marculphe*.

En 1614. il fit un voyage en Italie, & y vifita par tout les plus illuftres d'entre les Savans, qu'il con-
vainquit par fa préfence de ce que
la Renommée leur avoit appris de
plus incroyable en fa faveur.

Le Pape *Paul V.* lui donna des
marques fingulieres de fon eftime;

N iiij

J. BI-
GNON.

le Cardinal de *Sainte-Suzanne*, qui n'étoit alors que Secrétaire des Brefs, établit avec lui un commerce d'amitié très-étroite, & le celebre *Fra-Paolo*, charmé de fa converfation, l'arrêta quelque temps à *Venife* pour en profiter.

Au retour de ce voyage, M. *Bignon* fe donna tout entier aux exercices du Barreau, où fes premieres actions eurent un grand fuccès.

Son pere le fit pourvoir en 1620. d'une Charge d'Avocat General au Grand Confeil, dans les fonctions de laquelle il furpaffa tout ce qu'on pouvoit attendre de lui, & il s'acquit une fi grande réputation, que le Roy quelque temps après le nomma Confeiller d'Etat, & enfin Avocat General au Parlement, à la place de M. *Servin*, fur la fin de l'année 1625.

Tout le monde applaudit à ce choix; le Clergé même, qui avoit nommé des Deputés, pour prier le Roi de faire revivre en fa faveur l'ancien Droit, fuivant lequel un des Avocats Generaux devoit être Clerc, ayant fçu le choix que le

Roi avoit fait de M. *Bignon*, ne ſe contenta pas de renoncer à ſes pré-tentions en faveur de cet illuſtre Magiſtrat, mais deputa encore vers ſa Majeſté pour lui en faire des remercimens, & vers M. *Bignon*, pour l'en feliciter.

En effet jamais cette importante place n'avoit été remplie plus dignement : car ſans parler de ſes talens naturels qu'on y vit briller dans toute leur étendue, il ſignala en mille occaſions ſa vigueur à ſoutenir les interêts du Parlement, ſon zele inviolable pour la juſtice, & ſa fermeté inébranlable contre toutes les attaques de la faveur. Vertus dont ſes envieux entreprirent de lui faire des crimes, après la Harangue ſincere, quoique reſpectueuſe, qu'il prononça devant le Roi *Louis XIII.* ſeant en ſon lit de Juſtice, pour la verification de quelques Edits. Mais ce Prince juſtement prévenu en ſa faveur, oppoſa la parfaite connoiſſance qu'il avoit de ſes bonnes intentions, aux complots & à l'avidité des gens d'affaires dechaînés contre ſa trop grande probité.

En 1641. resolu de ne plus vaquer
qu'aux emplois qui l'occupoient
dans le Conseil d'Etat, il ceda sa
Charge d'Avocat General à M. *Bri-*
quet, son gendre.

L'année suivante le Cardinal de
Richelieu, quoiqu'assez mal inten-
tionné à son égard, le fit nommer
Grand Maître de la Bibliotheque du
Roi, dans la persuasion que le Public le destinoit par avance à cette
Charge, & seroit choqué qu'elle fût
remplie par un autre. L'Amour que
M. *Bignon* avoit pour les Lettres, la
lui fit accepter, & son désinteresse-
ment lui fit refuser dans la suite
celle de Surintendant des Finances.

M. *Briquet*, son gendre, étant mort
en 1645. il fut obligé de reprendre
sa Charge, pour la conserver à son
fils, & continua de l'exercer jusqu'à
sa mort, quoique de premier Avocat General, il fût devenu le second.

Il fut outre cela employé à d'autres affaires importantes pour l'Etat.
On sait combien il eut de part à
l'Ordonnance de 1639. & avec combien d'équité il exerça les Commis-

fions de l'Arriereban, des Amortif-   J. Bi-
femens & du Domaine, qui lui fu- GNON.
rent confiées en differens temps. La
Reine *Anne d'Autriche* l'appella pendant fa Regence aux Confeils les
plus importans.

Ce fut lui qui accommoda les
differends de Meffieurs *d'Avaux* &
Servien, Plenipotentiaires à *Munfter*, & qui travailla avec Meffieurs
de Brienne & *d'Emery* au Traité d'Alliance avec la Hollande en 1649. Il
fut auffi choifi en l'année 1651. pour
regler la grande affaire de la fuccef-
fion de Mantoue, & en 1654. pour
conclure le Traité avec les Villes An-
featiques.

Enfin ce grand homme, qui avoit
toûjours fait fervir la pieté de bafe
aux autres vertus, qu'il avoit conftamment pratiquées, finit par une
mort précieufe devant Dieu, le
cours d'une vie fi glorieufe aux yeux
des hommes.

Il mourut le 7 Avril 1656. d'un
Afthme, dont il avoit été attaqué
dès l'Automne précedent, mais qui
ne lui fit point ceffer fes fonctions
ordinaires. Il étoit alors dans fa
67ᵉ année.

J. BI-
GNON.

Il fut enterré à *S. Nicolas du Char-*
donnet, où l'on voit son Buste de
Marbre, fait de la main de *Girar-*
don, avec cette longue Epitaphe.

Hieronymus Bignon sui saeculi amor,
decus, exemplum, Miraculum.

Quid hac circumstantium virtutum
pompa sibi velit, haud requiret, quis-
quis Hieronymi Bignonii, Regii in Cu-
ria Parisiensi Advocati, hanc esse effi-
giem noverit; quem doctrinae ac humi-
litatis rara concordia, & justitiae ac
pietatis indivulsa Societas & Deo &
hominibus commendarunt.

Fuit illi scientia multiplex & exqui-
sita, eademque expedita & facilis, &
quâ non actiones modo publicas exorna-
ret, sed familiarem quoque convictum
mira suavitate condiret: hujus splen-
dor, ne quem perstringeret, fecit incre-
dibilis animi modestia, quâ sibi cun-
ctos praeponebat, non varia simulatione,
sed intimo sensu; neminem ille despi-
cere visus, neminem obloqui, omnes
contra fovere, erigere, amplecti; ita
cum omnium admirationem excitaret,
nullius incendit invidiam, Eruditorum
& princeps & pater communi suffra-
gio habitus.

*Atque hæ privatæ quodammodo Bi-
gnonii dotes fuerunt, quales autem in
ampliſſimo, quo per omnem ferè vitam
functus eſt munere, oſtenderit; quam
animi firmitatem, fidem, religionem,
benignitatem, æquitatem, patientiam,
nec dici poteſt, nec neceſſe eſt: adeo
quidquid dixeris, non intra verum
modo erit, ſed intra famam. Nec ve-
rentur duo ſuperſtites filii, Hieronymus & Theodoricus: ille paternæ dig-
nitatis hæres; hic libellorum ſupplicum
Magiſter, qui hoc optimo parenti mo-
numentum mœſti poſuerunt, ne in cele-
brandis ipſius virtutibus nimium vi-
deantur amori tribuiſſe, quarum teſtem
appellare poſſunt, non Galliam modo,
ſed orbem.*

Obiit anno 1656. 7 *Aprilis. Ætatis* 67.

Il n'avoit jamais voulu permettre
qu'on fît ſon portrait ; mais on le
tira, pendant qu'il portoit la parole
à la Grand' Chambre. C'eſt pour cela
que *Lochon* qui l'a gravé a mis au
bas ces mots. *R. Lochon ad vivum
furtim delineavit.*

Catalogue de ſes Ouvrages.

1. *Chorographie ou Deſcription de*

J. BI- *la Terre-Sainte. Paris* 1600. Cette
GNON.   description, qu'il publia à l'âge de
10 ans, est plus exacte que toutes
celles, qui avoient paru auparavant.

2. *Discours de la Ville de Rome,
principales Antiquitez & singularitez
d'icelle. Paris* 1604. *in-8°.* Livre peu
commun, dit l'Abbé *Lenglet,* &
qui vient d'une personne, qui joi-
gnoit à un grand goût une extrême
exactitude.

3. *Traité sommaire de l'Election des
Papes. Plus le plan du Conclave. Paris* 1605. *in-8°.* Il y a bien de l'érudition dans ce petit Ouvrage.

4. *De l'Excellence des Rois & du
Royaume de France, traitant de la
Préseance & des Prérogatives des Rois
de France par-dessus tous les autres, &
des causes d'icelles. Paris* 1610. *in-8°.*
Cet Ouvrage est destiné à réfuter
celui que *Diegue Valdés* Conseiller
de la Chambre Royale de *Grenade,*
avoit publié pour soutenir la préseance des Rois d'Espagne, sous ce
titre : *De dignitate Regum Hispaniæ.*
Granata 1602. *in-fol.*

5. *Marculfi, Monachi, Formulæ.*
Ex Bibliotheca Regia Hier. Bignonius

edidit & notis illustravit. Paris. 1613.
*in-*8°. It. *Argentorati* 1655. *in-*4°.
It. *Editio auctior: Accessit liber Legis*
Salicæ à Fr. Pithæo & eodem Bigno-
nio notis illustratus. Paris. 1666. *in-*4°.
Cette seconde édition, qui est con-
siderablement augmentée, a paru
par les soins de ses fils. Les notes
de M. *Bignon* sont si remplies d'é-
rudition & si justes, qu'elles sont
encore l'admiration des Savans. Cependant il n'avoit que 23 ans, lorsqu'il les donna pour la premiere
fois.

6. *Voyage de François Pyrard de La-*
val, contenant sa Navigation aux In-
des Orientales, Maldives, Moluques,
& au Bresil. Paris 1615. *in-*8°. *deux*
tomes. It. *Nouvelle Edition augmentée*
de divers Traités. Paris 1679. *in-*8°.
C'est à *Jerôme Bignon*, que nous
sommes redevables de la publication
de ce voyage. Les découvertes de
Pyrard, homme de bon sens, mais
incapable de s'énoncer par écrit, seroient demeurées ensevelies dans
l'oubli, si M. *Bignon* ne l'eût attiré
chez lui, l'invitant même à sa table,
& n'eût pris soin de mettre tous les

J. BI-
GNON.

soirs sur le papier, ce qu'il tiroit à differentes reprises de ses entretiens.

V. *Joannis Alberti Portneri Elogia & Lacryma in obitum Hier. Bignonii. Paris. 1657. in-4°. Et avec les Formules de Marculfe de l'Edition de Strasbourg & de la seconde de Paris. Baillet, Traité des Enfans celebres p. 285. Les Hommes illustres de Perrault tom. 1. Du Pin, Bibliotheque des Auteurs Ecclesiastiques du* 17ᵉ *siecle tom. 2. p. 385. Le Dictionnaire de Morery.* L'Article qu'on y trouve de *Jerôme Bignon* vient de bonne main, & c'est ce qu'on a de meilleur & de plus exact sur lui.

JEAN MALDONAT.

JEAN *Maldonat* naquit l'an 1534. d'une famille noble, à *las Casas de la Reina*, lieu situé près de *Lerena* dans l'Estramadure, comme il paroît par un Ecrit signé de sa main, qui se conserve à *Rome* dans les Archives des Jesuites. Ainsi ceux qui l'ont fait Portugais, se sont trompés, de même qu'*Alegambe* & *Nicolas*

colas *Antonio* , qui ont mis fa Naif- J. Mal-
fance à *Fuente del Maeftre.* DONAT.

Il fit fes études à *Salamanque* , où
après s'être inftruit dans les langues
favantes & les Belles-Lettres , il prit
quelques leçons de Droit Civil , &
enfin fe donna tout entier à la Theologie , par le confeil de *Michel de
Palacios* , fon ami , qui nous a laiffé
des Commentaires fur l'Ecriture.
Il eut pour Maîtres dans cette derniere Science *Dominique Soto* , &
François Tolet , qui fut depuis Cardinal.

Son cours d'études fini , il en-
feigna dans la même Univerfité de
Salamanque la langue Gréque , la
Philofophie & la Theologie , avant
que d'entrer dans la Societé des Jefuites , dont il alla prendre l'habit à
Rome l'an 1562.

Comme les Jefuites manquoient
alors de perfonnes capables de remplir tous les emplois dont ils étoient
chargés , il ne fut pas plutôt chez
eux , qu'ils l'envoyerent à *Paris* , où
il commença à profeffer la Philofophie en 1563. Il la profeffa pendant
trois ans , & paffa enfuite à la Theo-

Tome XXIII. Q

logie qu'il enseigna pendant quatre
autres années avec un concours extraordinaire d'Ecoliers. Les Bibliothecaires de la Compagnie assurent,
que dans la crainte de ne point trouver de place pour l'entendre, on
se rendoit dans sa Classe deux ou
trois heures avant qu'il montât en
Chaire, & qu'il fut souvent obligé
de faire ses leçons dans une cour &
dans les rues, parce que les bancs
ne suffisoient pas à tous ses Auditeurs. Ils ajoutent qu'il y eut même
des Ministres Calvinistes qui assi-
stoient à ses Leçons.

En 1570. il fut envoyé à *Poitiers*
avec neuf autres Jésuites, par le
conseil du Cardinal de Lorraine,
pour s'opposer aux Heretiques, qui
étoient en grand nombre dans ce
Pays. Il y fit des Leçons Latines, eut
des conferences avec les Ministres,
y prêcha en François, & prit des
mesures pour établir un College de
Jésuites dans cette ville, qui ne purent cependant avoir leur effet que
dans la suite.

De retour à *Paris*, il fit un voyage en Lorraine, & en passant à *Se-*

dan, il y eut une conference avec J. MAL-
vingt Ministres, dont deux, savoir DONAT.
Matthieu de Launoy & *Henri Penne-
tier*, se convertirent dans sa suite ;
soit que leur conversion fût l'effet
de cette conference, ce dont
Bayle doute fort, sur ce qu'ils ne se
firent Catholiques qu'en 1577. c'est-
à-dire cinq ans après, & que dans
un Ouvrage de controverse, qu'ils
publierent aussitôt après, & qu'ils
dedierent au Roy, ils ne disent pas
la moindre chose de *Maldonat*, ni
de la conference de *Sedan*, soit que
leur changement eût été occasion-
né par autre chose.

Maldonat étant revenu de nouveau à *Paris*, continua d'enseigner
la Theologie, mais d'une maniere
plus étendue & plus profonde, qu'il
n'avoit fait auparavant.

Ce fut alors qu'il eut des traver-
ses, qui troublerent son repos ; car
d'un côté il fut accusé devant les
Juges seculiers, d'avoir fait faire au
Président *Montbrun de Saint-André*,
qu'il avoit assisté à la mort, un legs
universel en faveur de sa Societé, &
d'un autre côté l'Université & la Fa-

O ij

J. Mal-culté de Theologie de *Paris* vouluDONAT. rent le faire passer pour un heretique , parce qu'il ne croyoit pas que l'Immaculée Conception de la Vierge fût de foy.

Il fut mis à couvert de la premiere accusation par un Arrêt du Parlement , dont le principal motif fut la probité connue de l'accusé ; mais l'autre affaire eut de plus grandes suites , & elle merite d'être ici rapportée en détail.

Maldonat ayant agité dans ses Leçons la question de l'Immaculée Conception de la Vierge , comme une chose problematique , choqua par-là les Theologiens de *Paris* , accoutumés à considerer cette Conception Immaculée comme une verité indubitable , à cause de la décision du Concile de *Basle* , que *Maldonat* ne faisoit pas difficulté de rejetter , prétendant que ce Concile n'étoit pas Oecumenique , & que son autorité ne devoit point prévaloir à celle du Concile de *Trente* & du S. Siege , qui non seulement n'avoient rien décidé sur ce sujet ; mais qui avoient encore arrêté qu'on laisseroit la chose indecise.

De là naquirent des difputes en- J. MA**i**-
tre les Ecoliers de l'Univerfité de DON AT.
Paris, que le Recteur, *Jean Deni-*
fet, crut devoir arrêter. Il fit pour
cela affembler les quatre Facultés &
fe plaignit de ce que *Maldonat* fans.
avoir égard aux raifons de prudence, aux motifs de pieté, & aux loix
de la charité, cherchoit l'occafion
d'introduire des nouveautés, de former un fchifme, & d'infpirer du
mépris pour les ftatuts de l'Univerfité; qu'il étoit notoire que l'Eglife
de France, principalement depuis
le Decret du Concile de *Bafle*, avoit
toujours tenu & cru comme un point
de Foy Catholique, que la Vierge
Marie avoit été exempte de la tache
du peché originel, & que tous les
François imbus de cette doctrine
s'étoient fait un devoir d'honorer la
Conception de la Vierge, & avoient
pratiqué ce culte avec beaucoup de
fruit : Que cependant *Maldonat* enfeignoit alors le contraire, & ou-
vroit par cette doctrine la porte à
un Schifme.

L'Affemblée réfolut qu'on depu-
teroit vers *Pierre de Gondi* Evêque

J. MAL-de *Paris*, pour le prier de soutenir
DONAT. la foy & le culte de l'Immaculée
Conception de la Vierge, à l'exemple de ses prédecesseurs, qui avoient
approuvé les Decrets de la Faculté
de Theologie, touchant l'Immaculée Conception.

Les Bibliothecaires des Jésuites
prétendent que ce fut le Pape *Gre-
goire XIII.* qui commit l'examen de
cette affaire à l'Evêque de *Paris* ;
mais cette prétention est contraire
aux Registres de la Faculté.

François de Gondi, pour satisfaire
l'Université, fit assembler douze
Docteurs, savoir *Adam Sequart*, qui
étoit le Doyen, *Jean Pelletier*, Grand
Maître de *Navarre*, *Jacques le Fevre*, Syndic, & neuf autres plus jeû-
nes. Les trois anciens déclarerent
que l'avis de la Faculté étoit, qu'il
falloit croire comme un point de
Foy Catholique, & suivant la définition du Concile de *Basle*, que la
Vierge avoit été conçue sans péché :
mais les neuf autres ne furent pas de
cet avis, & prétendirent que la Faculté ne soutenoit point cette doctrine
comme un point de Foy Catholique,

mais ſeulement par un motif de pie- J. MAL-
té ; que le Concile de *Baſle* ne com- DONAT.
mandoit de celebrer la fête de la
Conception , que comme une choſe
qui n'avoit rien de contraire à la
Foy , & qui étoit conforme à la pieté ; & que le Concile de *Trente* avoit
laiſſé là-deſſus la liberté de tenir
tel ſentiment qu'on voudroit. Les
trois autres Docteurs remontrerent
qu'il falloit conſulter la Faculté en
Corps , pour ſavoir quel étoit ſon
avis ſur ce point, & qu'on ne devoit
pas s'en rapporter à neuf Docteurs.

Mais malgré ces Remontrances ,
l'Evêque de *Paris* rendit le 17 Janvier 1575. ſa Sentence , par laquelle
il déclara que *Maldonat* n'avoit rien
avancé d'Heretique , ni de contraire à la Religion ni à la Foy.

Cette Sentence fit grand bruit.
Les Jeſuites eurent ſoin de la faire
afficher dans *Paris* , & de la publier
par tout le Royaume. Il ſe trouva
des Prédicateurs , qui declamerent
publiquement contre les Conceptio-
naires ; car c'eſt ainſi qu'ils appelloient ceux qui ſoutenoient la Conception Immaculée comme un point
de Foy.

J. Mal-
donat.

La Faculté de Theologie de son côté fit dans l'Assemblée du 1 de Fevrier suivant une Conclusion, dans laquelle, sans parler du Jugement de l'Evêque de *Paris*, elle declara qu'il falloit tenir comme un point de Foy Catholique, que la Vierge n'avoit jamais été souillée de la tache du peché originel, suivant la décision du Concile de *Basle*. Ce fut l'avis de presque tous les Docteurs, à l'exception de ceux qui avoient opiné dans le Conseil de l'Evêque de *Paris*.

Cette Conclusion de la Faculté irrita ce Prélat, qui excommunia le Doyen & le Syndic : Ceux-ci en appellerent comme d'abus au Parlement. La cause y fut plaidée en préfence de l'Evêque ; il fut ordonné que ces deux Docteurs seroient absous *ad Cautelam*, & l'affaire en demeura là.

Maldonat prévoyant qu'il ne demeureroit jamais en repos à *Paris*, après ce qui venoit d'arriver, quoiqu'il fût protegé par l'Evêque, prit le parti de se retirer à *Bourges*, où il s'appliqua tout entier à travailler sur l'Ecriture Sainte. Mais

J. MAL-
DONAT.

Mais un homme d'un si rare merite ne pouvoit pas demeurer longtemps dans l'obscurité. Le Pape *Gre-*
goire XIII. le fit venir à *Rome* pour
travailler à l'Edition de la Bible
Gréque. Ce fut en cette ville qu'il
acheva son Commentaire sur les E-
vangiles, qu'il présenta à son General *Aquaviva* le 21 Decembre 1582.

On prétend qu'il eut dans le
temps qu'il y travailloit, un songe
que l'évenement confirma. Il crut
voir pendant quelques nuits un homme qui l'exhortoit à continuer vi-
goureusement son Commentaire, &
qui l'assuroit qu'il l'acheveroit, mais
qu'il ne survivroit gueres à la conclusion. En disant cela cet homme
lui marquoit un certain endroit du
ventre, qui fut effectivement le même où *Maldonat* sentit les douleurs,
dont il mourut.

Après qu'il les eut vû augmenter
peu à peu pendant quelques jours,
il fut trouvé mort dans son lit par
la personne qui alloit lui porter à
souper le 5 Janvier 1583. Il étoit
alors âgé de 49 ans. M. *de Thou* s'est
trompé de plusieurs années, en le

J. MAL-faisant mourir dans sa 57e.

DONAT.

» C'étoit un homme très-habile
» dans la Litterature profane. Il sa-
» voit le Grec & l'Hebreu , & par-
» loit très-bien Latin. Il avoit bien
» lû les anciens Peres & les Theolo-
» giens. Il avoit un esprit net &
» méthodique , beaucoup de facili-
» té à s'énoncer, beaucoup de vi-
» vacité , de présence d'esprit, &
» d'adresse dans la dispute. Il est
» assez libre dans ses sentimens , &
» juge assez sainement des choses; il
» semble neanmoins avoir eu quel-
» quefois trop de prévention & d'at-
» tachement pour ses opinions. C'est
le jugement que M. *Du Pin* porte
de cet Auteur.

Catalogue de ses Ouvrages.

I. *Commentarii in quatuor Evange-
listas. Mussiponti. in-fol.* 2 vol. le
premier en 1596. & le second en
1597. It. *Brixiæ* 1598. *in-*4°. It. *Lugduni* 1598. 1607. 1613. 1639. 1682.
in-fol. It. *Moguntiæ* 1602. & 1624.
in-fol. It. *Venetiis* 1606. *in-*4°. It. *Paris.* 1617. 1621. 1629. 1639. 1643.
1651. 1668. *in-fol.* Quoique *Maldonat* eût composé beaucoup d'Ou-

vrages, il n'en a cependant publié J. MAL-
aucun lui-même, & tout ce qu'on DONAT.
a de lui, n'a paru qu'après ſa mort.
Ce Commentaire ſur les Evangiles
eſt le premier qui ait vû le jour. Le
General des Jeſuites *Aquaviva* à qui
il l'avoit recommandé avant que de
mourir, donna ordre aux Jeſuites
de *Pont-à-Mouſſon* de le faire imprimer, ſur une copie qui leur fut en-
voyée. Ceux qui furent chargés de
cette édition, témoignent dans leur
Préface, qu'ils y ont inſeré quelque
choſe de leur façon, & qu'ils ont
été obligés de redreſſer la copie ma-
nuſcrite, qui étoit défectueuſe en
quelques endroits, n'étant point en
leur pouvoir de conſulter l'Original,
qui étoit à *Rome*. L'Auteur de plus
n'ayant point marqué à la marge de
ſon exemplaire les livres & les lieux,
d'où il avoit pris une bonne partie
de ſes citations, ils ont ſuppléé à ce
défaut. Il paroît même que *Maldonat* n'avoit pas lû dans la ſource tout
ce grand nombre d'Ecrivains qu'il
cite ; mais qu'il avoit profité du travail de ceux qui l'avoient précedé.
Auſſi n'eſt-il pas ſi exact, que s'il

J. MAL-avoit mis lui-même la derniere main
DONAT. à son Commentaire. Malgré ces défauts, & quelques autres, on voit
bien qu'il a travaillé avec beaucoup
d'application à cet excellent Ouvrage. Il ne laisse passer aucune difficulté sans l'examiner à fond. Lorsqu'il
se presente plusieurs sens litteraux
d'un même passage, il a coutume de
choisir le meilleur, sans avoir trop
d'égard à l'autorité des anciens Commentateurs, ni même au plus grand
nombre, ne considerant que la verité en elle-même. S'il s'étend un peu
trop sur de certaines matieres de
Controverse, il ne pouvoit faire autrement selon le dessein qu'il s'étoit
proposé de répondre aux Heretiques, principalement aux Calvinistes, qui avoient publié des Commentaires sur le Nouveau Testament, remplis de ces sortes de disputes. D'ailleurs ses Controverses ne
sont point ennuïeuses, parce qu'il
ne fait point de longues digressions.
Son stile, qui est pur & didactique,
est à la verité quelquefois mordant;
mais si on le compare avec celui de
Calvin & de Beze, il paroîtra mo-

deré. S'il eſt queſtion d'examiner un J. MAL-
point de Critique & de Grammai- DONAT.
re, il s'en acquite avec jugement. M.
Du Pin prétend que toutes les éditions de ce Commentaire ſur les
Evangiles qui ont été faites depuis
l'an 1617. ont été corrompues en
quelques endroits; mais M. *Simon*
aſſure que c'eſt une choſe dite ſans
fondement & que cette prétendue
corruption ne doit s'étendre qu'à la
Préface où les Jeſuites avoient inſeré la Sentence d'Abſolution de *Fran-*
çois de Gondi; mais dont ils l'ont re-
tranchée dans toutes les éditions qui
ſe ſont faites depuis l'an 1615. parce
qu'ils n'étoient plus dans les ſentimens de *Maldonat* ſur la Conception Immaculée de la Vierge. Cependant on rapporte dans la Préface des
Opera Varia de *Maldonat* quelques
exemples des changemens qui ont
été faits dans les éditions poſterieu-
res à l'an 1617.

2. *Commentarii in Prophetas* IV.
Jeremiam, Ezechielem, Baruch &
Danielem. Acceſſit Expoſitio Pſalmi
CIX. *& Epiſtola de Collatione Seda-*
nenſi cum Calvinianis, eodem Autore.

J. MAL-
DONAT.
Lugduni 1609. *in*-4°. It. *Paris* 1610. *in*-4°. It. *Moguntiæ* 1611. *in*-4°. It. Dans le volume suivant.

3. *Commentarii in præcipuos Sacræ Sripturæ libros Veteris Testamenti ; scilicet Scholia in Psalmos , Proverbia Salomonis , Ecclesiasten , Canticum Canticorum. Commentarii in quatuor Prophetas Majores , & in Psalmum* 109. *Paris.* 1643. *in-fol.* Les Bibliothecaires des Jesuites ne disent rien de ces Commentaires, qui portent son nom , mais qui ne sont pas de la force de son Commentaire sur les Evangiles.

4. *Disputatio de Fide. Moguntiæ* 1600.

5. *Disputationum ac Controversiarum decisarum circa septem Ecclesiæ Sacramenta Tomi duo. Lugduni* 1614. *in*-4°. Les Bibliothecaires des Jesuite prétendent que cet Ouvrage n'est point de *Maldonat*, ni d'aucun autre Jesuite. On assure aussi la même chose dans l'*Index* des Livres défendus , publié par les Inquisiteurs d'Espagne , qui prétendent que non seulement on a mis faussement le nom de *Maldonat* à la tête de ce livre ;

mais qu'on a fait encore une autre J. MAL-
fauffeté, en marquant *Lyon* pour le DONAT.
lieu de l'impreffion, au lieu de
Francfort, où il a été imprimé. Mais
M. *Simon* affure dans fes lettres
(Tom. 1. p. 176.) avoir entre les
mains un exemplaire manufcrit de
ces Difputes fur les Sacremens, qui
eft une preuve convainquante qu'elles font véritablement de *Maldonat*.
Car elles font écrites de la main d'un
de fes Ecoliers nommé *Yvelin*, qui
reconnoît qu'elles ont été dictées
par fon Maître *Monfieur Maldonat*.
On fait que dans ce temps-là on chi-
canoit les Jefuites fur le nom de
Père, comme s'il n'eût appartenu
qu'aux Evêques. Tout ce qui regarde les Sacremens eft traité dans ces
Difputes d'une maniere méthodique
& folide. *Maldonat* y explique en
peu de mots l'état des queftions, y
appuye fes conclufions fur des paf-
fages de l'Ecriture Sainte & des Peres, y rejette les erreurs des Heretiques, & répond d'une maniere nette & précife aux objections. Il n'a-
gite point de queftions inutiles ; il
ne dit rien que de neceffaire fur

J. MAL-
DONAT.

celles qu'il traite, & comprend beaucoup de chofes en peu de mots. Il s'arrête davantage aux queftions controverfées entre les Heretiques & les Catholiques, qu'à celles qui font problematiques entre les Theologiens Catholiques. Son ftile eft fimple, facile, intelligible, fans être bas ni barbare.

6. *Opera varia Theologica tribus Tomis comprehenfa, ex variis, tum Regis, tum doctiffimorum Virorum Bibliothecis maxima parte nunc primum in lucem edita. His accefferunt ejufdem Autoris Præfationes, Orationes & Epiftolæ. Parif.* 1677. *in-fol.* Les trois tomes annoncés dans le titre ne font qu'un volume affez mince. Les deux premiers contiennent une nouvelle édition augmentée du Traité des Sacremens. Le troifiéme renferme des pieces Anecdotes, qui font les fuivantes:

De libero Arbitrio.

De Gratia.

De Peccato originali.

De Providentia & Prædeftinatione.

De Juftitia & Juftificatione. Maldonat fuit dans tous ces Traités les

Sentimens des Peres Grecs, & sem- J. MAL-
ble y prendre plaisir non seulement DONAT.
à combattre les sentimens de *S. Au-*
gustin, mais encore à attaquer les
explications que ce Pere a données
à plusieurs passages de l'Ecriture,
comme s'il les avoit inventées pour
réfuter plus facilement les Pela-
giens.

Epistola. Il y en a huit, qui roulent toutes sur des matieres savantes, & dont quelques-unes sont d'u-
ne longueur à passer pour de veritables Traités. La derniere *de Colla-*
tione Sedanensi cum Calvinianis avoit
déja été imprimée à la suite du Commentaire sur les quatre grands Pro-
phétes.

Præfationes & Orationes. Ce sont
quatre discours qu'il avoit fait au
commencement de ses Leçons, en
1570. 1571. & 1574.

Philippe du Bois, Docteur de Sorbonne, a eu beaucoup de part à l'é-
dition de ces Ouvrages de *Maldo-*
nat, & est l'Auteur de l'Epître dedicatoire à l'Archevêque de *Reims*,
comme on peut le voir dans son Article tom. 16. de ces Memoires, p.

157. Mais le principal éditeur est M. *Faure* Docteur de Sorbonne, qui en obtint le Privilege de M. *le Tellier*, alors Chancelier de France.

7. *Traité des Anges & des Demons, traduit en François, par François de la Borie, Chanoine & Archidiacre de Perigueux. Rouen 1616. in-12.* Ce titre fait voir que *Nicolas Antonio* s'est trompé, quand il a cru que *Maldonat* avoit écrit cet Ouvrage en François. Je ne crois pas qu'il ait jamais été imprimé en Latin. *La Borie* le traduisit sur les Cayers, qu'il avoit écrit en étudiant sous *Maldonat*. C'est *J. Blancone* Religieux du grand Couvent de l'Observance de *Toulouse*, qui ayant eu cette traduction de *la Borie*, prit soin de la faire imprimer, & de la lui dédier.

8. *Summulæ Casuum Conscientiæ. Lugduni 1604. in-12.* Cet Ouvrage a été donné au public par *Martin Codognat*, Minime, comme tiré des Ecrits & conforme à la doctrine de *Maldonat*. Mais les Bibliothecaires des Jesuites le désavouent, comme indigne de ce grand homme, & comme rempli d'erreurs, qui l'ont

J. MAL-

fait justement condamner.

9. On trouve dans la 29e lettre DONAT.
du 2e tome des *Lettres choisies de
M. Simon*, un long & curieux extrait d'un Traité de *Maldonat* sur
les Ceremonies en general & sur celles de la Messe en particulier, que
ce Savant avoit en manuscrit; & dans
la 17e du premier tome un autre extrait d'un Traité manuscrit du même *Maldonat* sur la Trinité.

V. *Allegambe & Sotwel, Biblio-
theca Scriptorum Societatis J. Nicolai
Antonii Bibliotheca Hispana. Du Pin,
Bibliotheque des Auteurs Ecclesiasti-
ques. Richard Simon, Critique de la
Bibliotheque de M. Du Pin, Histoire
Critique du Nouveau Testament, &
Lettres. Les Eloges de M. de Thou &
les Additions du Teissier. Bayle, Dic-
tionnaire. Son Eloge à la tête de ses
Opera varia.*

RODOLPHE AGRICOLA.

R. AGRI-
COLA.

RODOLPHE *Agricola* naquit vers l'an 1442. à *Bafflen*, Village à deux lieues de *Groningue*, d'une famille obscure & peu relevée, comme le témoigne *Ubbo Emmius.*

Ayant été envoyé dès son enfance à l'école, il fit de si grands progrès dans les Lettres, qu'il surpassa en peu de temps, non seulement les Ecoliers de son âge, mais encore ceux qui étoient beaucoup plus âgés que lui.

Ayant été jugé capable d'entrer dans une Academie, on l'envoya à *Louvain*, où il prit le degré de Maître-ès-Arts. Le temps qu'il demeura dans cette ville ne fut pas seulement employé à l'étude de la Philosophie & des Belles-Lettres, il en donna une partie à celle de la langue Françoise, qu'il apprit fort bien, de la Musique soit vocale, soit instrumentale, & de la Peinture.

Il songea ensuite à voyager. Il vit

d'abord la France, & paffa de-là en R. AGRI-
Italie, où il efperoit trouver les COLA.
moyens de fe perfectionner dans les
connoiffances qu'il avoit acquifes. Il
demeura pendant l'année 1476. &
la fuivante à *Ferrare*, où il reçut plufieurs marques de la bienveillance
& de la liberalité du Duc, *Hercule
d'Eft. Theodore Gaza* y expliquoit
Ariftote, & *Agricola* fut un de fes
Auditeurs les plus affidus. Il fe fit
lui-même entendre à fon tour, &
quelques difcours qu'il prononça
en public lui firent honneur, tant
par rapport au ftile, que par rapport
à la prononciation.

Lorfqu'il fut de retour dans fon
pays, on lui offrit plufieurs poftes
confiderables, mais l'amour des lettres les lui fit refufer. Il ne put cependant dans la fuite fe défendre
d'accepter la Charge de Syndic ou
de Confeiller de la ville de *Groningue*, qui l'envoya à la Cour de l'Empereur *Maximilien I.* Il y féjourna
fix mois, & expedia heureufement
les affaires dont il avoit été chargé ;
mais n'ayant pas eu fujet de fe louer
de la reconnoiffance de ceux qui

l'avoient employé, il les abandonna & se remit à voyager.

Il avoit, pendant son séjour à la
Cour de l'Empereur, gagné l'amitié
des Chanceliers de Bourgogne & de
Brabant, qui firent tous leurs efforts
pour l'engager au service de *Maximilien*, lui faisant esperer des po-
stes fort honorables ; mais il préfera
son repos & sa liberté à tous les
avantages qu'on pût lui proposer.

On lui offrit aussi à *Anvers* la
Principalité de l'Ecole de cette ville, avec trois cens écus d'appointe-
ment ; mais il refusa encore cet employ, croyant qu'il ne pourroit le
remplir, sans que cela le détournât
de ses études particulieres.

D'ailleurs il aimoit beaucoup à
voyager, & ne vouloit point d'une
vie trop sedentaire. Dans ses voyages il n'avoit d'autre compagnie que
celle d'un valet, & de quelques
bons livres. Il portoit toujours l'Histoire naturelle de *Pline*, les Epîtres
de *Pline le jeune*, les Institutions de
Quintilien, & quelques Ouvrages de
Platon & de *Ciceron* ; & ne marchoit
jamais sans cette petite Bibliothe-

que, laiſſant ſes autres livres chez ſes amis.

Mais enfin *Jean Camerarius de Dalbourg*, Evêque de *Wormes*, à qui il avoit enſeigné la langue Gréque, trouva moyen d'arrêter ſes courſes, en le retenant auprès de lui, par ſes liberalités & ſes manieres obligean-tes.

Agricola paſſa auprès de ce Prélat le reſte de ſa vie, tantôt à *Heidel-berg*, tantôt à *Wormes*. La Cour d'*Heidelberg* lui plaiſoit beaucoup, & pendant qu'il y étoit, il compoſa à la priere de *Philippe* Electeur Pa-latin, l'Hiſtoire abregée des quatre Monarchies, dans laquelle il donna d'excellentes inſtructions à ce Prin-ce.

Il enſeigna publiquement à *Wor-mes* la Philoſophie & les Humanités, & il avoit toujours un grand nom-bre d'auditeurs, dont la plûpart étoient des Maîtres-ès-Arts. Il en-ſeigna auſſi à *Heidelberg*, comme le témoignent *Tritheme* & *Melanch-ton*.

Il commença à étudier dans un âge aſſez avancé, la langue Hebraï-

R. AGRI-
COLA.

que , dans laquelle il eut pour maître un Juif converti , que l'Evêque
de *Wormes* entretint quelque temps
chez lui , uniquement pour ce sujet.
Il y faisoit de grands progrès , lorsqu'une mort prématurée vint le saisir à *Heidelberg* le 28 Octobre 1485.
Il étoit alors âgé de 42 ans , & deux
mois. Nous apprenons d'*Erasme (a)*
qu'il mourut pour n'avoir pas été
secouru assez-tôt des Medecins.

Il fut enterré en habit de Cordelier dans l'Eglise des Freres Mineurs
de cette ville , & *Jean Reuchlin* prononça son Oraison funebre.

La description que l'on fait de son
caractere donne à connoître que
c'étoit un honnête homme, franc,
sans envie , moderé , de belle hu-
meur. Il ne se maria jamais , quoiqu'il eût aimé , ou fait semblant
d'aimer quelquefois. Il avoit dans
sa jeunesse résolu de le faire ; mais
après y avoir fait de serieuses reflexions , il abandonna ce dessein , non
pas tant par la crainte des incommo-
dités domestiques , que par une pa-

(*a*) *Adagior. Chil. III. Cent. III. n.* 62.

resse

reſſe naturelle, qui lui faiſoit ſentir R. AGRI-
qu'il étoit incapable de ſe livrer aux COLA.
moindres ſoins.

Il a été un des plus ſavans hommes du 15ᵉ ſiecle. *Voſſius*, *Eraſme*,
Vivés, *Paul Jove*, & pluſieurs autres Auteurs ont répandu ſur lui des
louanges à pleines mains, & quoique ce qu'ils en diſent ſente trop le
panegyrique, il faut avouer cependant qu'il a merité une partie des
louanges qu'ils lui ont données.

Catalogue de ſes Ouvrages.

Rodolphi Agricolæ, *Friſii*, *Opera*
omnia, *nunc demum ad Autographo-*
rum exemplarium fidem per Alardum
Æmſtelredamum emendata, *& addi-*
tis Scholiis illuſtrata. Coloniæ 1539.
*in-*4°. *deux tomes.* Il en avoit paru
auparavant une édition bien moins
ample à *Anvers* l'an 1511. *in-*4°. &
enſuite à *Baſle* en 1518. *in-*4°. Les
Ouvrages contenus dans le Recueil
d'*Alard*, ſont les ſuivans.

Dans le premier tome.

De Inventione Dialectica libri tres
recogniti, *& annotationibus illuſtrati*.
Cet Ouvrage fut d'abord imprimé à
Louvain l'an 1516, par les ſoins

Tome XXIII. Q

R. AGRI-
COLA.

d'*Alard*, qui les publia en mauvais ordre, tels qu'il avoit pu les recouvrer. Quelque temps après un certain *Jacques le Febvre*, de *Deventer*, fit courir le bruit qu'il en avoit un Manuscrit plus ample de trois livres que l'Edition de *Louvain*. C'étoit un mensonge. *Alard*, qui alla trouver exprès *le Febvre* à *Deventer*, ayant vu son Manuscrit, ne le trouva ni plus ample, ni plus correct, que celui sur lequel l'édition de *Louvain* avoit été faite. Il en fit des reproches à *le Febvre*, qui s'excusa comme il put, quoiqu'assez mal. Depuis l'an 1528. *Pompée Occo* ayant eu de la succession d'*Adolphe Occo*, Medecin de la ville d'*Augsbourg*, à qui *Rodolphe Agricola* avoit laissé ses livres, le Manuscrit Original de cet Auteur, le mit entre les mains d'*Alard*, qui l'ayant reconnu bien complet & bien conditionné le fit imprimer dans le Recueil, dont il s'agit ici, avec de longs Commentaires. L'année précedente 1538. *Jean Matthieu Phrissemius*, à qui *Alard* avoit communiqué son Manuscrit, l'avoit fait imprimer, commenté

de sa façon, dans la même ville de R. AGRI-
Cologne in-4°. Edition qui avoit été COLA.
copiée dans une autre de *Paris*, faite
la même année 1538. *in-4°.* Cet Ouvrage qui est le Chef-d'Oeuvre d'*A-
gricola*, a toûjours été géneralement
estimé pour l'exactitude du stile &
du raisonnement. *Barthelemi Lato-
mus* en a donné un abregé qui a été
imprimé plusieurs fois *in-8°.* L'Ouvrage a été traduit aussi en Italien :
*Rodolfo Agricola della invenzione Dia-
lettica tradotto da Orazio Toscanella.
In Venetia* 1567. *in-4°.*

2. *De Universalibus Quæstiones sin-
gulares.*

3. *Propædeumatum Dialecticæ in-
ventionis Opusculum, circumstantias
sive attributa personarum & rerum ad
Rodolphi locos redacta, simul & exem-
plis aliquot explicata, compendio per-
tractans.*

4. *Scholia in Orationem Ciceronis
pro lege Manilia, quibus ea potissi-
mum, quæ ad Dialecticen pertinent,
explicantur.*

Dans le second tome.

5. *Aphthonii Sophistæ Progymnas-
mata, Rodolpho Agricola Interprete.*

R. AGRI-
COLA.

Il n'y a pas d'apparence que cette traduction, qui a été imprimée plusieurs fois sous le nom d'*Agricola*, soit de lui, dit *François Scobarius* ou *Escobar*, dans la Préface de son édition d'*Aphthone*, parce qu'elle est en fort mauvais Latin, & qu'elle approche si peu du sens de l'Auteur, qu'il est visible que celui qui l'a faite ne savoit pas le Grec, ce qu'on ne peut pas dire d'Agricola.

6. *Prisciani Cæsariensis præexercitamenta ex Hermogene translata.*

7. *Commentariola in aliquot Senecæ declamationes.* Imprimés separément à *Basle* en 1529. *in-8°.*

8. *Orationes.* Il en a quatre: 1°. *De Nativitate, sine immensa Natalis Christi Lætitia.* 2°. *In laudem Matthiæ Richili, Rectoris designati.* Imprimée separément à *Cologne* en 1529, *in-8°.* 3°. *Oratio dicta in Studiorum ad hiemem innovatione.* Il prononça ce discours à *Ferrare* en 1476. & non pas en 1486. comme on lit dans *Sweertius.* C'est un éloge de la Philosophie & des Belles-Lettres. 4°. *Oratio gratulatoria dicta Innocentio VIII.* Ce discours est fait au nom

de l'Evêque de *Wormes* & s'eſt pro- R. AGRI-
noncé au mois de Juillet 1485.　OOLA.

9. *Epiſtolæ.*

10. *Iſocratis Paræneſis ad Demonicum , & de Regno libellus. Interprete
Rod. Agricola.*

11. *Luciani libellus de non-creden-
dis Delationibus ; & Micyllus ſive
Gallus , eodem Interprete.*

12. *Axiochus Platoni inſcriptus de
contemnenda morte. Eodem Interprete.*
Comme *Agricola* étoit de l'excellente école de *Gaza ,* on ne doit
pas s'étonner qu'il parle ſi bien Latin dans ſes traductions , & qu'il
ait le ſtile poli , fleuri , & coulant.
Il n'a pourtant pas pû parvenir à la
gloire d'être exact , & n'a pas été
aſſez heureux , pour entrer dans le
genie & le caractere des Auteurs
qu'il a traduits. C'eſt le jugement
que M. *Huet* porte de ſes traductions.

13. *Carmina & Epitaphia.* Ses
Poeſies ſe trouvent auſſi dans le
1ᵉ tome du Recueil des Poetes des
Pays-Bas. *p.* 8. C'eſt là tout le contenu du Recueil de ſes Oeuvres à la
tête duquel l'Editeur a mis l'éloge

d'*Agricola* par *Jean Matthieu Phrissemius* & par *Melanchton.* Il a fait
quelques autres Ouvrages, dont il
faut maintenant parler.

14. *Rodolphi Agricolæ & Joannis
Murmellii Scholia in Severi Boethii
libros* v. *de Consolatione Philosophiæ.
Coloniæ* 1535. *in-*8°. It. *Basileæ* 1570.
in-fol.

15. *Ad Casp. Ursinum & Joachi-
mum Vadianum Epistolæ duæ de non-
nullis in Orbe locis. Basileæ* 1557. *in-
fol.*

16. *De formando Studio Epistola,
scripta anno* 1484. *Basileæ* 1531. *in-*
8°. Avec deux Traités d'*Erasme* &
de *Melanchton* sur le même sujet. It.
separément. *Lugduni* 1539. *in-*4°.

17. *Vita S. Judoci, Carmine Heroico.* Cette vie se trouve dans le second volume de la *Bibliotheca Eccle-
siastica Cornelii Schultingii. Coloniæ
Agrippinæ* 1599. *in-fol.*

18. *Vita Sanctæ Annæ, Carmine
Heroico.* Avec la précédente.

19. *Historiola de Congressu Friderici III. Imperatoris, & Caroli Bur-
gundiæ Ducis apud Treveros anno* 1474.
Interprete Rodolpho Agricola è Gallico.

Dans le ſecond tome des Ecrivains R. AGRI-
d'Allemagne de *Marquard Freher.* COLA.

20. *Vita Franciſci Petrarchæ ad
Antonium Strophinium, Papiæ anno*
1477. *ſcripta.* Je ne ſai quand elle a
été imprimée, ou même ſi elle l'a été.

21. *Rod. Agricolæ nonnulla Opuſcu-
lā hac ſequuntur ſerie. Axiochus Pla-
tonis de contemnenda morte, verſus è
Græco in Latinum. Epiſtola de con-
greſſu Imperatoris Friderici & Caroli
Burgundionum Ducis. Epiſtolæ variæ ad
Jacobum Barbirianum de re Scholaſtica Antuerpienſi. Item de formando ſtu-
dio cum multis aliis. Parenefis Iſocratis ad Demonicum è Græco in Latinum
traducta. Oratio in Laudem Philoſo-
phiæ. Oratio ad Innocentium VIII.
P. M. Carmen de vita D. Judoci.
Anna Mater. Epicedion in mortem
Comitis Spegelbergi. Hymnus de om-
nibus Sanctis. Carmina. Epitaphia.
Antuerpiæ* 1511. *in-*4°.

Ce Recueil finit par l'Epitaphe
d'*Agricola* de la façon d'*Ermolao
Barbaro.* La voici.

*Invida clauſerunt hoc marmore ſata
Rodolphum.*

Agricolam , Phrysii spemque de-
cusque soli:
Scilicet hoc vivo meruit Germania
laudis
Quidquid habet Latium , Græcia
quidquid habet.

V. *Effigies & Vitæ Professorum Aca-*
demiæ Groningæ. p. 28. On n'a inseré
son éloge dans cet Ouvrage , qu'à
cause de l'honneur qu'il a fait à son
Pays , car il n'a jamais professé à
Groningue. Melchioris Adami Vitæ
Germanorum Philosophorum p. 6. C'est
la même chose que ce qu'on trouve
dans le livre précedent. *Freher, Thea-*
trum Virorum Doctorum p. 1429. C'est
un abregé fort court de *Melchior*
Adam. Gesneri Bibliotheca Universa-
lis & ses Abregés. Les Additions de
Teissier aux Eloges de M. de Thou
tom. 1. *p.* 220. *Fr. Sweertius Athenæ*
Belgicæ. Valerii Andreæ Bibliotheca
Belgicæ. Bayle , Dictionnaire.

NICO-

NICOLAS FARET.

NICOLAS *Faret* naquit vers l'an 1600. à *Bourg-en-Breſſe* d'une famille peu conſiderable.

Il fut d'abord Avocat au Préſidial de cette ville, mais il n'y ſuivit pas longtemps le Barreau. Il vint fort jeune à *Paris* avec des Lettres de re-commandation de M. *de Meziriac* pour pluſieurs perſonnes d'eſprit, entre autres pour Meſſieurs *de Vau-gelas* & *de Boisrobert.* Il s'attacha fort à eux & à M. *Coeffeteau*, à qui il dedia une traduction qu'il fit alors d'*Eutrope.*

Il fut quelque temps ſans emploi; mais enfin M. *de Boisrobert* & quel-ques autres de ſes amis le donnerent pour Secretaire à M. le Comte d'*Harcourt.* C'étoit une place en ap-parence peu avantageuſe; car ce Seigneur n'avoit point encore d'éta-bliſſement qui répondît à ſa naiſſan-ce, & toute la maiſon de Lorraine étoit alors en diſgrace. Il arriva pourtant que *Faret* contribua à la

Tome XXIII. R

N. FA-fortune de son maître , & en même
RET. temps à la sienne.

Comme il voyoit souvent M. *de*
Boisrobert , il lui persuada que le
Cardinal, pour diviser la Maison de
Lorraine qui lui étoit opposée, ne
pouvoit mieux faire que de s'attacher le Comte, qui étoit déja fort
mal avec sa mere, & avec M. *d'El-*
beuf son aîné, & qui en l'état où il
se trouvoit, s'accommoderoit plus
aisément à toutes les volontés de la
Cour.

Le Cardinal suivit ce Conseil , &
éleva le Comte aux premiers emplois. *Faret* , qui avoit toujours vécu fort familierement avec lui, &
plutôt en ami , qu'en domestique,
eut part à cette prosperité. Il fut
marié deux fois fort richement , &
particulierement la derniere.

Lorsque le Comte d'*Harcourt* eut
en 1637. le Commandement de
l'Armée navale , qui alla reprendre
les Isles de *Saint-Honorat* , & de
Sainte-Marguerite sur les Espagnols,
Faret fut Secretaire de ce Commandement. Il eut le même employ en
Piemont pendant les trois années

que le Comte y commanda, c'eſt- N. FA-
à-dire en 1639. & les années ſui- RET.
vantes.

Il fut outre cela Secretaire du
Roi, & Intendant de la maiſon du
Comte d'*Harcourt*. Il avoit été honoré le 6 May 1628. d'un Brevet de
Conſeiller & d'Hiſtoriographe du
Duc de Lorraine en faveur de l'Hiſtoire du Duc *René II.* qu'il avoit
entrepriſe, mais qui n'a pas été imprimée.

Il mourut à *Paris* au mois de Septembre de l'an 1646. âgé de 46 ans,
ſuivant *Guichenon*, à qui il eſt plus
raiſonnable de s'en rapporter, qu'à
M. *Pelliſſon*, qui le fait âgé à ſa mort
d'environ 50 ans; celui-là paroiſſoit
mieux inſtruit de ce fait que ce dernier, qui ne marque point le temps
de ſa mort, ſe contentant de dire
qu'il mourut d'une fievre maligne,
après avoir beaucoup ſouffert.

Faret laiſſa un fils de ſon premier
mariage, & d'autres enfans du ſecond. C'étoit un homme de bonne
mine, un peu gros & replet, qui
avoit les cheveux châtains & le vi-
ſage haut en couleur. C'eſt le por-

R ij

N. FA-
RET.

trait que M. *Pellisson* nous en fait.

Il étoit grand ami de *Moliere*, Auteur de la *Polixene*, & de *Saint-Amant*, qui l'a celebré dans ses vers, comme un illustre debauché. Cependant il ne l'étoit pas à beaucoup près, autant qu'on le jugeroit par-là, quoiqu'il ne haït pas la bonne chere & le divertissement ; & il dit lui-même en quelque endroit de ses Oeuvres, que la commodité de son nom, qui rimoit à *Cabaret*, étoit en partie cause de ce mauvais renom que *Saint-Amant* lui avoit donné.

On voit par la lecture de ses Ecrits, qu'il avoit l'esprit bien fait, beaucoup de pureté & de netteté dans le stile, & du genie pour la langue & pour l'Eloquence. Cependant ils ne sont plus lûs à present, parce qu'ils ont été effacés par d'autres meilleurs.

Il fut admis en 1633. dans la petite Academie, qui s'assembloit chez M. *Conrart*, & qui a été l'origine de l'Academie Françoise. M. *de Boisrobert* y ayant été aussi admis par le moyen de *Faret*, en parla si avantageusement au Cardinal de *Riche-*

lieu, que ce Ministre songea à en former un corps , qui s'assemblât regulierement & sous l'autorité publique. Les Membres, qui la compo-
soient, eurent ordre de déliberer sur
les loix qu'elle s'imposeroit , & *Faret* fut chargé de faire un discours,
qui contînt comme le projet de l'A-
cademie , & pût servir de Préface
à ses Statuts. Ce projet , dont on voit
un extrait dans l'Histoire de M. *Pellisson*, fut presenté au Cardinal en
1634. & les Lettres Patentes du Roi
pour l'établissement de l'Academie
furent accordées au mois de Janvier
de l'année suivante.

Catalogue de ses Ouvrages.

1. *Histoire Chronologique des Ot-
tomans. A la fin de l'Histoire de George Castriot , recueillie par Jacques de
Lavardin. Paris* 1621. *in*-4°.

2. *Histoire Romaine d'Eutropius ,
traduite en François. Paris* 1621. *in-*
16.

3. *Des vertus necessaires à un Prince pour bien gouverner ses sujets. Paris*
1623. *in*-4°.

4. *Recueil de Lettres nouvelles. Paris.* 1627. *in*-8°. Ces Lettres sont de

R iij

N. FA-
RET.

divers Auteurs, il y en a feulement dix de *Faret.* It. *Edition augmentée. Paris* 1634. *in-*8°. 2 *vol.*

5. *Preface* à la tête des *Oeuvres de Saint-Amant. Paris* 1629. *in-*4°.

6. *L'Honnête-Homme, ou l'Art de plaire à la Cour. Paris* 1633. *in-*8°. It. *Paris* 1634. *in-*4°. Avec une traduction Efpagnole faite par *Ambroife de Salazar, Interprete de Louis XIII. pour la langue Efpagnole.* Ce livre, dit M. *Pelliffon,* merite qu'on en eftime l'Auteur, parce que s'étant fort judicieufement aidé du travail de ceux qui l'ont precedé, & particulierement de celui du Comte *Balthafar Caftiglione,* il a ramaffé en peu d'efpace, & expliqué en fort beaux termes, beaucoup de Confeils utiles à toutes fortes de perfonnes, & furtout à ceux qui font à la Cour.

7. *Poefies diverfes,* dans les Recueils de fon temps. Il faifoit peu de vers, dit M. *Pelliffon,* & je ne fache point qu'il en refte d'autres de lui, qu'une *Ode au Cardinal de Richelieu,* qui eft dans le *Sacrifice des Mufes,* & un Sonnet qu'on voit dans l'Eglife de Notre-Dame, avec un ta-

bleau pour un vœu qu'il fit en Pie- N. FA-
mont dans un combat, où il étoit RET.
avec ſon Maître.

Il avoit amaſſé des Mémoires pour
l'Hiſtoire du Comte d'*Harcourt*, &
avoit travaillé à la vie de *René II.*
Duc de Lorraine ; mais ces Ouvrages n'ont point été publiés.

V. *L'Hiſtoire de l'Academie Fran-*
çoiſe de M. Pelliſſon, & *l'Hiſtoire de*
Breſſe de Guichenon.

ROBERT CREYGHTON.

ROBERT *Creyghton*, ou *Chrich-* R.
ton naquit vers l'an 1593. à CREYGH-
Dunkeld, ville de la partie Septen- TON.
trionale de l'Ecoſſe, de *Thomas*
Creyghton, d'une famille illuſtre du
Pays, & de *Marguerite Stuart*, qui
ſortoit de la maiſon Royale de ce
nom.

Il fit ſes premieres études dans
l'Ecole de *Weſtminſter*, & fut reçu
en 1613. dans le College de la Trinité à *Oxford*, où il prit des degrés
dans les Arts. Son habileté dans la
langue Gréque lui procura enſuite

une place de Profeſſeur en cette langue dans l'Univerſité de *Cambridge.*

Le 17 Decembre 1632. il prit
poſſeſſion de la dignité de Tréſorier
de l'Egliſe Cathedrale de *Wells*, que
l'Archevêque de *Cantorbery* lui confera pendant la Vacance du Siege.

En 1637. il fut fait Doyen de
Saint-Burien dans le Comté de *Cor-
nouaille*; & vers le même temps il
prit le degré de Docteur en Theologie, & fut gratifié d'un nouveau
Benefice dans le Comté de *Sommerſet.*

Au commencement des Guerres
Civiles ſon attachement au parti du
Roi lui cauſa quelques diſgraces,
qui n'altererent point ſa fidelité.
Il ſe retira auprès de lui à *Oxford*,
& le ſervit quelque temps en qualité de Chapelain.

Il accompagna *Charles II.* dans
ſon exil, & fut auſſi ſon Chapelain
à *la Haye.* Au rétabliſſement de ce
Prince il fut nommé Doyen de
Wells; & enſuite Evêque de cette
ville & de *Bath.* Il fut Sacré en cette qualité ſuivant le Rit Anglican le
19 Juin 1670.

Il mourut le 21 Novembre 1672. R.
âgé d'environ 79 ans, & fut enterré CREYGH-
dans une Chapelle voiſine de l'Egli- TON.
ſe Cathedrale de Wells.

Il avoit épouſé *Françoiſe Wal-*
drond, qui mourut le 1 Novembre
1683. âgée de 68 ans, & fut enter-
rée auprès de lui. *Robert Creyghton,*
leur fils, Chanoine & Chantre de
Wells, Docteur en Theologie, &
Chapelain Ordinaire du Roy d'Angleterre, leur fit dreſſer dans la ſuite
un Monument, avec de longues
Epitaphes.

Le Principal Ouvrage que l'on ait
de ſa façon eſt le ſuivant.

Sylveſtri Sguropuli vera hiſtoria U-
nionis non veræ inter Græcos & Lati-
nos, ſive Concilii Florentini anni
1439. exactiſſima narratio, Græce &
Latine, Interprete & notatore Roberto
Creyghton. Hagæ Comit. 1660. in-fol.
Leon Allatius répondit à cet Ouvrage en 1666. comme on le peut voir
dans ſon Article, tom. 8. p. 112. &
Creyghton repliqua, mais je ne ſai
quand cette replique parut.

Il a auſſi publié quelques Sermons
en Anglois.

V. *Faſti Oxonienſes tom.* 1. p. 243.

PIERRE MARTYR
D'Anghiera.

PIERRE *Martyr d'Anghiera*, en Latin *Anglerienſis*, naquit l'an 1455. (*a*) à *Arone* dans le Milanès ſur le Lac Majeur, d'une famille illuſtre de *Milan*, originaire du Bourg d'*Anghiera*, ſur le même Lac.

On lui donna au Baptême le nom de *Pierre Martyr*, qui eſt celui d'un Saint Dominicain Martyriſé par les Heretiques, dont l'Egliſe celebre la fête le 29 Avril; mais je ne ſai comment de ce nom de *Martyr*, qui fait une partie de ſon nom de baptême, on lui en a fait communément une eſpece de ſurnom, de même qu'à *Pierre Martyr Vermilio*, celebre parmi les Proteſtans. C'eſt ſous ce nom de *Martyr* qu'il avoue

(*a*) *Nicolas Antonio* dit en 1459. mais il ſe trompe, puiſque *Pierre Martyr* aſſure dans ſa 628e lettre écrite le 13 Septembre 1618. qu'il étoit alors ſur la fin de ſa 63e année.

dans ſa 25e Lettre, qu'on l'annon-
ça à la Cour d'Eſpagne, & lui-même
ne s'appelle pas autrement.

Vers l'an 1477. il alla à *Rome*, &
s'y attacha aux Cardinaux *Aſcagne
Sforce Viſcomti*, Vice-Chancelier,
& *Jean Archimbold*, Archevêque de
Milan. Il y lia auſſi une commerce
d'amitié avec pluſieurs ſavans, entre autres *Pomponius Lætus*, *Pierre
Marſus*, & *Theodore* de *Pavie*, Medecin de *Louis XII.* & qui étoit chargé des affaires de France auprès du
Pape.

Après avoir demeuré près de dix
ans à *Rome* il ſe degoûta du ſéjour
de l'Italie, & reſolut de paſſer en
Eſpagne. Il en apporte pour raiſon
les diſſenſions qui regnoient alors
entre les Princes Italiens, pendant
que les Eſpagnols vivoient unis, &
que *Ferdinand* & *Iſabelle* faiſoient
éclater leur zele contre les Mores.

Quoiqu'il en ſoit de cette raiſon,
il partit de *Rome* le 29 Août 1487.
avec *Eneco Lopés* de *Mendoza*, Comte de *Tendilla*, qui après avoir été
Ambaſſadeur d'Eſpagne à *Rome*,
s'en retournoit dans ſa patrie.

P.
M. D'AN-
GHIERA.

Ce Seigneur le prefenta au Roi & à la Reine à *Saragoſſe* ; & il fuivit pendant quelque temps la Cour, dans le deſſein de prendre le parti des Armes.

Il fit ſa premiere Campagne en 1489. & ſe trouva au Siege de *Baça*, qui fut priſe le 5 Decembre. Mais après la priſe de *Grenade*, il ſe dégoûta du ſervice, embraſſa l'Etat Eccleſiaſtique, & reçut les Ordres dans cette derniere ville.

La Reine l'engagea enſuite à ſe donner à l'inſtruction des jeunes Seigneurs de la Cour, & à leur apprendre les Belles-Lettres : ce qu'il fit à *Valladolid* en 1492. puis à *Saragoſſe*, à *Barcelone*, à *Alcala*, & ailleurs ; c'eſt-à-dire par tout où la Cour ſe trouvoit.

Il fit en 1501. un voyage en Egypte, dont voici l'occaſion. *Campſon Gaure*, Soudan d'Egypte, ayant appris que *Ferdinand le Catholique* faiſoit la guerre aux Mores, lui envoya le P. *Antoine de Milan*, Gardien, ou du moins Vicaire, des Franciſcains du S. Sepulchre de *Jeruſalem*, pour le menacer de repre-

faîlles ſur les Chrétiens de Syrie &   P.
d'Egypte. Ce Pere après avoir paſſé   M. D'AN-
à *Naples*, où il communiqua au Roi GHIERA.
le ſujet de ſon voyage, ſe rendit en
Eſpagne. Il y fut bien reçu du Roi
Ferdinand, qui le renvoya au Soudan avec *Pierre Martyr.*

Celui-ci partit de *Grenade* le 13
Août 1501. paſſa par la France, &
arriva à *Veniſe* le dernier Septembre.
Il s'y embarqua ſur une Galeace, qui
le conduiſit à *Alexandrie*, où il entra le jour de Noel.

Il eut audience du Soudan, qui
la lui donna au *Caire* le 2, le 8 & le
21 Fevrier, 1702. & il en obtint tout
ce qu'il lui demanda, ſur-tout la
liberté de réparer les Saints lieux à
Jeruſalem, & aux environs, la di-
minution des Caphars, qu'on aug-
mentoit chaque jour aux Pelerins,
& la ceſſation des avanies.

Après avoir viſité les environs du
Caire & ſur tout les Pyramides, il
retourna à *Alexandrie*, d'où il écrivit le 2 Avril au Roi *Ferdinand* & à
la Reine *Iſabelle* la Relation de ſon
Ambaſſade.

Il partit d'*Alexandrie* le 22 May,

& arriva le 31 à *Venife*. Les François, qui étoient alors Maîtres d'une grande partie de l'Italie, voulurent le faire arrêter à *Milan*, comme un efpion des Efpagnols; mais le Cardinal *George d'Amboife*, & *Jean Jacques Trivulce*, Maréchal de France, qui fe reconnoiffoit allié de fa famille, lui firent avoir un paffeport du Roi *Louis XII*.

Il arriva au commencement du mois d'Août à *Saragoffe*, d'où il fuivit la Cour à *Tolede*, à *Alcala*, à *Segovie*, & à *Medina del Campo*. Il partit de cette derniere ville le 23 Novembre 1504. après la mort de la Reine *Ifabelle*, pour accompagner fon corps à *Grenade*, & il effuya dans ce voyage un Orage fi violent, qu'il affure qu'il n'avoit jamais couru un fi grand danger, pas même dans une tempête qu'il eut à foutenir dans le Golphe de *Venife*, lorfqu'il alla à *Alexandrie*.

Le Roi *Ferdinand*, qui l'avoit mis de fon Confeil des Indes, & qui lui avoit obtenu du Pape le titre de Protonotaire Apoftolique, qu'on ne donnoit alors qu'aux perfonnes de diſtinction, qui avoient rendu des ſervices importans à l'Egliſe, le nomma en 1505. Prieur de l'Egliſe de *Grenade*. Il paroît que cette dignité l'engageoit à recevoir les revenus de l'Archevêché & du Chapitre, & à gouverner le Diocèſe en l'abſence de l'Archevêque.

Il étoit d'ailleurs obligé de ſuivre la Cour, parce que la Reine *Jeanne* ne vouloit écouter que deux Evêques, & lui, quand il s'agiſſoit de quelque Ceremonie.

En 1515. il obtint un Benefice à *Lorca* près de *Carthagêne*.

Ferdinand étant mort l'année ſuivante, *Pierre Martyr* ne perdit pas pour cela ſon crédit. On projetta en 1518. de l'envoyer en Ambaſſade en Turquie vers le Sultan *Selim I.* mais il s'en excuſa ſur ſon âge de 63 ans & ſes infirmités. *Garcias Loayſa*, Commandeur de l'Ordre de *S. Jean de Jeruſalem* y fut envoyé à ſa place, & lui fit à ſon retour le récit de ce qui s'étoit paſſé à ſon Audience, que *Martyr* a inſeré dans ſa 641e Lettre.

Au mois de Decembre 1519. il fut envoyé à *Valence*, pour y appai-

P.
M. D'AN-
GHIERA.
fer une émotion que les extorfions des Flamans, qui étoient alors en Espagne, y avoient caufée.

En 1520. il fuivit la Cour à *Compoftelle*, & à *la Corogne*, d'où il paffa à *Valladolid*. On voit par fes lettres qu'il demeura dans cette ville depuis le 29 May de cette année 1520. jufqu'au 14 Fevrier 1522. Il étoit logé dans la maifon du Commandeur de *Ribera*, où il étoit fort bien ; cependant il s'y ennuyoit d'être éloigné de la Cour.

Il en fortit enfin pour aller à *Vittoria* faluer le Cardinal de *Tortofe* qui venoit d'être élu Pape, & qui prit le nom d'*Adrien VI*. Il le connoiffoit depuis longtemps, & lorfque ce Prélat arriva en Efpagne fous le Regne de *Ferdinand*, *Martyr* fut prefque toujours auprès de lui, pour lui fervir d'Interpréte. Auffi le nouveau Pape eût-il fouhaitté l'emmener avec lui à *Rome*, mais il s'en excufa fur fon âge.

L'année fuivante 1523. Ce Pontife lui donna l'Archipreftré d'*Ocaña* ; dont il fe contenta de tirer les revenus, & ceda le titre au Jurifconfulte
Antoine

Antoine Tamaron, ſon Procureur, qui étoit de cette ville.

Il obtint outre cela de *Charles-Quint* au mois d'Août 1524. l'Abbaye de *S. Jacques* qu'on vouloit établir dans la Jamaïque, & conſacra les revenus de la premiere année à en bâtir l'Egliſe.

Aucun Auteur ne marque l'année de ſa mort. Mais comme la derniere de ſes Lettres eſt du mois d'Août 1525. il eſt à preſumer qu'il mourut quelque temps après. Il étoit alors âgé de 70 ans.

Catalogue de ſes Ouvrages.

1. *Opus Epiſtolarum Petri Martyris Anglerii Mediolanenſis. Compluti. Apud Michaelem de Eguia* 1530. *in-fol.* Cette premiere édition étant extrémement rare, M. le premier Preſident de *Lamoignon* donna l'exemplaire qu'il avoit dans ſa Bibliotheque, à *Charles Patin*, qui en fit faire une nouvelle en Hollande plus belle & plus correcte ſous ce titre : *Opus Epiſtolarum Petri Martyris Anglerii Mediolanenſis, Protonotarii Apoſtolici, Prioris Archiepiſcopatus Granatenſis, atque à Conſiliis Rerum In-*

P.

M. D'ANGHIERA.

Tome XXIII. S

P.
M. d'An-
ghiera.

dicarum *Hispanicis*, *tanta cura excu=*
sum, ut præter styli venustatem quo-
que fungi possit vice luminis Historiæ
superiorum temporum. Cui accesserunt
Epistolæ Ferdinandi de Pulgar coæta-
nei, Latinæ pariter atque Hispanicæ
cum Tractatu Hispanico de Viris
Castellæ illustribus. Amstelod. 1670.
in-fol. Ces Lettres sont très-curieu-
ses & fort recherchées des Savans; on y trouve toute l'histoire
du temps de *Pierre Martyr.* Elles
sont divisées en trente-huit livres,
& s'étendent depuis l'an 1488. jusqu'à l'année 1525. M. l'Abbé *Lenglet*
s'est trompé en attribuant dans son
Catalogue des Historiens, le *Tracta-*
tus Hispanicus de Viris Castellæ illu-
stribus à *Pierre Martyr*, puisque ce
Traité porte le nom de *Ferdinand de*
Pulgar.

2. Il a composé l'Histoire de la
découverte du nouveau Monde sur
les originaux même de *Christophe*
Colomb, & sur les memoires qu'on
envoyoit d'Amerique du Conseil
des Indes, dont il étoit membre. Il
commença à l'écrire au mois de Novembre 1493. & la donna à diverses reprises partagée en Decades,

dont chacune à dix livres, ou plutôt dix Chapitres, fous ce titre : *De*
Orbe novo Decades.

La premiere Décade parut dans
une édition de quelques Ouvrages
de *Pierre Martyr*, inconnue à *Nico-*
las Antonio & à *Maittaire*, qui eſt
ainſi rapportée dans le Catalogue de
la Bibliotheque de *Vilenbroek. Petri*
Martyris opera. Scilicet: Legationis
Babylonicæ, juſſu Ferdinandi & Eli-
zabethæ ſuſceptæ libri tres. Ejuſdem
Oceani Decas. Ejuſdem Carmina ,
Janus , Inachus , Pluto furens , & re-
liqua Poemata , Hymni & Epigram-
mata. Cura Ælii Antonii Nebriſſen-
ſis, ejuſdemque argumentis & Annota-
tionibus. Hiſpali 1500. *in-fol.*

Les trois premieres furent enſuite imprimées à *Paris* en 1532.
*in-*4°. It. à *Baſle* 1533. *in-fol.* Avec
les 3 livres *de Legatione Babylonica.*
It. à *Cologne* en 1574. *in-*8°. Avec
les mêmes livres.

Les huit Décades, c'eſt-à-dire,
l'Ouvrage entier, a été imprimé à
Paris en 1536. *in-fol. Richard Hak-*
luyt, Anglois, connu par ſon Récueil de Voyages, en donna une édi-

P.
M. d'An-
ghiera.

tion corrigée avec des notes margi-
nales & une Carte Geographique à
Paris en 1587. *in-4°.* Il y a eu d'autres éditions faites précedemment
en Espagne, dont j'ignore les dates.

On a un abregé François des trois
premieres Décades, imprimé sous ce
titre. *Extrait ou Récueil des Isles nou-
vellement trouvées en la grande Mer
Oceane , au temps du Roy d'Espagne
Ferdinand & Elizabeth sa femme,
fait premierement en Latin par Pierre
Martyr de Millan , & depuis tran-
slaté en langaige Francois. Item trois
Narrations , dont la premiere est de
Cuba , la seconde de la Mer Oceane ,
& la troisième de la prise de Tenustitan.
Paris* 1532. *in-4°.* La premiere de
ces trois narrations est tirée de la
4e Décade de *Pierre Martyr,* les
deux autres ont été écrites par *Pierre
Savorgnano de Forli.*

On a aussi un Abregé Italien des
trois premiers livres dans le 3e volume du Recueil des Voyages de
Ramusio p. 1-36. Je ne sai si c'est la
même chose qu'un Abregé dont
Haym rapporte ainsi le titre dans sa

Notizia de' libri rari. p. 88. Somma- P.
rio della generale Istoria delle Indie M. D'AN-
Occidentali, cavato da' Libri di Pie- GHIERA.
tro Martire. In Venetia 1534. *in-*4°.

Jean Vasée dit en parlant de ces
Décades, qu'il y a des gens, qui
reprennent en certaines choses *Pierre Martyr*, comme un Auteur d'une
créance suspecte, *a quibusdam tan-
quam suspecta fidei reprehendi;* c'est-
à-dire, comme un Auteur qui avoit
dit des choses suspectes de fausseté.
L'Auteur des *Essais de Litterature*
n'a pas entendu ces paroles, lorsqu'il a crû qu'elles signifioient qu'on
avoit trouvé dans les Décades, des
choses qui n'étoient pas conformes
à la doctrine de l'Eglise Romaine,
& qu'il ajoute de son chef que cela
fit des affaires à *Pierre Martyr.* Il se
trompe aussi, lorsqu'il accuse *Vasée*
d'avoir confondu *Pierre Martyr*
dont il s'agit ici avec *Pierre Martyr
Vermilio;* ce qu'il fait lui-même
dans l'Article qu'il a donné de notre
Auteur, & qui n'est qu'un mélan-
ge indigeste de ce qui convient à
tous les deux.

Malgré ce Jugement de *Vasée,*

P. M. D'An- GHIERA.

Alvare Gomez ne fait pas difficulté d'avancer dans son histoire du Cardinal *Ximenés*, que *Martyr* dédommage abondamment de ce qu'il peut y avoir de rude dans son stile, par la fidelité avec laquelle il rapporte les faits.

Richard Hakluyt dit aussi dans la Préface de son édition des Décades, que la mémoire de *Pierre Martyr* doit être chere à tous les gens de bien, puisqu'il a rapporté fidellement & sçavamment tout ce que les Espagnols ont fait de bien & de mal par terre & par mer, pendant 34 ans, depuis la premiere découverte du nouveau monde. Il ajoute qu'il est très-exact à decrire les lieux, & à marquer les temps; que son stile est concis, mais vif & animé; qu'il ne se contente pas de raconter simplement les faits, mais qu'il recherche les causes secrétes de toutes choses.

3. *De Insulis nuper inventis & incolarum moribus. Basileæ* 1521. *in-*4°. It. *Basileæ* 1533. *in-fol.* Avec les trois premiers livres des Décades. It. *Colonia* 1574. *in-*8°. Avec les mêmes livres.

4. *De Legatione Babylonica libri* P.
tres. Hispali 1500. *in-fol.* Avec la M. D'AN-
premiere Décade. It. Avec l'Ou- GHIERA.
vrage précedent dans les éditions où
il se trouve. Cette Relation est estimée & renferme l'histoire d'Egypte
de ce temps-là. Il lui a donné le
nom qu'elle porte, parce que le
Soudan, qui commandoit en Egypte, se nommoit le Soudan de *Baby-*
lone. On en a une Traduction Italienne sous ce titre : *Pietro Martyre*
Milanese, delle cose notabili dell' E-
gitto, trad. della lingua Latina in lin-
gua Italiana da Carlo Passi. In Vene-
tia 1564. *in-8°.*

Je ne sai ce que c'est que cet Ouvrage rapporté dans le Catalogue
des Historiens de l'Abbé Lenglet.
Petri Martyris Historia Palæstinorum,
Tyriorum, & Sidoniorum. Tiguri 1592.
in-4°. ni s'il appartient à *P. Martyr*
Vermilio à qui le *P. le Long* le donne.

V. Les Lettres de *Pierre Martyr.*
C'est la source ou j'ai puisé preferab-
lement à toute autre. *Nicolai An-*
tonii Bibliotheca Hispana. tom. 2. *p.*
362. ses dates ne sont pas exactes.

Les Essais de Litterature du mois d'A-
vril 1703. Article qui n'est qu'une
suite de fautes. *Additions de Teissier*
aux Eloges de M. de Thou. Il a pris
dans le livre précedent ce qu'il y
avoit de meilleur.

PIERRE MARTYR VERMILIO.

P. M.
VERMI-
LIO.

PIERRE *Martyr Vermilio* naquit
à *Florence* le 8 Septembre 1600.
d'*Etienne Vermilio*, & de *Marie Fu-*
mantini, tous deux sortis de bonnes
familles de cette ville, dont les An-
cêtres y avoient possedé les principales Charges.

On le nomma au Baptême *Pierre*
Martyr, conformement au vœu que
ses pere & mere avoient fait au Saint
de ce nom, dont l'Eglise n'étoit pas
éloignée de leur maison.

Ses parens qui étoient riches, &
qui n'avoient point d'autre garçon
que lui, n'oublierent rien pour son
éducation. Sa mere, qui savoit fort
bien la langue Latine, la lui apprit
elle-même, & lui expliqua dès sa
plus tendre jeunesse les Comedies de
Terence.

Il étudia enfuite fous *Marcel Vir-* P. M.
gilio, homme favant, connu par quel- VERMI-
ques Ouvrages, qui étoit alors Se- LIO.
crétaire de la République de Florence, & qui enfeignoit la langue Latine à la jeune Nobleffe de cette ville ; & il eut pour condifciples &
pour amis *François de Medicis, Ale-*
xandre Caponi, François & Raphael
Ricci, & *Pierre Vettori.*

Son exactitude & fon application
au travail, jointes à d'heureufes dif-
pofitions, lui firent faire d'autant
plus de progrès dans fes études,
qu'il n'étoit point diftrait par les
plaifirs aufquels la jeuneffe fe porte
ordinairement.

Il avoit de la pieté, & cette pieté lui infpira un tel degoût pour le
monde, qu'il l'abandonna dès l'âge
de feize ans pour entrer chez les
Chanoines Reguliers de S. Auguftin
à *Fiefoli* près de *Florence.* Il préfera
cet Ordre à tous les autres, à caufe
de la regularité qui y regnoit, &
parce qu'on y cultivoit les Sciences
plus qu'ailleurs.

Son exemple toucha fa fœur *Fe-*
licité, qui étoit la feule qui lui ref-

Tome XXIII. T

P. M.
Vermi-
lio.

tât ; & elle le fuivit en entrant de
fon côté dans le Monaftere de S.
Pierre Martyr.

On ne peut exprimer le chagrin
que le pere de *Pierre Martyr* reffen-
tit de fa refolution. Il paroît même
qu'il le conferva jufqu'à la fin , puifqu'il donna en mourant tout fon
bien aux pauvres , & ne lui laiffa
qu'une penfion de cinquante écus.

Mais fon fils ne laiffa pas de per-
fifter conftamment dans fon deffein,
& après avoir fait fes vœux , il fongea à reprendre fes études. Il s'appliqua alors avec ardeur à l'éloquence , que l'on enfeignoit aux jeunes
Religieux du Monaftere de *Fiefoli* ,
& à la lecture de l'Ecriture Sainte.

Après trois années de féjour en ce
lieu , on l'envoya à *Padoue* dans le
Monaftere de S. *Jean de Verdara* ,
où il paffa huit ans, occupé à l'étude de la Philofophie d'*Ariftote* , qu'il
apprit des favans Profeffeurs de cette Univerfité. Cette Philofophie lui
plaifoit préferablement à toute autre , tant à caufe de fa methode, que
parce qu'il la croyoit plus exempte d'erreurs que celles des autres

ſectes. Mais perſuadé que ce n'étoit P. M.
point lire *Ariſtote* que de le lire VERMI-
dans les traductions Latines qu'on LIO.
en a faites, il crut qu'il devoit apprendre la langue Gréque, pour le
lire en lui même. Il manquoit cependant de Maîtres capables pour
le guider dans ce travail ; mais cet
obſtacle ne l'arrêta pas, il le ſur-
monta par ſon aſſiduité infatigable,
& parvint par-là à acquerir une connoiſſance fort étendue de la langue
Gréque.

L'étude de la Theologie l'occupa
auſſi, & il s'y appliqua ſous un
Hermite de *S. Auguſtin*, & ſous
deux Dominicains, qui l'enſei-
gnoient à *Padoue*.

Enfin lorſqu'il eut atteint ſa 26e
année, on le chargea de prêcher,
& il s'acquita de cet emploi avec
beaucoup de ſuccès, d'abord à *Breſ-
cia*, & enſuite dans les villes les
plus conſiderables de l'Italie, comme à *Rome*, à *Boulogne*, à *Piſe*, à
Veniſe, à *Mantoue*, à *Bergame*. Cela
ne l'empêcha pas d'enſeigner auſſi la
Philoſophie & les Saintes Lettres aux
jeunes Religieux de ſon Ordre à *Pa-*

T ij

P. M.
VERMI-
LIO.

doue, à *Ravenne*, à *Boulogne*, & à *Verceil*. Il expliqua même *Homere* dans cette derniere ville, à la priere de *Benoît Cusani*, qui avoit été à *Padoue* son compagnon d'étude dans la langue Gréque, & avec lequel il passoit souvent les nuits entieres sur les livres Grecs.

La lecture de l'Ecriture Sainte, à laquelle il se donna alors avec assiduité, lui fit sentir qu'il lui manquoit quelque chose pour la bien entendre, je veux dire, l'intelligence de la langue Hebraïque. Ce fut ce qui l'engagea à l'apprendre, pendant qu'il étoit Sous-Prieur à *Boulogne*, ayant pris pour Maître un Medecin Juif, nommé *Isaac*.

La bonne opinion que les Religieux de son ordre avoient de son merite, le fit nommer quelque temps après Abbé de *Spolete*, & il s'acquit dans cette place l'estime & l'affection des habitans de cette ville, tant en rétablissant la regularité dans les maisons de son Ordre, qui étoient de sa dependance, qu'en faisant cesser les divisions qui regnoient à *Spolete*, & qui causoient tous les jours des batteries & des meurtres.

Après trois années de féjour dans
cette ville, *Pierre Martyr* fut envoyé par le Chapitre Général de
l'Ordre à *Naples* , en qualité de Superieur du Collège de *S. Pierre.*

P. M.
Vermi-
lio.

Pendant qu'il y demeuroit , il
lut les Commentaires de *Bucer*
fur les Evangiles & fur les Pfeau-
mes , le traité de *Zwingle* de la
vraye & de la fauffe Religion , &
quelques autres Ouvrages des Pro-
teftans , qui lui infpirerent du goût
pour leurs fentimens ; goût qui fut
bien augmenté par les converfations
qu'il eut avec *Jean Antoine Flaminio , Jean Valdés , Galeas Caracciol* ,
& plufieurs autres , qui profeffoient
déja en fecret la nouvelle Religion.

Il expliquoit alors en public la
premiere Epitre de S. Paul aux Corinthiens. Mais étant aux verfets
13 & 14 du 3 Chapitre , il prétendit que les paroles qu'on y lifoit ne
pouvoient fervir de rien pour prouver le Purgatoire ; ce qui deplut à
plufieurs perfonnes & lui attira une
défenfe de continuer fes explications. *Martyr* refufa de deferer à
cette défenfe , & en appella au Pa-

T iij

P. M.
VERMI-
LIO.

pe, qui prévenu par les amis qu'il avoit auprès de lui, la leva, & lui permit de continuer.

Il n'y avoit pas encore trois ans qu'il étoit à *Naples*, lorsqu'il tomba dangereusement malade. Ses Superieurs attribuant sa maladie à l'air de cette ville, qui lui étoit contraire, jugerent à propos de l'en retirer, & le nommerent Visiteur General de l'Ordre.

La severité avec laquelle il exerça cette Charge, & la maniere dont il punit quelques particuliers & même des Superieurs qui menoient une vie scandaleuse, lui attirerent leur inimitié, & lui procurerent plusieurs chagrins.

Il sentit l'effet de l'animosité qu'on avoit conçue contre lui dans le Chapitre General qui se tint quelque temps après à *Mantoue*, où sous prétexte de lui faire honneur, on lui tendit un piege, dont cependant il se tira heureusement par sa prudence. On le nomma Prieur de *S. Fridien* à *Lucques*. C'étoit à la verité un poste fort honorable, puisque ce Prieur a la Jurisdiction Episcopale

fur la moitié de la ville ; mais auffi P. M.
les Lucquois haïffent mortellement VERMI-
les Florentins , & l'on comptoit que LIO.
Martyr auroit beaucoup à fouffrir
par-là dans cette place , & qu'on lui
fufciteroit fans ceffe des chagrins.
Mais ces vûes malignes n'eurent
point leur effet ; car *Martyr* fçut fi
bien gagner l'affection des Lucquois,
qu'ils le traiterent toujours comme
un de leur Compatriotes , & qu'ils
demanderent inftamment aux Superieurs de fon Ordre , qu'on ne le
leur ôtât point.

Il n'oublia rien pour faire fleurir
les études dans le College de *Luc-*
ques. Paul Lacifi Veronois y enfeignoit la langue Latine, *Celfe Marti-*
nengo la Gréque , *Emanuel Tremel-*
lius l'Hebraïque ; pour lui , il expliquoit les Epîtres de *S. Paul* , tant
pour exercer la jeuneffe dans la langue Gréque , que pour les inftruire
de la Religion , & prêchoit tous les
Dimanches.

Cependant il fe formoit contre
lui un orage à *Genes* , où le Chapitre General étoit affemblé. Il reçut
un ordre d'y comparoître , apparem-

T iiij

P. M.
VERMI-
LIO.

ment pour se défendre sur plusieurs erreurs qu'il avoit enseignées dans ses Sermons ; mais il n'eut gardé de le faire, & songea au contraire à sortir de l'Italie, pour se retirer dans des pays Protestans.

Ayant pour cela mis ordre à ses affaires, il sortit secrétement de *Luques* avec *Paul Lacisi*, qui fut depuis Professeur en langue Gréque à *Strasbourg*, où il mourut, *Theodose Trebellius*, & *Jules Terentianus*. Il alla d'abord à *Pise*, où il celebra la Céne à la maniere des Protestans, avec quelques personnes qui étoient dans les mêmes sentimens que lui ; & écrivit à *Renaud Polus* & aux Luquois par deux personnes affidées deux Lettres qui devoient leur être remises un mois après son depart, & par lesquelles il leur faisoit part du dessein qu'il avoit & des motifs qui l'y avoient engagé.

Il passa ensuite à *Florence*, où il trouva *Bernardin Ochin*, à qui il conseilla de se retirer dans les Pays étrangers, au lieu d'aller à *Rome*, où il étoit cité. Après avoir dit adieu à sa patrie, pour ne la plus

revoir, il ſe hâta de ſortir de l'Ita- P. M.
lie, & de ſe rendre en Suiſſe. VERMI-

Il arriva à *Zurich* en 1542. & il LIO.
y fut fort bien reçu par *Bullinger*,
Pellican, & les autres Miniſtres de
cette ville. Il leur offrit ſes ſervices ; mais comme il n'y avoit point
alors de place vacante, ils ne purent
les accepter. Il paſſa donc à *Baſle*,
où il n'eut pas demeuré un mois,
qu'il fut appellé à *Strasbourg* par l'en-
tremiſe de *Martin Bucer*, pour y
enſeigner les Saintes Lettres, auſſi
bien que ſon ami *Laciſi*, à qui l'on
donna une Chaire de Profeſſeur en
langue Gréque.

Il enſeigna cinq ans dans cette
ville, & s'y maria en 1546. à *Catherine Dampmartin*, native de *Mets*,
qui mourut huit ans après en Angleterre, ſans laiſſer d'enfans.

En 1547. *Edouard de Seymour* Duc
de *Sommerſet*, Protecteur du Royaume d'Angleterre, ſous la Minorité
d'*Edouard VI.* & *Thomas Cranmer*
Archevêque de *Cantorbery* l'invite-
rent à paſſer en Angleterre, pour
travailler à l'Ouvrage de la Réfor-
mation qu'ils vouloient y établir. Il

P. M.
VERMI-
LIO.

s'y rendit avec *Bernardin Ochin* au mois de Decembre de la même année, & alla trouver à *Lambeth* l'Archevêque *Cranmer*, qui le reçut avec joye, & le retint quelque temps auprès de lui.

Au commencement de l'année suivante, il alla à *Oxford*, où il se fit recevoir Docteur en Theologie, & aussitôt après le Roi le nomma Professeur en cette Science dans l'Université de cette ville, & lui donna une pension de quatre cens Marcs. Il professa d'abord comme surnumeraire, mais la même année 1548. *Richard Smith* Professeur Royal en Theologie, ayant abandonné l'Université, le Roy donna sa Chaire à *Pierre Martyr*, qui eut en cette place de fréquentes disputes à soutenir, principalement sur l'Eucharistie avec les Catholiques, qui étoient encore en grand nombre dans l'Université. Mais comme le parti dominant lui étoit favorable, il s'en tiroit toujours avec une espece d'honneur.

Une émeute des Paysans des environs d'*Oxford*, en faveur de la Religion Catholique, lui faisant

craindre pour sa vie, il se retira à P. M.
Londres, où il demeura jusqu'à ce Vermi-
qu'elle eût été dissipée. Il ne tarda lio.
pas après cela à retourner à *Oxford*
reprendre ses exercices.

Au mois de Janvier 1551. il prit
possession d'un Canonicat de l'Eglise
de *Christ*, que le Roi lui avoit donné avec une maison dans le College
de *Christ*, où il alla loger avec sa
femme ; & l'on remarque que ce fut
la premiere femme qui eût logé
dans un College à *Oxford*.

La même année il fut choisi pour
être un des Commissaires preposés
pour dresser les Constitutions Ecclesiastiques, que le Roi Edouard vouloit donner à l'Angleterre, & il y
travailla plus que tous les autres.

Après la mort d'*Edouard* arrivée
le 6 Juillet 1553. les choses ayant
changé de face par rapport à la Religion, sous le regne de *Marie* qui
rétablit aussitôt la Catholique, *Pierre Martyr* quitta *Oxford*, & se retira
à *Lambeth* auprès de l'Archevêque
de *Cantorbery*. Mais ce Prelat ayant
été arrêté, *Martyr* se vit exposé à
avoir le même sort. Cependant il

P. M.
VERMI-
LIO.

ne voulut point sortir de l'Angleterre, qu'après en avoir eu la permiſſion de la Reine. L'ayant obte-
nue, il demeura encore caché en
Angleterre pendant quatorze jours,
après lesquels il se rendit secrétement à *Anvers*, & de-là à *Strasbourg*.

On le reçut avec joye dans cette
ville, & on lui rendit le poſte qu'il
avoit avant que d'aller en Angleterre, après qu'il eut ſigné un Ecrit par
lequel il declaroit qu'il approuvoit
la Confeſſion d'*Augsbourg*, & il pro-
mettoit de se conduire avec moderation par rapport aux choſes ſur lesquelles il n'étoit pas du même ſentiment que les Lutheriens. Ecrit
qu'on crut neceſſaire, parcequ'il étoit
Zuinglien ſur l'Euchariſtie.

Il commença alors à expliquer le
livre des Juges. Comme on n'avoit
point de Profeſſeur capable de
remplir la Chaire de Philoſophie, on
ordonna que les deux Profeſſeurs de
Theologie ſeroient chargés d'enſeigner tour à tour par ſemaine la Philoſophie d'*Ariſtote*. Martyr joignit
ainſi ce ſecond employ au premier,

& expliqua les Ethiques d'*Ariftote* à P. M.
Nicomaque.   VERMI-

Il eut bientôt le défagremenr, LIO.
malgré l'écrit qu'il avoit figné, de
fe voir en bute aux invectives de plufieurs Lutheriens, qui ne pouvoient
fouffrir qu'il eût d'autres fentimens
qu'eux; & les chofes allerent fi loin,
qu'enfin il refolut de quitter fon
pofte, & d'en chercher ailleurs un
autre, où il fût plus tranquille.

Il trouva en peu de temps ce qu'il
cherchoit. Car *Conrad Pelican* étant
mort le 5 Avril 1556. à *Zurich*, où
il profeffoit la Theologie & la langue Hebraïque, le Senat de cette
ville le nomma pour lui fucceder,
& lui en adreffa la vocation. Le Ma-
giftrat de *Strasbourg* témoigna un
extrême regret de ce que *Martyr*
vouloit quitter cette ville, mais enfin fe rendant à fes raifons, il lui
accorda fon congé de la maniere la
plus honorable.

Il partit le 13 Juillet 1556. de
Strasbourg, & fe rendit à *Zurich*,
dont il fut fait auffitôt Bourgeois,
quoiqu'on eût refolu de n'accorder
cette grace à qui que ce fût cette
année, ni la fuivante.

P. M.
VERMI-
LIO.

Il s'y remaria après six années de veuvage, & épousa *Catherine Me-renda* native de *Brescia*, dont il eut un garçon & une fille, qui moururent dans l'enfance, & qu'il laissa en mourant grosse d'une fille.

Il n'y avoit qu'un an qu'il étoit à *Zurich*, lorsque *Martinengo*, qui étoit Ministre à *Geneve*, étant venu à mourir, il fut élu pour lui succeder. On le pressa fort d'accepter cette Vocation, mais il ne voulut pas le faire sans la permission du Senat de *Zurich*, qui la lui refusa, & l'engagea ainsi à rester dans cette ville. Ses amis d'Angleterre voulurent aussi le faire retourner dans ce Royaume, où la Reine *Elizabeth* souhaittoit le revoir; mais il ceda aux desirs qu'on avoit de le conserver à *Zurich*.

Il fut nommé par le Senat de cette ville en 1561. pour assister au Colloque de *Poissi* avec *Theodore de Beze*. Il y disputa, mais avec plus de moderation que celui-ci; cependant voyant qu'il ne pouvoit y faire grand' chose, parce qu'il ne savoit pas la langue Françoise, il demanda

permiſſion de ſe retirer, & retourna P. M.
à *Zurich.*   VERMI-

Il y mourut le 12 Novembre de LIO.
l'année ſuivante 1562. âgé de 62
ans.

La fille poſthume qu'il laiſſa,
nommée *Marie*, fut dans la ſuite
réduite à une extrême pauvreté, &
preſque à la mendicité, par la mauvaiſe conduite de celui qu'elle avoit
épouſé ; mais le Senat de *Zurich*
en conſideration de ſon pere, l'aſſiſta
de ſes liberalités.

» De tous les Prétendus Reforma-
» teurs, il n'y en a point eu après
» *Calvin* qui écrivît mieux que *Pier-*
» *re Martyr.* Il ſurpaſſoit même *Cal-*
» *vin* en érudition & dans la ſcience
» des langues. Il avoit beaucoup lû
» les Peres, & s'étoit appliqué à
» étudier l'ancienne diſcipline de
» l'Egliſe. Il avoit de la moderation,
» & de la douceur plus qu'aucun
» des autres Proteſtans, non ſeule-
» ment dans ſes expreſſions, mais
» encore dans ſes ſentimens. S'il eût
» été écouté, il n'eût pas tenu à lui
» que non ſeulement les Lutheriens,
» les Zuingliens, & les Calviniſtes

P. M.
VERMI-
LIO.

» ne se fussent réunis ensemble, mais
» même qu'ils ne se fussent réunis
» avec l'Eglise Catholique. Malheu-
» reux d'avoir quitté le sein de l'E-
» glise, peut-être par l'occasion que
» lui en pouvoient avoir donné les
» mauvais traitemens de quelques
» personnes trop zelées, qui éloigne-
» rent un sujet très-propre à rendre
» de grands services à la Religion &
» à l'Etat. C'est le jugement que M.
du Pin porte de cet Auteur.

Catalogue de ses Ouvrages.

1. Le premier Ouvrage, qu'il publia après être sorti de l'Italie, fut
une explication du Symbole des A-
pôtres en Italien, où il se proposa
de rendre compte à tout le monde
de sa foy. On la trouve en Latin
dans le premier volume des *Loci*
Communes Theologici. p. 770.

2. *Commentarius in Genesim, ad-*
ditis locis Theologicis. Tiguri 1572.
1579. 1596. *in-fol.* It. *Heidelbergæ*
1606. *in-fol.* Il n'a pas achevé ce
Commentaire qu'il n'a conduit que
jusqu'à la fin du 42e Chapitre, les
huit autres Chapitres ont été com-
mentés par *Louis Lavater.*

3. *Com-*

3. *Commentarius in librum Judicum.* P. M. *Tiguri* 1561. 1565. 1576. 1582. *in-* VERMI- *fol.* It. *Heidelbergæ* 1609. *in-fol.* It. LIO. traduit en Anglois. *Londres* 1564. *in-fol.*

4. *Commentarius in libros duos Samuelis. Tiguri* 1564. 1567. 1595. *in-fol.* On voit à la tête une Epitre de *Jofias Simler.*

5. *Commentarius in duos libros Regum. Tiguri* 1566. 1581. *in-fol.* It. *Heidelbergæ* 1599. *in-fol.*

6. *Commentarius in Threnos. Tiguri* 1629. *in-*4°. Ce Commentaire a été publié par *Jean Rodolphe Stuckius* de *Zurich,* qui y a ajouté ce qui y manquoit.

7. *Commentarius in Epiftolam S. Pauli ad Romanos. Basileæ* 1558. 1560. *in-*8°. It. *Ibid.* 1568. 1570. *in-fol.* It. *Tiguri* 1585. *in-fol.* It. *Heidelbergæ* 1601. 1613. It. *traduit en Anglois* par H. B. *Londres* 1568. *in-fol.*

8. *Commentarius in priorem Epiftolam ad Corinthios. Tiguri* 1551. 1563. 1567. *in-fol.* It. *Ibid.* 1568. 1589. *in-*8°.

9. *Enarratio in Epiftolam Judæ. Segunti* 1582. Ce font là tous les Ouvrages de *Pierre Martyr* fur l'E-
Tome XXIII. V

P. M.
VERMI-
LIO.

criture, dont M. *Simon* parle ainſi dans ſon *Hiſtoire critique du Vieux Teſtament.* » Ils ne peuvent pas être » d'une grande utilité pour enten- » dre le ſens litteral, parce qu'ils » ſont remplis de lieux communs, » & de queſtions qu'il forme ſou- » vent à l'occaſion des paroles de » ſon texte. Il y a de l'apparence, » que comme il étoit éloquent, il » ſuivit cette méthode, pour faire » paroître davantage ſon éloquence, » & même ſon érudition: au lieu » que s'il ſe fût attaché tout à fait à » ſon texte, il n'eût pas eu la liber- » té de tant parler, ni de reſoudre » tant de queſtions curieuſes, qu'il » a formées dans ſes Commentai- » res, auſquelles il ajoute auſſi des » invectives.

10. *Preces ex Pſalmis Davidis de-ſumptæ. Tiguri* 1566. *in-*8°. It. Dans le 3ᵉ vol. des *Loci Communes Theo-logici.* Ces Prieres ont été traduites en Anglois par *Charles Glembam.* Il y en a auſſi une traduction Françoi-ſe imprimée à *Lyon in-*16. ſous le titre de *Prieres Chrétiennes.*

11. *In primum, ſecundum, & inі-*

tium tertii libri Ethicorum Ariftotelis P. M. *ad Nicomachum Commentarius.* Ti-VERMI-*guri* 1563. *in-*4°. C'eft le réfultat des LIO. Leçons qu'il fit quelque temps à *Strasbourg* fur la Philofophie. Ayant quitté cette ville en 1556. pour aller à *Zurich*, il ne put achever cet Ouvrage, & en demeura au fecond Chapitre du 3ᵉ livre. Comme il y compare à la fin de chaque Chapitre ce qui y eft contenu, avec ce qu'on trouve dans l'Ecriture Sainte fur le même fujet, on a donné dans quelques éditions à ce Commentaire un titre qui exprime ce parallele; celui-ci, par exemple, *Ariftotelis Ethicæ cum illis in Sacra Scriptura collatæ; additis notis & lemmatibus Logicis Rodolphi Glocenii. Lichæ ad Veterim* 1598.

12. *Defenfio ad Ricardi Smythæi Angli duos libellos de Cælibatu Sacerdotum & Votis Monafticis. Bafileæ* 1559. *in-*8°. It. Dans le fecond tome des *Loci Communes Theologici* p. 1229. *Richard Smith* avoit fait imprimer à *Louvain* en 1550. *in-*8°. deux traités; l'un intitulé: *Defenfio Cælibatus Sacerdotum contra Pe-*

P. M.
VERMI-
LIO.

trum Martyrem, & l'autre, qui a
pour titre : *Confutatio quorumdam
articulorum de votis Monasticis Petri
Martyris. Martyr* ne jugea pas d'a-
bord à propos de répondre à ces
Traités, il ne le fit que neuf ans
après, lorsqu'il fut tranquille à *Zu-*
rich. M. *du Pin* dit que le livre de
Martyr finit par la rétractation qu'il
avoit été obligé de faire en Angleterre de plusieurs propositions Catholiques qu'il avoit avancées. Il est
étonnant qu'il se soit trompé si gros-
sierement, puisque le titre seul de
cette rétractation fait voir que ce
fut *Richard Smith*, Anglois Catholique, qui la fit, & non point *Pierre*
Martyr.

13. *Dialogus de utraque Christi*
Natura. Tiguri 1561. *in-8°.* It. dans
le 2e tome des *Loci Communes Theo-*
logici. p. 1. It. en François sous ce
titre : *Dialogue des deux Natures de*
Christ, auquel en premier lieu est en-
seigné comment elles s'assemblent &
joignent en une seule Personne insepa-
rable de Christ, sans qu'elles perdent
cependant leurs proprietez ; & conse-
quemment est prouvé que l'union per-

fonnelle ne fait point que la Nature P. M. *humaine de Chrift foit par tout :* Tra- VERMI- *duit du Latin de Pierre Martyr, par* LIO. *Claude de Kerquifinen. Lyon* 1565. *in-4°. Martyr* combat ici le fenti-ment de l'Ubiquité du corps de Je-fus-Chrift, foutenu par quelques Lu-theriens.

14. *Defenfio doctrinæ veteris & Apo-ftolicæ de Sacramento Euchariftiæ ad-verfus Stephani Gardineri librum, fub nomine M. Antonii Conftantii editum. Tiguri* 1559. *in-fol.* It. dans le fecond tome des *Loci Communes Theologici.* p. 139.

15. *Difputatio de Euchariftiæ Sa-cramento habita in Schola Theologica Oxonienfi. Tiguri* 1552. *in-8°.* It. dans le fecond tome des *Loci Com-munes Theologici.* p. 1220. C'eft la Relation d'une difpute qu'il foutint pendant quatre jours à la fin de May & au commencement de Juin de l'année 1549.

16. *Tractatio de Sacramento Eucha-riftiæ, habita publice Oxonii per Pe-trum Martyrem, cum jam abfolviffet interpretationem undecimi capitis prio-ris Epiftolæ ad Corinthios. Tiguri* 1552.

P. M.
VERMI-
LIO.

*in-*8°. It. dans le premier tome des *Loci Communes Theologici* p. 1158. Ces deux Ouvrages sur l'Eucharistie ont été traduits en Anglois, le dernier l'a été aussi en François, & imprimé sous le titre de *Traité du Sacrement de l'Eucharistie. Lyon* 1562. *in-*16. *Pierre Martyr* y attaque la Transubstantiation, & y soutient le sentiment de *Calvin*, que le Corps & le Sang de *Jesus-Christ* ne se reçoivent dans l'Eucharistie que par la foy, & qu'ils n'y sont que dans le seul usage.

17. *Petri Martyris scripta quædam de causa Eucharistiæ numquam antehac edita. Epitome Defensionis adversus Stephanum Gardinerum. Confessio de Cæna Domini exhibita Senatui Argentoratensi. Sententia de præsentia Corporis Christi in Eucharistia proposita in Colloquio Poissiaco. Epistola de causa Eucharistiæ. Tiguri* 1563. *in-*4°. *Josias Simler*, qui a publié ce Recueil, a mis à la tête une vie fort étendue de *Pierre Martyr*. Les pieces de cet Auteur qui s'y trouvent, & qui sont fort courtes, ont été inserées dans le second & le troisième

volume des *Loci Communes Theolo-* P. M.
gici. VERMI-

18. *Locorum Communium Theolo-* LIO.
gicorum tomi tres. Baſilea. in-fol. Le
1ᵉ en 1580. le 2ᵉ en 1581. & le 3ᵉ en
1583. C'eſt le principal Ouvrage de
Pierre Martyr, qu'on a compoſé
après ſa mort de tous ſes Ouvrages
Dogmatiques tant imprimés que
manuſcrits, qui ont été rangés dans
le premier volume ſuivant la méthode de l'Inſtitution de *Calvin.* Ce
volume, qui a été réimprimé avec
pluſieurs augmentations à *Geneve* en
1624. *in-fol.* eſt diviſé en quatre parties. Les lieux communs qu'il contient, ſont tirés de ſes Commentaires ſur l'Ecriture, qui étant remplis de longues digreſſions ſur les
dogmes, en ont fourni abondamment. Le ſecond volume renferme
les Traités ſur l'Euchariſtie & ſur
le Celibat des Eccleſiaſtiques. On
voit dans le troiſiéme les pieces ſuivantes, qui n'avoient pas été encore
imprimées.

De libero Arbitrio. Il s'éloigne du
ſentiment de *Calvin* ſur ce ſujet.

*Oratio de utilitate & dignitate Sacri
Miniſterii.*

P. M.　　*Exhortatio Juventutis ad Sacrarum*
Vermi-*Litterarum studium.*

110.　　　*Encomium verbi Dei in scripturis
traditi, & ad harum studium adhor-
tatio.*

*Oratio ad Academiam Argentinen-
sem post suum ex Anglia reditum,
de Studio Theologico.*

*Oratio quam Tiguri primam habuit,
cum in locum Conradi Pellicani suc-
cessisset.*

Oratio de morte Christi.

Oratio de Resurrectione Christi.

Sermo in locum Joannis Cap. xx.
sur la puissance des Clefs.

*Exhortatio ad Cænam Domini My-
sticam.*

An Missa sit Sacrificium.

Epistolæ. Il y en a 61. dont la
plûpart sont Theologiques.

*Proposita disputata publice in Scho-
la Argentinensi ab anno 1543. usque
ad annum 1549. Desumpta sunt autem ex Genesi, Exodo, Levitico &
Judicum libro.*

Plusieurs des Ouvrages Dogmatiques de *Pierre Martyr* ont été traduits en Anglois par *Antoine Mar-
ten*, & imptimés en cette langue à
Londres

Londres l'an 1583. *in-fol.* On a auſſi P. M. une traduction Angloiſe d'une de VERMI- ſes Lettres au Comte de *Sommerſet*, LIO. Protecteur d'Angleterre, faite par *Thomas Norton* & imprimée à *Londres* en 1550. *in-8°.*

Antoine Wood attribue à *Pierre Martyr* un Traité intitulé: *L'uſage & l'abus de la Danſe*, qui a été traduit en Anglois & imprimé à *Londres in-8°.* Je ne ſai ce que c'eſt.

Teiſſier lui donne auſſi un livre François, qui a pour titre: *Epitre à quelques Fideles touchant leur abjuration & renoncement à la verité.* 1534. *in-8°.* Mais il ne peut être de lui; 1°. parce que *Martyr* ne ſavoit point le François, comme on l'a vû ci-deſſus. 2°. Parce qu'il ne quitta ſon pays & la religion Catholique, que huit ans après la date de cette lettre, c'eſt-à-dire en 1542.

V. Sa vie par *Joſias Simler* à la tête des *Opuſcules*, & des *Loci Communes Theologici* de *Martyr*, & dans les *Vita Theologorum exterorum Melchioris Adami. Freheri Theatrum Virorum Doctorum.* p. 191. Cet Auteur a abregé *Simler*, & l'a contredit

Tome XXIII. X

P. M.
VERMI-
LIO.

quelquefois, faute de l'entendre. *Antonii Wood Athenæ Oxonienses*, tom. 1. p. 138. On y trouve quelques particularités, qui ne sont point ailleurs. *Les Epitomes de Gesner. Jacobi Verheiden præstantium aliquot Virorum Elogia. p. 165.* C'est peu de chose. *Les Eloges de M. de Thou*, & *les additions de Teissier.* Du Pin, *Bibliotheque des Auteurs Heretiques.*

LOUISE LABE'.

L. LABE'.

LOUISE *Labé*, (a) native de *Lyon*, qui florissoit en 1555. sous le regne de *Henri II.* s'est rendue celebre par son esprit & sa beauté.

Cette derniere qualité lui avoit fait donner le nom de *la belle Cordiere*, parce qu'elle étoit mariée à un Cordier, ou plutôt, comme le P. *Colonia* le prétend avec assez de probabilité, à un Marchand qui faisoit commerce de Cables & de Cordes;

(*a*) Son nom est mal écrit par quelques Auteurs *Labbé*, ou *L'Abbé*, & par *Bayle*, *Labe*.

L. LABE'

nom qu'elle a laiſſé à la rue où elle demeuroit à *Lyon*, & qui le porte encore aujourd'hui.

Il n'eſt point de louanges que ſes Contemporains ne lui ayent donné. La *Croix du Maine* l'appelle une femme très-docte, qui compoſoit fort bien en vers & en proſe, & ajoute qu'elle avoit pour Anagramme ces mots: *Belle à ſoy.* (ſouhait) *Paradin*, qui étoit à *Lyon* de ſon temps, & qui apparemment la connoiſſoit, en fait dans ſon hiſtoire de *Lyon* p. 355. un Eloge outré, principalement ſur l'article de la vertu & de la Chaſteté, lorſqu'il parle ainſi d'elle. » *Louiſe Labé* avoit la face » plus angelique qu'humaine ; mais » ce n'étoit rien à la comparaiſon de » ſon eſprit tant chaſte, tant ver- » tueux, tant Poetique, tant rare » en ſçavoir, qu'il ſembloit qu'elle » eût été créée de Dieu, pour être » admirée pour un grand prodige » entre les humains. Car encore » qu'elle fût inſtituée en la langue » Latine, deſſus & outre la capaci- » té de ſon ſexe, elle étoit admira- » blement excellente dans la Poeſie

L. LABE'. » des langues vulgaires , dont ren-
» dent témoignage ses Oeuvres
» qu'elle a laissées à la posterité.
Jacques Peletier , Medecin , Mathematicien & Poete a fait à sa louange
une Ode , où il releve fort son merite & son savoir. D'autres à son
exemple ont composé pour elle des
pieces de vers , & on en voit quelques-unes à la suite de ses Oeuvres.

Elle savoit en effet fort bien les
langues Françoise , Italienne & E-
spagnole , & avoit son cabinet rempli des livres les plus curieux qu'on
eût écrit jusqu'à son temps en ces
trois langues. Ce qui nous reste de
ses Ouvrages fait voir qu'elle écrivoit également bien en prose & en
vers , comme le dit *la Croix du Maine.*

D'ailleurs elle savoit chanter &
jouer du Luth , & manioit fort bien
un Cheval ; ce qui montre qu'elle
avoit eû de l'éducation , & qu'elle
n'étoit pas d'une naissance si basse ,
que la qualité de Cordier donnée à
son mari par *du Verdier* pourroit le
faire croire.

Mais toutes les belles qualités que l'on admiroit en elle , étoient gâtées par un libertinage, qui quoique plus rafiné que celui des *Laïs* & des *Phry-nés* , n'en étoit pas moins condam-nable. Elle faifoit le métier de Cour-tifane , quoiqu'elle ne reffemblât pas en tout à ces malheureufes Victi-mes de l'impudicité publique ; car fi d'un côté elle étoit de leur hu-meur , en ce qu'elle vouloit être bien payée des faveurs qu'elle ac-cordoit , elle avoit d'un autre des égards pour les gens de lettres, qu'elle recevoit quelquefois gratis dans fon lit. *Du Verdier* nous ex-plique ceci dans un détail qu'il eft à propos de rapporter ici. Voici comment il s'exprime fur fon fu-jet.

» *Louife Labé ,* Courtifanne Lion-
» noife , autrement nommée *la bel-*
» *le Cordiere ,* pour être mariée à un
» bon homme de Cordier, piquoit
» fort bien un Cheval, à raifon de
» quoi les Gentilshommes, qui
» avoient accès à elle , l'appelloient
» *le Capitaine Loys ;* femme au de-
» meurant de bon & gaillard efprit,

L. L'ABE'. » & de mediocre beauté ; (a) rece-
» voit gracieusement en sa maison
» Seigneurs, Gentilshommes, & au-
» tres personnes de merite avec en-
» tretien de devis & discours, Mu-
» sique tant à la voix qu'aux Instru-
» mens, où elle étoit fort duicte,
» lecture de bons livres Latins, &
» vulgaires Italiens & Espagnols,
» dont son cabinet étoit copieuse-
» ment garni, Collation d'exquises
» confitures; enfin leur communi-
» quoit privement les pieces plus
» secretes qu'elle eût, & pour dire
» en un mot, faisoit part de son
» corps à ceux qui fonçoyent : non
» toutefois à tous, & nullement à
» gens mechaniques & de vile con-
» dition, quelque argent que ceux-
» là lui eussent voulu donner. Elle
» ayma les savans hommes sur tout,
» les favorisant de telle sorte, que
» ceux de sa connoissance avoient la

(*a*) Ces paroles donnent lieu de croire
que sa beauté, dont d'autres Auteurs, qui
la connoissoient aussi bien que *du Verdier*
pouvoit le faire, ont parlé avec tant d'é-
loge, consistoit moins dans la regularité
des traits de son visage, que dans les charmes & les agrémens de sa personne.

» meilleure part en sa bonne grace, L. LABE,
» & les eût preferé à quelconque
» grand Seigneur, & fait courtoi-
» sie à l'un plûtôt gratis, qu'à l'au-
» tre pour grand nombre d'écus :
» qui est contre la coutume de cel-
» les de son metier & qualité.

Demosthene eût été bien aise que
la Courtisane *Laïs* eût ressemblé à
celle-ci. Il n'auroit pas fait le voyage de *Corinthe* inutilement, ni é-
prouvé

> *Qu'à tels festins un Auteur comme*
>   *un sot*
> *A prix d'argent doit payer son écot.*

Ce qui nous reste d'elle est contenu dans un volume extrémement
rare, qui a pour titre.
*Euvres de Louize Labé , Lionnoi-
ze. Lion. Jean de Tournes* 1556. in-
16. pp. 176. non chiffrées. *Du Verdier* met 1555. Je crois cependant
qu'il n'y a point d'autre édition
avant celle de 1556. Il peut avoir
mis cette année , parce que l'Epitre
dedicatoire est datée du 24 Juillet
1555. & que le livre parut à la fin

L. LABE'. de cette année. *Louise Labé* a adressé cette Epitre *A. M. C. D. B. L.* c'est-à-dire à *A Mademoiselle Clemence de Bourges, Lionnoise*, qui étoit aussi distinguée par son Merite & sa Science. J'apprens des additions Manuscrites de Mr. de *la Monnoye* aux Bibliotheques Françoises de *la Croix du Maine* & de *du Verdier*, qu'il y a eu une seconde édition faite à *Rouen* chez *Jean Garou* la même année 1556. *in-16*.

Les pieces contenues dans ce Recueil sont

Debat de Folie & d'Amour. C'est un Dialogue en prose très-ingenieux, dont voici le sujet. *Jupiter* avoit ordonné à tous les Dieux de se trouver à un festin qu'il vouloit leur donner. L'Amour & la Folie arrivent en même temps à la porte de son Palais, pour s'y rendre. Mais elle étoit déja fermée, & il n'y avoit plus que le guichet d'ouvert. La Folie voyant l'Amour prêt à mettre un pied dedans, s'avance pour passer la premiere. L'Amour se voyant poussé, se met en colere; mais la Folie lui soutient que c'est-à elle à passer de-

vant. Là deffus ils entrent en difpute fur leurs prérogatives. L'Amour
voyant qu'il ne pouvoit l'emporter
par des raifons, met la main à fon
arc, & lâche une fléche à la Folie,
qui fe met hors de fes atteintes en
fe rendant invifible, & fe venge
un moment après de l'Amour, en
lui arrachant les yeux, & en lui
couvrant la place d'un bandeau qui
ne peut lui être ôté. *Venus* fe plaint
à *Jupiter* de la Folie, & ce Dieu
veut entendre la caufe de leur diffe-
rend. *Apollon* parle pour l'Amour,
& *Mercure* pour la Folie. Après quoi,
Jupiter ayant confulté les Dieux,
prononce ainfi fon Jugement. *Pour*
la dificulté & importance de vos diffe-
rends & diverfité d'opinions, nous avons
remis votre affaire d'ici à trois fois,
fept fois, neuf fiecles. Et cependant
vous commandons vivre amiablement
enfemble, fans vous outrager l'un l'au-
tre. Et guidera Folie l'aveugle Amour,
& le conduira par tout où bon lui fem-
blera. Et fur la reftitution de fes yeux,
après en avoir parlé aux Parques, en
fera ordonné. Cette heureufe fiction
a été tournée depuis en bien de ma-

L. LABE'. nieres, & plusieurs Poetes ont voulu se l'approprier.

Elegies. Il y en a trois. [Je rapporterai ici la troisiéme, qui regarde particulierement *Louise Labé.* Voici comment elle y parle d'elle-même.

> Quand vous lirez, Ó Dames Lionnoises,
> Ces miens écrits pleins d'amoureuses noises ;
> Quand mes regrets, ennuis, depits & larmes
> M'orrez chanter en pitoyables Carmes,
> Ne veuillez point condamner ma simplesse,
> Et jeune erreur de ma fole jeunesse ;
> Si c'est erreur : mais qui dessous les Cieux
> Se peut vanter de n'être vicieux ?
> L'un n'est content de sa sorte de vie,
> Et toujours porte à ses voisins envie.
> L'un forcenant de voir la paix en terre,
> Par tous moyens tâche y mettre la guerre.
> L'autre croyant pauvreté être vice,
> A autre Dieu qu'Or ne fait sacrifice.

L'autre sa foy parjure il emploira   L. LABE.

A decevoir quelqu'un qui le croira.

L'un en mentant de sa langue lezarde

Mille brocards sur l'un & l'autre darde.

Je ne suis point sous ces planetes née,

Qui m'eussent pu tant faire infortunée.

Oncques ne fut mon œil marri, de voir

Chez mon voisin mieux que chez moi
    pleuvoir.

Onc ne mis noise ou discord entre amis;

A faire gain jamais ne me soumis;

Mentir, tromper, & abuser autrui,

Tant m'a déplû que medire de lui.

Mais si en moi rien y a d'imparfait,

Qu'on blame amour, c'est lui seul qui
    l'a fait.

Sur mon verd âge en ses laqs il me prit,

Lors qu'exercois mon corps & mon
    esprit,

En mille & mille euvres ingenieuses,

Qu'en peu de temps me rendit ennnieu-
    ses.

Pour bien savoir avec l'aiguille pein-
    dre,

J'eusse entrepris la renommée esteindre

De celle là, qui plus docte que sage,

Avec Pallas comparoit son Ouvrage.

Qui m'eût vû lors en armes fiere aller,

Porter la lance & bois faire voler,

L. LABE'. *Le devoir faire en l'estour furieux,*
   Piquer, volter le Cheval glorieux,
   Pour Bradamante, où la haute Mar-
    phise,
   Sœur de Roger, il m'eust, possible, prise.
   Mais quoi? Amour ne put longuement
    voir
   Mon cœur n'aimant que Mars & le
    savoir,
   Et me voulant donner autre souci,
   En souriant, il me disoit ainsi:
   Tu penses donq, o Lionnoise Dame,
   Pouvoir fuir par ce moyen ma flame:
   Mais non feras; j'ai subjugué les Dieux
   Es bas Enfers, en ta Mer & es Cieux.
   Et penses tu que n'aye tel pouvoir
   Sur les humains, de leur faire savoir
   Qu'il n'y a rien qui de ma main échape?
   Plus fort se pense, & plus tôt je le frape.
   De me blamer quelquefois tu n'as honte,
   En te fiant en Mars, dont tu fais conte:
   Mais maintenant, voy si pour persister
   En le suivant me pourras resister.
   Ainsi parloit, & tout echaufé d'ire,
   Hors de sa trousse une sagette il tire,
   Et decochant de son extrême force,
   Droit la tira contre ma tendre ecorce:
   Foible harnois, pour bien couvrir le
    cœur,

Contre l'Archer, qui toujours eſt vain- L. LABE.
 queur.
La breche faite, entre Amour en la
 place,
Dont le repos premierement il chaſſe;
Et le travail qu'il me donne ſans ceſſe,
Boire, manger, & dormir ne me laiſſe.
Il ne me chaut de Soleil ne d'ombrage:
Je n'ai qu'Amour & feu en mon cou-
 rage,
Qui me deguiſe & fait autre paroître,
Tant que ne peus moi même me can-
 noître.
Je n'avois vû encore ſeize Hivers,
Lorſque j'entrai en ces ennuis divers;
Et jà voici le treizieme Eté,
Que mon cœur fut par amour arrêté.
Le temps met fin aux hautes Pyrami-
 des,
Le temps met fin aux fontaines humi-
 des,
Il ne pardonne aux braves Coliſées,
Il met à fin les Villes plus priſées;
Finir auſſi il a acoutumé
Le feu d'Amour, tant ſoit-il allumé.
Mais, las! en moi il ſemble qu'il aug-
 mente
Avec le temps, & que plus me tour-
 mente.

L. LABE'. *Paris aima Oenone ardemment,*
Mais son amour ne dura longuement.
Medée fut aymée de Jason,
Qui tôt après la mit hors sa maison.
Si meritoient elles être estimées,
Et pour aimer leurs Amis, être ai-
mées.
S'étant aimé, on peut amour laisser;
N'est il raison, ne l'étant, se lasser?
N'est il raison te prier de permettre,
Amour, que puisse à mes tourmens fin
mettre?
Ne permets point que de Mort fasse
épreuve,
Et plus que toi pitoyable la treuve:
Mais si tu veux que j'aime jusqu'au
bout,
Fais que celui que j'estime mon tout
Qui seul me peut faire plorer & ri-
re,
Et pour lequel si souvent je soupi-
re,
Sente en ses os, en son sang, en son
ame,
Ou plus ardente, ou plus égale flâ-
me.
Alors ton faix plus aisé me sera,
Quand avec moi quelqu'un le porte-
ra.

Sonnets. Il y en a 24. dont le pre- L. LABE'. mier eft Italien. *Louise Labé* y ex-prime fes veritables fentimens fur l'amour, quand elle dit à la fin du 18.

> *Permets m' Amour penfer quelque*
> *folie :*
> *Toujours fuis mal, vivant difcrete-*
> *ment :*
> *Et ne me puis donner contentement*
> *Si hors de moi ne fais quelque*
> *faillie.*

Les Ouvrages de cette favante font fuivis des *Ecrits de divers Poe-tes à fa louange.* Il y a 24. pieces en differentes fortes de Poefie, dont une eft en Latin, quatre en Italien, & le refte en François. Pour de Gré-que, on n'y en voit point, quoique *du Verdier* dife qu'il y en a.

Je rapporterai ici un endroit de la derniere qui eft extrémement lon-gue, puifqu'elle tient 20 pages. On y verra quelques particularités de fon courage, & une date qui me fera de quelque ufage.

L. LABE'.

Louize ainsi furieuse
En laissant les habits mols
Des femmes, & envieuse
De bruit, par les Espagnols
Souvent courut, en grand' noise;
Et maint assaut leur donna,
Quand la jeunesse Françoise
Perpignan environna.
Là sa force elle deploye,
Là de sa lance elle ploye
Le plus hardi assaillant,
Et brave dessus la selle,
Ne demontroit rien en elle,
Que d'un Chevalier vaillant.

Le Siege de *Perpignan* se fit en 1542. *Louise Labé* s'y trouva en habit d'homme, étant encore *Pucelle*, comme la nomme l'Auteur de la piece que je cite, & avant que d'avoir ressenti les traits de l'amour; & par conséquent à l'âge de quinze ou seize ans; puisque, suivant sa troisiéme Elegie, que j'ai rapportée, l'amour se fit sentir à elle, & lui fit abandonner Mars, lorsqu'elle n'avoit pas encore vû *seize hyvers.* Mais ce fut aussitôt après ce siege, qu'elle renonça aux exercices de la guerre, comme

L. LABE'.

comme il paroît encore par la même Elegie troiſiéme, où elle dit que c'étoit déja le treiziéme Eté, que ſon cœur avoit été arrêté par l'amour. Car cette Elegie ayant été compoſée au plus tard en 1555. que *Labé* fit l'Epitre dedicatoire des Ouvrages qu'elle vouloit publier, il faut pour trouver ces 13 ans remonter juſqu'à l'année 1542. qui fut effectivement celle du ſiege de *Perpignan*. Il s'enſuit de tout cela que *Louiſe Labé* avoit près de 29 ans en 1555. & par conſequent étoit née vers l'an 1526.

V. *La Bibliotheque Françoiſe de du Verdier;* C'eſt ce que nous avons de plus étendu ſur ſon ſujet. *Celle de la Croix du Maine.* Cet Auteur n'en dit que peu de choſes, où cependant il fait deux fautes; la 1re. en la nommant *Louiſe L'Abé.* 2e. en donnant pour titre à ſon Dialogue *Le Debat de Folie & d'Honneur,* au lieu d'*Amour*. *Hiſtoire Litteraire de la Ville de Lyon du P. Colonia.* Tom. 1. P. 542. *Bayle, Dictionnaire.*

Cet article eſt de *M. B. D. L. A.*

JULES CESAR SCALIGER.

J. C. SCALI-GER. *JULES* Céfar *Scaliger* ou de *l'Eſcalle*, naquit le 23. Avril 1684. à *Ripa*, Château dans le Territoire de *Verone*, près du Lac de *Garde*, de *Benoît Scaliger*, qui commanda pendant l'eſpace de 17. ans les Troupes de *Matthias* Roi de Hongrie, dont il étoit parent, ſi l'on en croit l'Auteur de la vie de *Jules Céfar Scaliger*, qui eſt *Joſeph* ſon fils, & de *Berenice Lodronia* fille du Comte *Paris Magnus*.

Joſeph Scaliger ſon fils a prétendu qu'il deſcendoit des Anciens Princes de *Verone*, mais cette prétention ſemble être contredite par les Lettres de Naturalité accordées par *François I.* en 1528. à *Jules Céfar Scaliger*, où l'on n'auroit pas manqué de faire mention d'une ſemblable origine, ſi elle avoit eu quelque fondement, & où il eſt appellé ſimplement Docteur en Medecine. Il y prend le nom de *Julius Céfar de l'Eſcalle de Bordoms*, nom que M. de *la Monnoye* prétend

devoir se lire *de Bordonis* , persuadé J. C.
que l'omission d'un point sur l'*i* avant SCALI-
la derniere lettre a fait lire *de Bordoms-* GER.
Il s'y dit aussi natif de *Verone* , parce
qu'il étoit né dans son territoire , &
que cette ville étoit plus connuë en
France que le Château de *Ripa.*

Quelques Auteurs ont attaqué sa
Noblesse , & ont prétendu le rabais-
ser , en le faisant passer pour le fils
d'un Maître d'Ecole de *Verone* , appellé *Benoît Burden* , lequel étant allé
demeurer à *Venise* , prit le nom de
Scaliger , parce qu'il avoit une échelle
pour enseigne , ou parce qu'il demeuroit dans la ruë de l'échelle. M.
de Thou veut qu'*Augustin Niphus* ait
été le premier Auteur de cette fable ,
& rapporte dans les Memoires de sa
vie , que lors qu'il passa à *Padoue* ,
Niphus tâcha de lui persuader cette
imagination , qu'il avoit inventée
par piqué contre *Jules Cesar Scali-*
ger , & pour se venger de ce qu'il
n'avoit pas fait dans ses ouvrages assez
de cas de *Niphus* son Ayeul , & de
ce que dans ses discours ordinaires il
lui préferoit *Pomponace. Joseph Sca-*
liger assure cependant que c'est *Mel-*

J. C.
SCALI-
GER.

chior *Guilandin* , & *Antoine Ricco-*
boni , qui ont les premiers cherché à
le chicaner fur fon origine , & qui
ont fourni à *Robert Titus* les contes
qu'il a debités fur ce fujet.

Il apprit les premiers élemens de
la langue Latine dans fa patrie , & y
eut pour Précepteur , fi l'on s'en rapporte à ce que fon fils en a dit , *Jean*
Joconde de Verone. Il l'appelle en effet fon Maître en plufieurs endroits
de fes Ouvrages , mais il n'eft pas
fort fûr qu'il l'ait été. Il eft à préfumer que comme il vouloit à toute
force defcendre des Princes de *Vero-*
ne , & qu'il n'oublioit rien de tout
ce qui lui pouvoit donner quelque
air de grandeur , il lui parut qu'un
homme du relief de *Joconde* , celebre
par les qualités de fon efprit,& d'ailleurs né Gentilhomme , lui convien-
droit pour Précepteur. Il feignit
donc , parce que perfonne ne pouvoit alors le convaincre de faux,que
Jean Joconde lui avoit appris les élemens de la langue Latine. Il s'en eft
vanté dans fa feconde declamation
contre *Erafme* , dans fes Poëfies , dans
fes Exercitations contre *Cardan* , &

fur-tout dans la 329. ou pour bien
louer *Joconde* , qu'il favoit avoir été
Moine , fans qu'il fcût précifement
de quel Ordre , il s'eft à tout hafard
avanturé d'en faire un Peripateticien ,
& de lui attribuer une parfaite connoiffance de la Theologie de *Scot*. Ce
qui fait voir qu'il ne le connoiffoit
point, puifque ce n'eft point par l'intelligence ni de la Philofophie d'*Ariftote*, ni de la Theologie de *Scot*, que *Joconde* s'eft acquis de la reputation ,
mais par fon habilité dans les beaux
arts. D'ailleurs *Joconde* a toujours été
attaché à la maifon de *Medicis* , &
non pas à celle de *l'Efcales* , éteinte
il y avoit déja long-tems. Enfin *Scaliger* femble l'avoir cru Cordelier ,
quoiqu'il ne le dife pas pofitivement ,
& fon fils , qui pouvoit avoir été inftruit par lui fur ce fait, lui en
donne le titre , qui certainement ne
lui convient pas , puifqu'il étoit Ja-
cobin.

Jules Cefar Scaliger n'eut pas plutôt atteint fa douziéme année , qu'il
fut préfenté à l'Empereur *Maximilien* , lequel le reçut à fon fervice ,
& mit au nombre de fes Pages.

J. C.
SCALI-
GER.

J. C.
SCALI-
GER.

Il servit cet Empereur pendant dix-sept ans, & donna des preuves de sa valeur & de son adresse en diverses expeditions, où il accompagna son Maître. Il se trouva à la Bataille de *Ravenne*, qui se donna le onze Avril 1512. & il eut le chagrin d'y perdre son pere & *Tite* son frere. Il conduisit leurs corps à *Ferrare*, où étoit restée sa mere, qui mourut de chagrin quelque temps après.

Son pere n'avoit pas laissé beaucoup de bien, ainsi il se trouva bientôt à l'étroit. L'état où il se vit lui fit former la resolution de se faire Cordelier. Pour l'executer il se transporta à *Boulogne*, où il s'appliqua avec ardeur à l'étude & sur-tout à celle de la Logique & de la Theologie de *Scot*. Mais ayant perdu bientôt l'envie de se faire Moine, il reprit les armes & servit quelque temps dans le Piémont. Son fils parle en termes magnifiques de ses expeditions, mais il est à croire que sa vanité naturelle lui a fait enfler les choses bien au delà de la verité, comme dans tout ce qu'il a dit de lui.

Un Medecin qu'il connut à *Turin*

lui inspira du goût pour la Medecine, J. C.
& il commença à l'étudier dans les SCALI-
momens que le service de la guerre GER.
lui laiſſoit libres; il ſe donna auſſi
à l'étude de la langue Grecque, qu'il
avoit ignorée juſques-là.

Enfin les douleurs de la goute
qu'il reſſentit dans ce tems là à differentes repriſes, le déterminerent à l'â-
ge de plus de 40. ans, c'eſt-à-dire
vers 1525. de renoncer pour toujours
au métier de la guerre.

L'Evêque d'*Agen*, qui étoit de la
la famille de *la Rovere*, à laquelle
Scaliger étoit attaché, ſe diſpoſoit
alors à ſe rendre à ſon Evêché. Comme la foibleſſe de ſa ſanté lui faiſoit
apprehender quelque accident dans
le voyage, il engagea *Scaliger*, qui
avoit déja acquis des grandes connoiſſances dans la Medecine, à l'accompagner. Celui-ci eut de la peine à ſe
déterminer à ſuivre le Prélat, & il ne
le fit qu'à condition qu'il ne reſteroit
que huit jours à *Agen.* Mais ce qui
ſe paſſa en lui à ſon arrivée en cette
Ville, rendit cette condition inutile.

Il devint auſſi-tôt amoureux d'u-
ne jeune perſonne de bonne famille,

J. C.
SCALI-
GER.

nommée *Andiette de Roques Lobejac,* & la demanda en Mariage. Mais ses parens la lui ayant refusée parce qu'elle étoit trop jeune , n'ayant encore que treize ans & qu'il en avoit lui même 42. il fit si bien par sa perseverance & ses pourfuites , qu'il l'obtint trois ans après , & l'épousa en 1529. à l'âge de 16 ans & non pas de 13. comme le dit M. *de Thou*. Il vécut avec elle 29 ans & en eut quinze enfans , dont sept lui survécurent.

Ce fut après son établissement à *Agen*, qu'il commença à se donner tout de bon à l'étude. Il y apprit d'abord la langue Françoise, dont il pouvoit avoir déja quelque teinture , mais qu'il parla parfaitement au bout de trois mois ; Il s'y appliqua ensuite au Gascon, à l'Italien , à l'Espagnol, à l'Allemand , au Hongrois & à l'Esclavon , pour ne rien dire des Belles-Lettres , qui firent depuis son occupation favorite.

Il pratiqua aussi la Medecine , qui lui servit apparemment de ressource , sur tout dans les commencemens , pour les besoins de la vie.

On

On lui donne dans ſes Lettres de J. C.
Naturalité le titre de Docteur en SCALI-
Medecine ; ce qui fait voir que CE GER.
que *Melchior Guillandin* a écrit qu'il
avoit pris ce degré dans l'Univerſité
de *Padone* , eſt aſſez vraiſemblable.
Mais on en ignore le temps.

Ces Lettres de Naturalité lui furent accordées au mois de Mars 1528.
Elles portent *que depuis quatre ans
en ça , ou environ , il s'étoit retiré en la
ville d'Agen.* Ce qu'il ne faut pas
prendre à la rigueur , puiſque ſuivant ſa vie écrite par ſon fils , il ne
vint guéres à *Agen* qu'à la fin de
1525. ou au commencement de 1526.

Il ne commença à publier des
Ouvrages qu'à l'âge de 47 ans ; mais
il répara bientôt le temps qu'il avoit
perdu , & ſe fit en peu de temps un
grand nom parmi le monde ſavant.

L'étude & la compoſition de ces
Ouvrages l'occuperent juſqu'à la fin
de ſa vie , qu'une violente rétention
d'urine termina.

Il mourut le 21 Octobre 1558.
âgé de 74 ans , & fut enterré dans
l'Egliſe de Hermites de *S. Auguſtin*
avec cette Epitaphe.

*Julii Cæsaris Scaligeri quod fuit.
Obiit anno 1558. XII. Cal. Novembris Ætatis suæ 75.*

C'étoit un homme bien fait & de
belle taille, qui avoit un air grand,
noble & venerable. Il étoit fort a-
droit à toutes sortes d'exercices, &
il avoit reçu de la nature un corps si
fort & si vigoureux qu'à l'âge de 60
ans, quoique ses mains fussent affoi-
blies par la goute, on le vit traîner
une grosse poutre, que quatre hommes n'avoient pu ébranler. Sa memoire étoit si heureuse, même dans
sa vieillesse, qu'il dicta un jour à
Joseph son fils deux cens vers, qu'il
avoit composés la veille, & qu'il
avoit retenu sans les écrire.

On remarquoit en lui une admirable sagacité à connoître les mœurs
des hommes par les traits de leur
visage, & son fils assure qu'il ne
se trompoit jamais dans les jugemens
qu'il en faisoit. Il étoit si ennemi
du mensonge, qu'il n'avoit ni estime ni amitié pour ceux qu'il savoit
sujets à ce vice. Mais il étoit principalement recommandable par sa
charité; car sa maison étoit comme

un hôpital où il recevoit toutes fortes de neceffiteux, fourniffant des
habits & des alimens à ceux qui fe
portoient bien & des remedes aux
Malades.

Ces bonnes qualités, que fon fils
lui attribue, ont été gâtées par une
vanité infupportable, & par une hu-
meur critique & médifante, qui lui
a fait vomir des torrens d'injures
contre ceux qui ne penfoient pas
comme lui, & qui n'étoient pas les
adorateurs de fes productions.

Catalogue de fes Ouvrages.

1. *Exotericarum Exercitationum li-*
ber quintus decimus de fubtilitate ad
Hieronymum Cardanum. Lutetiæ. Mi-
chael Vafcofan 1557. *in-*4°. *pp.* 952.
It. *Bafileæ* 1560. *in-fol.* It. *Franco-*
furti 1576. *&* 1592. *in-*8°. It. *Hano-*
viæ 1634. *in-*8°. *Scaliger* a donné à
ces Exercitations le titre de quin-
ziéme livre, parce qu'avant qu'il le
compofât, il avoit déja fait, à ce
qu'il prétend, quatorze autres volumes fous le même titre, mais qui
ne regardoient pas *Cardan.* Comme
il n'en a paru aucun, on pourroit
préfumer qu'il y auroit un peu de

Z ij

J. C.
Scali-
ger.

charlatanerie dans cette affaire. On peut voir dans l'article de *Jerôme Cardan tom.* 14ᵉ *de ces Memoires p.* 270. ce qui a donné occasion à cet Ouvrage de *Scaliger*, & les particularités qui le regardent; je repeterai seulement ici que les Sçavans n'ont pas jugé aussi favorablement de son livre, qu'il le faisoit lui-même; car M. *de la Monnoye* en trouve le stile inégal, barbare en beaucoup d'endroits, affecté & bouffi en d'autres; & *Naudé* assure qu'il a fait plus de fautes qu'il n'en a repris dans *Cardan*, & que la réponse de ce dernier a coulé à fond toute sa Critique.

2. *In Theophrasti libros* vi. *de Causis Plantarum Commentarii. Geneva* 1566. *in-fol. Theophraste* avoit composé huit livres sur cette matiere, mais les deux derniers se sont perdus.

3. *Commentaria in Aristoteli adscriptos libros* 11. *de Plantis. Geneva* 1566. *in-fol.* It. *Marpurgi* 1598. *in-* 8⁰. *Aristote* avoit écrit sur les Plantes; mais l'Ouvrage dont il s'agit ici, n'est point de lui.

4. *Ariſtotelis Hiſtoriæ Animalium* J. C.
liber x. *ex verſione & cum Commenta-* SCALI-
rio Julii Cæſaris Scaligeri. Lugduni GER.
*1584. in-*8°. Cette édition d'une partie de l'Ouvrage d'*Ariſtote,* a precedé de beaucoup celle de l'Ouvrage
entier, qui n'a paru qu'après la mort
de *Scaliger* par les ſoins de M. *de
Mauſſac,* ſous ce titre : *Ariſtotelis
Hiſtoria Animalium, Græce & Latine, ex Verſione & cum Commentariis
J. C. Scaligeri. Edente cum Prolego-
menis, Animadverſionibus, Fragmen-
to ejuſdem Hiſtoriæ, & Indicibus Phi-
lippo Jacobo Mauſſaco. Toloſæ* 1619.
in-fol. Il paroît que *Scaliger* dans ſa
Traduction n'a pas voulu ſe rendre
eſclave des mots de ſon Auteur,
pour s'attacher mieux à leur ſens ;
liberté que M. *Huet* a jugé dangereuſe & ſujette à erreur.

5. *Animadverſiones in Theophraſti
Hiſtorias Plantarum. Lugduni* 1584.
*in-*8°. Avec les obſervations de *Robert Conſtantin* ſur le même Ouvrage.

6. *Commentarii in Hippocratis librum de Inſomniis ; adjecto textu ab
eodem Latine converſo. Lugduni* 1538.
*in-*8°. Imprimés quelquefois depuis.

J. C.   7. *Disputatio de partu cujusdam in-*
SCALI-*fantula Agennensis. An sit septimestris,*
GER.   *an novem mensium?* Insérée dans la
6ᵉ partie des Oeuvres de *Jacques*
Sylvius. Geneve 1630. *in-fol.*

8. *De Causis linguæ Latinæ Libri*
XIII. *Lugduni. Gryphius* 1540. *in-*
4°. It. *Geneva* 1580. *in-8°. Scaliger*
s'étoit beaucoup appliqué à la Grammaire Latine. *Menage* rapporte même dans l'Epître dedicatoire de
ses Etymologies de la langue Françoise, qu'il avoit composé 24 livres
des Origines de la langue Latine.
» La grosseur de cet Ouvrage, ajou-
» te-t-il, étoit si prodigieuse, que
» durant sa vie il ne se trouva point
» de Libraire qui en voulût en-
» treprendre l'impression, & il a
» été perdu après sa mort. Mais par
» les Etymologies qu'il a inseré en
» son livre des Causes de la langue
» Latine, & qui ne sont pas meil-
» leures que celles des Anciens,
» nous pouvons juger que cette perte
» n'a pas été grande.

9. *Julii Cæsaris Scaligeri adversus*
Desiderium Erasmum Orationes duæ
Eloquentiæ Romanæ vindices, cum

ejufdem Epiftolis & Opufculis. Tolofæ J. C.
1621. *in-*4°. On voit à la tête de ce SCALI-
Recueil le Dialogue d'Erafme, in- GER.
titulé : *Ciceronianus, five de optimo
dicendi genere,* qui a excité la bile
de *Scaliger.* Ce favant Critique s'y
mocquoit de l'entêtement de quelques Savans d'Italie, qui ne recon-
noiffoient pour des expreffions véritablement Latines, que celles qui fe
trouvoient dans Ciceron; il y alloit
même jufqu'à critiquer le ftile de ce
fameux Orateur Romain. Mais il
fut attaqué vivement fur ce fujet
par *Scaliger* dans deux difcours, où
il ne fe contenta pas de défendre
Ciceron, mais où il fe jetta avec la
derniere fureur fur la perfonne d'*E-
rafme,* à qui il dit toutes les injures,
que la bile la plus noire puiffe fug-
gerer. Il envoya à Paris le premier
dès l'an 1529. dans le deffein qu'elle y fût imprimée, & il en adreffa
pour cela des copies à tous les Col-
leges. Il le fut après bien des difficultés, *in-*8°. par Pierre Vidouë fur
une permiffion du Lieutenant *Morin* datée du 1ᵉ Septembre 1531. Ce
premier difcours fut réimprimé en

J. C. 1600. à *Cologne in-12.* sous le titre
SCALI- d'*Oratio pro M. T. Cicerone*, *contra*
GER. *Ciceronianum Erasmi.* Avec ses *Hym-*
ni Sacri & Poemata Sacra. Erasme
fut très-sensible à la maniere outrageante dont il étoit traité dans cet
Ouvrage, & ses amis sensibles à son
ressentiment en supprimerent autant
d'exemplaires qu'ils purent. Une
lettre qu'il écrivit le 18 Mars 1535.
& où il disoit savoir de bonne part
que la harangue que *Scaliger* avoit
publiée contre lui n'étoit point une
production de sa façon, ayant été
communiquée le 12 Septembre suivant à ce dernier, il en fut choqué,
comme si *Erasme* eût fait entendre
par-là qu'il ne le croyoit pas capable d'être l'Auteur d'une piece semblable, & travailla aussitôt à sa seconde harangue, qui fut achevée
le 25. du même mois. Il l'envoya
d'abord à *Paris*, mais ce ne fut qu'à
la fin de l'année suivante qu'elle fut
imprimée chez le même *Vidouë*,
quoique ce Libraire y ait fait mettre l'année 1537. pour conserver plus
longtemps à son édition la grace de
la nouveauté. *Erasme* sçut qu'on im-

primoit ce second Ouvrage contre J. C. lui, mais il ne put le voir, puisqu'il mourut le 12 Juillet 1536. Ainsi ceux qui ont dit qu'il en avoit fait ramasser & brûler par ses emissaires tous les exemplaires, se sont trompés aussi bien que dans ce qu'ils ont ajouté, qu'on n'en peut maintenant trouver aucun; car on en voit encore quelques-uns.

Scaliger eut honte dans la suite de la maniere outrageante, avec laquelle il en avoit usé à l'égard d'*Erasme*; comme il paroît par une lettre qu'il écrivit quelque temps après à *Jacques Omphalius*, dans laquelle il témoigne beaucoup d'estime pour ce grand homme, & par les vers qu'il composa sur sa mort; mais il ne laissa pas malgré tout cela de le traiter encore fort durement dans quelques autres de ses Ouvrages.

10. *Epistolæ. Lugd. Bat.* 1600. *in-*8°. It. *Hanoviæ* 1612. *in-*12. It. à la suite des deux discours contre *Erasme. Tolosæ* 1621. *in-*4°. On lit dans le *Menagiana* tom. 4. p. 97. que M. *Huet* croyoit que ces lettres avoient été faites par *Joseph-Scaliger* son fils;

SCALI-
GER.

J. C.
Scali-
ger.

mais M. de *la Monnoye* ne peut se persuader que M. *Huet* ait cru rien de semblable. » Il ne faut, dit-il, » que conferer ces lettres avec cel- » les qu'on ne peut nier être de *Ju-* » *les*, telle que la Lettre à *Gryphius* » au-devant du livre des Causes de » la langue Latine, & celles qu'a » publiées le President *Maussac*, » écrites avant que *Joseph* fût né, » on en trouvera le stile entierement » conforme à celui des autres, & » très-different de celui des Lettres » du fils. Le stile en un mot des » Lettres de *Jules* est le stile de tous » ses Ouvrages. Ses plus belles Let- » tres, au sentiment de son fils dans » le *Scaligerana* des *Vassans*, sont » celles qu'il écrivoit vîte: quand il » méditoit, elles sentoient le Philo- » sophe. J'ajoute à cela qu'il y en a » plusieurs, qui ne sont qu'un franc » galimathias; d'autres, où sont cer- » taines particularités qui ôtent tout » soupçon de supposition, & qu'on » juge que *Joseph* même, s'il en avoit » été le maître, n'auroit pas mal » fait de supprimer pour son hon- » neur, & pour celui de son pere.

11. *J. C. Scaligeri Epiſtolæ nonnul-* J. C.
læ ex MSto Bibliothecæ Zach. Conra- SCALI-
di ab Uffenbach. Inſerées dans les GER.
Amœnitates Litterariæ J. G. Schel-
hornii. Tom. 6. p. 508. & tom. 8. p.
554. Il y en a 16, qui roulent toutes
ſur ſes déclamations contre *Eraſme.*

12. *De Analogia Sermonis Latini*
diſputatio. A la ſuite d'*Henrici Ste-*
phani Appendix ad Terentii Varro-
nis Aſſertiones Analogiæ Sermonis La-
tini. H. Stephanus 1591. *in-*8°.

13. *Poetices libri* VII. *Apud Anto-*
nium Vincentium 1561. *in-fol.* It.
Lugd. Bat. 1581. *in-*8°. It. *Heidel-*
bergæ 1607. *in-*8°. Cette Poetique,
qui a été imprimée pluſieurs autres
fois, a fait beaucoup d'honneur à
Scaliger; il y a en effet de la méthode, de l'ordre, & beaucoup d'érudition; d'ailleurs le ſtile en eſt noble, concis, & fort convenable au
ſujet qu'il traite. Mais il manque
par les fondemens, car il porte ſur
un goût faux, & ſur des minuties
qui regardent plus le Grammairien
que le Poete. On n'y voit nul precepte pour la grande Poeſie, nul
chemin ouvert aux Poetes, nul re-

J. C.
SCALI-
GER.

cours pour un genie, qui cherche à s'inftruire ; rien qui lui éleve l'efprit, & qui le difpofe à l'enthoufiafme ; rien qui lui montre en quoi confiftent les richeffes de la Poefie ; en un mot rien qui découvre ce qui mene à la perfection & ce qui en éloigne. C'eft le Jugement que M. *Dacier* en porte. Le P. *Poffevin* accufe outre cela *Scaliger* de n'avoir pas bien executé le deffein de fon premier livre, dont le titre femble promettre l'hiftoire de la Poetique. Pour ce qui eft du 5e livre qu'il appelle Critique, & du 6e à qui il donne le nom d'Hypercritique, tout le monde convient qu'il y a montré fon mauvais goût par les faux jugemens qu'il y a porté des Poëtes Grecs & Latins, & qu'il y eft tombé dans des ignorances fi groffieres, qu'elles lui ont attiré la rifée de tous les gens de Lettres, & de fon fils même. *Poffevin* affure favoir de bonne part que l'on a retranché & ajouté beaucoup de chofes dans les éditions qui fe font faites à *Geneve*, & prétend que cela regarde principalement les Jugemens que *Scaliger* a portés fur les Poetes.

14. *Heroes. Lugduni Seb. Gryphius* J. C. SCALI-
1539. *in-4°. pp.* 24. Ce font des Epi- GER.
grammes fur plufieurs grands hom-
mes & femmes fameufes de l'Antiquité.

15. *Epidorpides , feu Carmen de Sa-
pientia & Beatitudine.* Geneva 1573.
in-8°.

16. *Poemata in duas partes divifa.
Pleraque omnia in publicum jam primum prodeunt : reliqua vero quàm
ante emendatius edita funt. Anno* 1574.
in-8°. It. *Apud Commelinum* 1600.
in-8°. Toutes ces Poefies font brutes
& informes au jugement de M.
Huet , qui affure dans le *Huetiana*
p. 11. qu'il a deshonoré par-là le
Parnaffe.

17. *De Comicis dimenfionibus.* A la
tête d'une édition de *Terence* faite à
Paris en 1552. *in-fol.* Il s'y agit des
vers qui font en ufage dans les Comedies. Quelques Bibliographes ,
qui ont lû *Conicis* au lieu de *Comicis* dans le titre de ce livre , l'ont
rangé mal à propos parmi les livres
de Mathematique.

18. *Oratio in luctu filioli Audecti.*
Inferée à la fuite d'une lettre de fon

J. C.
SCALI-
GER.
fils de *Vetustate & Splendore Gentis Scaligeræ, & Vita Julii Cæsaris Scaligeri. Lugd. Bat.* 1594. *in-4°*. Il perdit cet enfant dans sa premiere jeunesse.

V. Sa vie par *Joseph Scaliger* son fils, qui se trouve dans le livre dont je viens de parler, & dans les *Vitæ Selectorum Virorum Batesii.* p. 404. Il ne faut pas trop se fier à cette vie, que *Joseph Scaliger* semble n'avoir écrite que pour faire valoir la noblesse de son extraction. Il seroit à souhaiter que nous en eussions une faite de son temps par une personne desinteressée ; car on ne peut faire aucun fonds sur ce qu'ont écrit de lui les adversaires de son fils, qui n'ont songé qu'à le dechirer, sans s'embarasser que leurs Satyres fussent fondées sur la verité. *Les Eloges de M. de Thou & les additions de Teissier. Joannis Imperialis Musæum Historicum* p. 64. *Elogii degli Huomini Letterati da Lorenzo Crasso.* tom. 2. p. 180. *Ghilini Teatro d'Huomini Letterati.* tom. 1. p. 132. *Freheri Theatrum Virorum Doctorum.* p. 1243. Tous ces Auteurs n'apprennent presque rien.

JOSEPH JUSTE SCALIGER.

JOSEPH Jufte Scaliger naquit à J. J. Sca-
Agen le 4e Août 1540. de *Jules* liger.
Cefar Scaliger & d'*Andiette de Ro-*
ques Lobejac.

Lorfqu'il eut onze ans, fon pere
l'envoya avec deux de fes freres à
Bourdeaux étudier dans le College
de cette ville. Il y paffa trois années,
occupé à apprendre les élemens de
la langue Latine ; mais la pefte l'en
chaffa au bout de ce temps, & l'obligea à s'en retourner chez fon pere,
qui prit lui-même foin de fes études, en lui faifant compofer tous
les jours une petite déclamation fur
un fujet hiftorique qu'il lui fournif-
foit. Il fe fervit auffi de lui, pour
copier les Poefies qu'il compofoit,
& lui donna par-là du goût & de
l'inclination pour les vers. Inclination, qui le rendit bientôt verfifi-
cateur, puifqu'il compofa quelque
temps après une Tragedie d'*Oedipe,*
où il fit entrer tous les ornemens de
la Poefie, mais qu'il n'a cependant

J. J. SCA-
LIGER.

pas jugée dans la suite digne de voir le jour.

Ayant perdu son pere en 1558. il vint l'année suivante, âgé de 19 ans à *Paris*, dans le dessein de s'y appliquer à la langue Gréque. Il écouta pour cela pendant deux mois les leçons de *Turnebe*; mais voyant qu'en suivant les voyes ordinaires, il seroit trop long-temps à parvenir à la connoissance qu'il desiroit, il se renferma dans son Cabinet, resolu à se passer de Maître. Là, après avoir effleuré legerement les Conjugaisons Gréques, il se mit tout d'un coup à lire *Homere* avec une traduction, & l'entendit tout entier en 21 jours. Sur cette Lecture il se forma lui-même une Grammaire, qui fut la seule dont il se servit dans la suite.

Il passa ensuite aux autres Poetes Grecs, qu'il lut en quatre mois; les Orateurs & les Historiens vinrent après. Enfin une application assidue de deux années lui firent acquerir une intelligence parfaite de la langue Gréque. Il n'en quitta l'étude, que pour se donner à celle de l'Hebraïque,

que, qu'il apprit auffi de lui-même J. J. Sca-
& avec la même facilité. Il avoit un liger.
talent particulier pour apprendre les
langues, & fi l'on s'en rapporte à
du Bartas, il en favoit treize, l'Hebreu, le Grec, le Latin, l'Efpa-
gnol, l'Italien, l'Allemand, le François, l'Ethiopien, l'Arabe, le Sy-
riaque, le Chaldaïque, le Perfan,
& l'Anglois.

Il ne fit pas de moindres progrès
dans les autres Sciences, & s'acquit
par-là un nom, qui lui a procuré
les applaudiffemens de la plûpart
des Savans de fon temps. On s'eft
épuifé en louanges à fon égard, &
il a été traité d'Abîme d'érudition,
d'Ocean de Science, de Chef-d'Oeuvre, de Miracle, de dernier effort
de la nature, & d'homme divin. Ces
louanges exceffives étoient affez du
goût de fon fiecle; mais prefente-
ment qu'on fait mieux réduire les
chofes à leur jufte valeur, on avoue
qu'il étoit profondement favant &
qu'il avoit une érudition fort étendue; mais on fe garde bien de dire
qu'on ne puiffe point pouffer les chofes plus loin que lui, puifque plu-

J. J. SCA-
LIGER.

fieurs Savans qui font venus après, l'ont furpaffé en bien des genres d'érudition.

En 1563. *Jofeph Jufte Scaliger* s'attacha à *Louis Chafteignier de la Roche-Pozay*, qui fut depuis Evêque de *Poitiers*, & qu'il accompagna en fes differens voyages.

En 1593. il fut appellé à *Leyde* pour y profeffer les Belles-Lettres, & demeura dans cette ville jufqu'à fa mort.

On rapporte dans le *Menagiana* tom. 4. p. 170. un trait, qui fait voir que le Roy *Henri IV*. ne fe foucioit pas de le retenir en France. ‹‹ *Jofeph Scaliger*, dit on, étant ap-‹‹ pellé par les Hollandois, pour être ‹‹ Profeffeur chez eux, alla prendre ‹‹ congé du Roi *Henri IV*. auquel il ‹‹ expofa en peu de mots le fujet de ‹‹ fon voyage. Tout le monde s'at-‹‹ tendoit à quelque chofe d'impor-‹‹ tant de la part du Roi; mais on ‹‹ fut bien furpris, lorfqu'après lui ‹‹ avoir dit: *Eh bien, Monfieur de* ‹‹ *l'Efcale, les Hollandois vous veulent* ‹‹ *avoir, & vous font une groffe pen-* ‹‹ *fion; j'en fuis bien aife.* Ce prince

» changeant tout à coup de diſcours J. J. Sca-
» ſe contenta de lui demander : *Eſt-* liger.
» *il vrai que vous avez été de Paris*
» *à Dijon ſans aller à la ſelle ?*

Il mourut à *Leyde* d'hydropiſie
le 21 Janvier 1609. âgé de 68 ans,
ſans avoir été marié.

C'étoit un homme fort ſobre,
qui avoit tant d'amour & d'application pour l'étude, qu'on la vû ſouvent paſſer des jours entiers dans ſon
Cabinet ſans manger. Sa vanité &
ſa préſomption égaloient celles de
ſon pere, comme il paroît par ſes
Ouvrages. *Chevreau* nous fournit des
exemples de la maniere dont il trai-
toit les plus habiles gens de ſon
temps, lorſqu'il parle ainſi dans le
1r. tome du *Chevræana.* p. 87.

» Son Cœur ne répondoit pas
» bien à ſon eſprit, & il n'a jamais
» épargné perſonne dans ſon degoût,
» ou dans ſon chagrin. Il traite *Ori-*
» *gene* de *Rêveur; Saint Juſtin,* de
» *ſimple; Saint Jerôme d'Ignorant;*
» *Rufin,* de *vilain Maraut; Saint*
» *Jean Chryſoſtome,* d'*Orgueilleux vi-*
» *lain; S. Baſile* de *Superbe; S. Epi-*
» *phane,* d'*Ignorant,* de *pauvre eſprit,*

A a ij

J. J. SCA-
LIGER.

» & de *miserable* ; *S. Thomas* de Pe-
» *dant* &c. Son indulgence n'a pas
» été plus grande pour ceux de son
» temps, qui pour être ses inferieurs
» en beaucoup de choses, ne laif-
» soient pas d'être distingués par
» leur réputation & par leur merite.
» Il dit que *Jacques Cappel* de *Sedan,*
» est un *Fou* & un *Ridicule* ; *Saville*
» Anglois, un *Sot Orgueilleux* ; de
» *Claves* (*Clavius*) une *Bête* ; *Cor-*
» *neille Bertrand,* un *Opiniatre* ; *Mal-*
» *donat,* un *Plagiaire de Calvin &*
» *de Beze* ; *Alde Manuce,* fils de
» *Paul,* un *miserable esprit* ; *Sibran-*
» *dus Lubertus,* un *Rustique* ; *Curion,*
» un *mechant Pedant* ; *Mercurialis,*
» une *grosse bête* ; *Merula,* un *pau-*
» *vre esprit* ; *Water,* un *pauvre hom-*
» *me.* Il traite *Villalpandus,* d'*esprit*
» *miserable,* & de *pauvre jugement* ;
» le Cardinal du *Perron,* d'*Ambi-*
» *tieux,* & de *Bavard* ; *Erycius Pu-*
» *teanus,* & *Wower* de grands *Con-*
» *teurs de Sornettes* ; *Robortel,* & *Meur-*
» *sius* de *Pedans* ; *Snellius* le Pere
» d'*Asne* ; *Hoiman,* de *Plagiaire* ;
» *Lindenbruch,* de *Fat* ; *Christman-*
» *nus,* d'*ignorant* ; *Victorius,* d'*esprit*

» *commun & de peu de jugement*, auſſi J. J. ScA-
» bien qu'*Arias Montanus, Popma*, LIGER.
» & *Lipſe*. Pour achever, il compte
» *Taubman, Delrio, Paſſerat*, pour
» des *ignorans*; les Lutheriens pour
» des *Barbares*, & generalement tous
» les Jeſuites pour des *Aſnes*, &c.

Jules Ceſar Scaliger ſon pere eſt
mort Catholique; pour lui il embraſſa les ſentimens des Calviniſtes.
Gaſſendi rapporte dans la vie de M.
de *Peireſc*, que ce ſavant étant en
Hollande en 1606. alla voir *Scaliger*,
qui dans la converſation lui dit qu'il
ſouhaitoit venir mourir en France,
pour être enterré dans le même tombeau que ſon pere. Sur quoi M. de
Peireſc lui ayant demandé s'il vouloit mourir dans la même Religion
que lui, il laiſſa échapper quelques
larmes, mais ſans lui rien répondre.

Quoiqu'il ait paſſé ſa vie dans une
fortune très-mediocre & avec très-
peu de bien, & qu'il declare lui-
même dans ſes lettres, que depuis
ſa jeuneſſe la pauvreté avoit été ſa
compagne fidelle, & qu'il n'eſpe-
roit pas qu'elle pût jamais le quit-

J. J. Sca-ter ; il étoit cependant très-désin-
LIGER. teressé & refusoit genereusement les
présens qu'on lui vouloit faire. *Hein-*
sius témoigne dans son Oraison funebre, qu'il ne voulut pas accepter
une grosse somme d'argent que *Jan-*
nin Ambassadeur de France lui offrit,
en le priant instamment de la recevoir. On lit aussi dans le *Naudæana*
que M. *de Nevers* allant en Hongrie,
& passant par la Hollande, le visi-
ta, & voulut lui faire un grand présent, mais que *Scaliger* le refusa
honnêtement.

Catalogue de ses Ouvrages.

1. *Conjectanea in M. Terentium*
Varronem de Lingua Latina. Paris.
1565. 1573. 1610. *in-8°. Scaliger*
composa cet Ouvrage à l'âge de 20
ans. *Gerard-Jean Vossius* prétend dans
sa lettre 95. que ses conjectures sont
trop hardies, & qu'il n'a pas usé de
bonne foy, en supprimant les anciennes leçons qu'il avoit trouvées
dans les MSS. de son Auteur; &
ajoute que *Pierre Vettori* disoit que
Jos. Scaliger étoit né pour corrom-
pre les anciens, plûtôt que pour les
corriger.

2. *Notæ in libros M. Terentii Var-* J. J. Sca-
ronis de re rustica. Dans plusieurs édi- liger.
tions de cet Ouvrage.

3. *Castigationes & Notæ in Mar-*
cum Verrium Flaccum & Pompeium
Festum , de Verborum Significatione.
Paris 1575. *in-8°.* On trouve à part
dans cette édition les Notes d'*An-*
toine Augustin , qui avoient paru
dans une Edition de ces Auteurs
faîte à *Venise* en 1560. *in-8°.* It.
Paris 1584. & 1593. *in-8°.* Avec de
nouvelles notes de *Fulvius Ursinus*
& d'autres.

4. *Catulli , Tibulli , & Propertii*
Poemata , ex recensione & cum casti-
gationibus Josephi Scaligeri. Paris.
1577. *in-8°.* It. *Antuerpiæ* 1582. *in-*
8°. On a ajouté dans cette édition
les notes de *Muret.* It. *Heidelbergæ*
1600. *in-8°.* It. *Lugduni* 1607. *in-16.*
Scaliger assure que les Savantes Remarques qui accompagnent ici les
Poesies de *Catule* ont été achevées
dans l'espace d'un mois. *Isaac Vos-*
sius a prétendu dans le commentaire qu'il donna en 1684. sur le même Poete , que ce grand Critique
s'étoit de temps en temps éloigné

J. J. Sca-du veritable fens de ce Poete. Sur
LIGER. quoi M. *Bayle* dans les Nouvelles de
la République des Lettres de Juin
1684. p. 355. fait une reflexion fort
jufte. » Je ne fai, dit-il, fi l'on ne
» pourroit point dire que *Scaliger*
» avoit trop d'efprit, & trop de
» fcience pour faire un bon Com-
» mentaire; car à force d'avoir de
» l'efprit, il trouvoit dans les Au-
» teurs qu'il commentoit, plus de
» fineffe & de genie qu'ils n'en
» avoient effectivement; & fa pro-
» fonde litterature étoit caufe qu'il
» voyoit mille rapports entre les
» penfées d'un Auteur, & quelque
» point rare d'Antiquité. De forte
» qu'il s'imaginoit que fon Auteur
» avoit fait quelque allufion à ce
» point d'antiquité, & fur ce pied-là
» il corrigeoit un paffage. Si on n'ai-
» me mieux s'imaginer que l'envie
» d'éclaircir un Miftere d'érudition
» inconnu aux autres Critiques,
» l'engageoit à fuppofer qu'il fe
» trouvoit dans un tel ou tel paffa-
» ge. Quoi qu'il en foit, les Com-
» mentaires, qui viennent de lui,
» font pleins de conjectures hardies,
» inge-

» ingenieuſes, & fort ſavantes; mais J. J. SCA-
» il n'eſt gueres apparent que les LIGER.
» Auteurs ayent ſongé à tout ce qu'il
» leur fait dire. On s'éloigne de leur
» ſens auſſi-bien quand on a beau-
» coup d'eſprit, que quand on n'en
» a pas, & il ne faut pas croire que
» les vers d'*Horace* & de *Catulle* ren-
» ferment toute l'érudition qu'il
» plaît à Meſſieurs les Commenta-
» teurs de leur prêter. Les notes de
Scaliger ſur le Poëme de Callimaque
traduit en vers Latins par *Catulle*,
de Coma Berenices, ont été inſerées
dans pluſieurs éditions des Poeſies
Gréques de *Callimaque*.

5. *Virgilii Appendix, cum ſupple-*
mento multorum Poematum Veterum
Poetarum, necnon Caſtigationibus &
Commentariis Joſephi Scaligeri. Lug-
duni 1573. *in-8°.* It. Avec de nouvelles notes de *Frederic Lindenbruch.*
Lugd. Bat. 1597. & 1617. *in-8°.* Cet
Appendix contient les pieces qu'on
a attribué à Virgile, quoiqu'il y en
ait peu qui en ſoient veritablement.

6. *Auſonianarum Lectionum libri*
II. *Lugduni Bat.* 1574. *in-16.* It.

Tome XXIII.   Bb

J. J. SCA-
LIGER.

Heidelberga 1588. *in-8°. It. Cum notis*
Eliæ Vineti. Burdigalæ. 1597. *in-4°.*
Et plusieurs autres fois depuis.

7. *M. Manilii Astronomicon, re-*
stitutum à Jos. Scaligero, cum ipsius
notis amplissimis. Paris. 1579. *in-8°.*
It. *Geneva* 1590. *in-8°. It. Cum secun-*
dis Scaligeri Curis. Lugd. Bat. 1604.
in-8°. It. Cum iisdem Scaligeri Notis
ex Autoris MSto tertium auctis &
emendatis, adjectisque etiam Thoma
Reinesii & Ismaelis Bullialdi ad qua-
dam loca animadversionibus, cura
Joannis Henrici Bacleri. Argentorati.
1655. *in-4°. Scaliger* a employé avec
tant de succès son industrie pour
corriger le Poete *Manile*, qu'il s'est
attiré par-là les louanges ou la ja-
lousie de bien des savans. Cependant, quoiqu'il ait prétendu, que
personne ne pouvoit entendre cet
Auteur aussi-bien que lui, *Barthius*
assure dans ses *Adversaria*, que ce
grand homme s'est souvent trompé
dans ses corrections, & qu'il y a
bien des endroits du Poëme de *Ma-*
nile, dont il n'a pas compris le sens.

8. *Florilegium Martialis Epigram-*
matum cum eorum versione Græca me-

trica Joſ. Scaligeri. Pariſ. 1607. *in-* J. J. Sca-
8°.   LIGER.

9. *Notæ in Lucani Eclogam ad Cal-*
purnium Piſonem. Dans les éditions
de ce Poëte faites à *Leipſic* en 1584.
& 1589. *in-*8°.

10. *Notæ in Senecæ Tragedias,* dans
les éditions de *Leyde* des années
1611. & 1621. *in-*8°.

11. *Emendationes ad Theocritum,*
Moſchum & Bionem. Dans l'édition
de ces Poetes Grecs faite à *Geneve*
en 1596. *in-*8°. dans celle d'*Hein-*
ſius donnée à *Leyden* 1604. *in-*4°. &
dans quelques autres.

12. *Lycophronis Alexandra, ſive*
Caſſandra, Græce, cum verſione La-
tina duplici, una ad verbum Guil.
Canteri, altera metrica Joſ. Scaligeri.
Baſileæ 1566. *in-*4°. It. *Geneva* 1596.
*in-*8°. It. *Cum Joſ. Scaligeri Meta-*
phraſi centum locis emendatiore & Com-
mentario Joannis Meurſii. Lugd. Bat.
Elzevir 1599. *in-*8°. La traduction
de *Scaliger,* qui eſt en vers Iambes,
eſt ſi pitoyable au jugement des Critiques, qu'on croit qu'il a voulu ſe
mocquer de ſon Auteur. *Borrichius*
dans ſa Diſſertation ſur les Poetes,

J. J. SCA-
LIGER.

dit qu'il y est si obscur, qu'il y fait paroître tant d'affectation pour les vieux mots, & que son stile approche si fort du burlesque, qu'il est à présumer qu'il l'a faite exprès pour montrer qu'on peut être aussi obscur en Latin qu'en Grec, & qu'en ce point il ne vouloit pas ceder à *Lycophron.*

13. *Conjectanea in Nonni Diony-siaca.* Dans une édition de cet Auteur faite à *Leyde* en 1610. *in-8°.*

14. *Astrampsychi Oneirocriticon à Jos. Scaligero digestum & castigatum. Grace & Latine. Paris.* 1589. *in-8°.* It. *Editio auctior. Paris.* 1599. *in-8°.*

15. *De Arte Critica Diatriba, ex Musæo Joachimi Morsi. Lugd. Bat.* 1619. *in-4°.*

16. *Loci cujusdam Galeni difficillimi explicatio. Lugd. Bat.* 1619. *in-4°.* A la suite de l'Ouvrage precedent.

17. *Proverbiorum Arabicorum Centuriæ duæ, Arabice & Latine, Interprete Jos. Scaligero, cum notis Thomæ Erpenii. Lugd. Bat.* 1623. *in-8°.* Il fit cette traduction à la priere de *Casaubon,* qui dit dans sa lettre 494.

qu'il y employa moins de temps que J. J. Sca.
d'autres, qui auroient fçu l'Arabe, LIGER.
n'en auroient mis à lire l'Ouvrage.

18. *Sententiæ Publii Syri totidem*
verfibus Græcis conceptæ, & Dionyfii
Catonis difticha, itidem Græce, cum
notis. Lugd. Bat. 1598. *in-*8°. It. *Pa-*
rif. 1605. *in-*8°. It. *Lugd. Bat.* 1635.
*in-*8°. It. *Amftel.* 1646. *in-*8°.

19. *Agathiæ Epigrammata, Latine*
verfa à Jofepho Scaligero, & Jano
Doufa. Lugd. Bat. 1594. *in-*8°. A la
fuite de l'Ouvrage d'*Agathias de Im-*
perio & rebus geftis Juftiniani Impera-
toris.

20. *Julii Cæfaris Commentarii ex*
recognitione Jofephi Scaligeri. Lugd.
Bat. 1606. *in-*8°. & plufieurs autres
fois depuis.

21. *Jofeph Scaliger* a ramaffé les
Scholies anciennes fur *Perfe*, qui fe
trouvent dans l'édition de cet Auteur, donnée par *Pierre Pithou* à *Pa-*
ris en 1584. *in-*8°. & dans celle d'*I-*
faac Cafaubon, qui parut dans la même ville en 1605. *in-*8°.

22. *Novum Teftamentum Græce,*
cum Jofephi Scaligeri in locos diffici-
liores notis. Geneva 1619. *in-*4°. It.

Bb iij

cum notis *Roberti Stephani*, *Isaaci Ca-
fauboni & aliorum. Lugd. Bat. Elzevir* 1641. *in-*8°. It. dans les *Critici
Sacri.* » Les notes qu'on a publiées
» sur le Nouveau Testament sous le
» nom de *Scaliger*, dit M. *Simon*
» dans son *Histoire Critique*, sont en
» si petit nombre, & même si peu
» considerables, qu'elles ne meri-
» toient pas de lui faire trouver pla-
» ce parmi les Commentateurs Cri-
» tiques. Il y en a très-peu qui soient
» dignes de ce savant homme, qui
» ne s'étoit pas appliqué à cette étu-
» de. Il fait quelquefois le Theolo-
» gien, & le Controversiste, osant
» même accuser d'ignorance les an-
» ciens Docteurs de l'Eglise ; mais
» comme il n'a pas donné lui-mê-
» me au Public ces remarques, je
» ne m'y arrêterai pas davantage.

23. *Animadversiones in Bezæ Novum Testamentum.* Inserées dans les
*Acta Litteraria Henrici Leonardi
Schurzfleischii. Witembergæ* 1714. *in-*
8°.

24. *Notæ in Tertullianum de Pallio.* Inserées à la p. 477. de ses Opuf-
cules imprimées par les soins de Ca-

ſaubon. *Paris* 1610. *in*-4°. It. avec J. J. Sca-
le Traité *de Æquinoxiis* publié par liger.
Rutgerſius.

25. *Diatriba de Decimis.* Parmi
ſes *Opuſcules. Paris* 1610. *in*-4°. It.
dans les *Critici Sacri.*

26. *De Æquinoxiorum anticipatio-
ne Diatriba, cum Jani Rutgerſii Præfatione. Paris* 1613. *in*-4°.

27. *Cyclometrica Elementa duo, necnon Meſolabium. Lugd. Bat.* 1594.
in-fol.

28. *Nota in Carmina Empedoclis.*
A la page 13. du Recueil publié par
Henri Etienne ſous le titre de *Poeſis
Philoſophica Græca.* 1573. *in*-8°.

29. *Sophoclis Ajax Lorarius Stylo
tragico à Joſ. Scaligero tranſlatus, nec
non ipſius quædam Epigrammata.* Avec
les Poeſies de *Jules-Ceſar Scaliger*
ſon pere. 1574. *in*-8°. It. *Heidelbergæ* 1621. *in*-8°.

30. *Joſ. Scaligeri Poemata omnia.
E Muſæo Petri Scriverii. Lugd. Bat.*
1615. *in*-8°. Ces Poeſies ne valent
gueres mieux que celles de ſon Pere.
Il en connoiſſoit lui-même le peu
de merite, puiſque malgré ſa vanité naturelle, il n'a pas eu honte

B b iiij

J. J. Sca-
liger.

de dire, qu'on se trompoit, si l'on s'imaginoit qu'il faisoit bien des vers.

31. *Scazon in urbem Romam. Francofurti* 1609. *in*-4°. Cette piece de vers, qui est Satyrique, a été imprimée plusieurs autres fois, separément de ses autres Poesies.

32. *Stromateus Proverbiorum Græcorum. Paris.* 1593. *in*-4°. Cette édition est toute Gréque. It. *cum Latina versione. Paris.* 1594. *in*·8°. La version Latine de *Scaliger* est en vers. It. Parmi les *Proverbia Græca Andreæ Schotti. Antuerpiæ* 1612. *in*-4°. It. dans le Recueil des Poesies de *Scaliger* données par *Scriverius*.

33. *Iambi Gnomici. Lugd. Batav.* 1607. *in*-8°. It. parmi les *Opuscula varia.*

34. *Hippocratis Coi de Capitis vulneribus liber, Latinitate donatus, & Commentariis illustratus à Francisco Vertuniano, Pictaviensi: addito Græco textu, à Josepho Scaligero castigato, cum ipsius Scaligeri castigationum suarum explicatione. Lutetiæ* 1578. *in*-8°. *Jean Martin*, Medecin celebre de *Paris* ayant repris quelque chose dans cet Ouvrage, Scaliger publia

fous le nom de *Nicolas Vincent*, Chi- J. J. Sca-
rurgien de *Poitiers*, la lettre fui- liger.
vante.

35. *Nicolai Vincentii Pictavien-
fis, Epiftola ad Stephanum Naudi-
num, Berfurienfem. Ad dictata Joh.
Martini in librum Hippocratis de
Vulneribus Capitis. Coloniæ* 1578. *in-*
8°. *Martin* répondit par un Ouvrage qu'il intitula: *Ad Jofephi Scaligeri ac Francifci Vertuniani Pfeudo-
Vincentiorum Epiftolam, Refponfio.
Parif.* 1578. *in-*8°. C'eft par une
faute d'impreffion, qu'on a mis
dans une note de l'Edition de la Bibliotheque choifie de *Colomiés* faite à *Paris* en 1731. p. 142. que
la réponfe de *Martin* a été imprimée à *Pavie.*

36. *Yvonis Villiomari Aremorici in
Locos controverfos Roberti Titii Ani-
madverfionum liber. Parif.* 1586. *in-*
8°. On peut voir dans l'article de
Robert Titi tom. 13e. de ces Memoires p. 22. Ce qui a donné occafion
à cet Ouvrage, où *Scaliger* s'eft caché fous le nom de *Villiomarus.*

37. *Yvonis Villiomari Epiftola in
Fabium Paulinum Utinenfem. Parif.*

1587. *in-8°.* Je ne fai ce que c'eft
que cet Ouvrage, que *Placcius* &
d'autres attribuent à *Scaliger*.

38. Il avoit ramaffé dans fes voyages un grand nombre d'Infcriptions, qu'il donna à *Gruter*, en l'exhortant à travailler à fon grand Recueil d'Infcriptions, qu'il publia effectivement à *Heidelberg* l'an 1602.
in-fol. Scaliger y joignit quelques petites notes, & un Indice, divifé en
24 claffes, qui lui coûta dix mois de
travail. » Si l'on s'étonne, dit M.
» *le Clerc* dans fa *Bibliotheque choifie*
» tom. 14. p. 7. qu'un fi grand
» homme ait voulu entreprendre un
» travail fi penible, & qui fembloit
» au-deffous de lui, on doit favoir
» que de pareils Indices ne peuvent
» être faits que par un fort habile
» homme. Pour en venir à bout heu-
» reufement, il falloit entendre par-
» faitement les Infcriptions, & fça-
» voir diftinguer ce qu'il y a de par-
» ticulier, de ce qui eft commun.
» Il falloit même quelquefois pou-
» voir les éclaircir par quelques re-
» marques, & expliquer ce que veu-
» lent dire, non feulement des mots

» dont il n'y avoit qu'une fyllabe J. J. Sca-
» ou deux , mais des lettres feules.   Liger.

39. *De re Nummaria diſſertatio :
liber Poſthumus editus à Willebrordo
Snellio. Lugd. Bat.* 1616. *in-*8°.

40. *Expoſitio Numiſmatis Argentei
Conſtantini Imperatoris* 1604. *in-*4°.
Avec une explication de la même
Medaille par *Marquard Freher.* Cel-
le de *Scaliger* fait auſſi la 133ᵉ de
ſes Lettres.

41. *Joſ. Scaligeri Epiſtola de vetuſtate & ſplendore Gentis Scaligeræ &
Vita Julii Cæſaris Scaligeri ; Accedunt Julii Cæſaris Scaligeri Oratio in
luctu filioli Audecti , nec non diver-
ſorum teſtimonia de gente Scaligera &
de Julio Cæſare Scaligero. Lugd. Bat.*
1594. *in-*4°. C'eſt ici que la vanité &
la préſomption de Scaliger paroît
dans tout ſon jour ; quoique l'Ouvrage ſoit aſſez court, Scioppius
prétendit dans la ſuite y avoir trouvé quatre cent quatre-vingt dix-
neuf impoſtures , & publia pour le
refuter un livre intitulé : *Scaliger
Hypobolimæus , hoc eſt , Elenchus Epiſtolæ Joſephi Burdonis Pſeudo-Scali-
geri de vetuſtate Gentis Scaligera. Ma-*

J. J. SCA- *guntia* 1607. *in-*4°. Mais ſi *Scaliger*
LIGER. avoit inventé des menſonges pour
ſa propre gloire, *Scioppius* n'en in-
venta pas moins pour le déprimer;
& ſe vit bientôt rendre au double
les injures ſanglantes qu'il avoit
dites à *Scaliger*. Car celui-ci lui répondit avec la même vivacité ſous
le nom d'un Ecolier Hollandois
dans l'Ouvrage ſuivant.

42. *Confutatio Stultiſſimæ Burdonum Fabulæ Autore J. R.* (Jano Rut-
gerſio) *Batavo, Juris Studioſo.* Lugduni Bat. 1608. *in-*12. A la ſuite de
la 2ᵉ édition d'un Ouvrage d'*Heinſius* contre *Scioppius*, qui a pour titre : *Hercules tuam fidem, ſive Mun-
ſterus Hypobolimæus &c.* Ce dernier
répliqua aux deux pieces en même
temps par un livre intitulé : *Oporini
Grubini Amphotides Scioppiana.* Pariſ. 1611. *in-*8°.

43. *Hippolyti Epiſcopi Canon Pa-
ſchalis, Græce, cum Joſephi Scaligeri
Commentario. Excerpta ex Computo
Græco Iſaaci Argyri de correctione
Paſchatis, & Joſ. Scaligeri Elenchus
& Caſtigatio anni Gregoriani.* Lugd.
Bat. 1595. *in-*4°. Le Canon Paſcal ſe

trouve auſſi ſans Commentaire dans
l'Ouvrage de *Scaliger de Emendatione*
Temporum.

44. *Opus de Emendatione Tempo-*
rum. Pariſ. *Patiſſon.* 1583. *in-fol.* It.
Caſtigatius & auctius. Acceſſerunt Ve-
terum Græcorum Fragmenta ſelecta,
cum ejuſdem Scaligeri notis. Lugd.
Bat. 1598. *in-fol.* It. *Tertia editio ex*
Autoris Manuſcripto auctior & caſti-
gatior. Geneva 1609. *in-fol.* Cette
derniere édition eſt la meilleure.
L'Ouvrage eſt d'une érudition im-
menſe, & on remarque à ſon ſujet
trois choſes qui ſont particulieres à
Scaliger. La premiere, c'eſt que c'eſt
lui qui a le premier entrepris de
faire une Chronologie complette,
ou de donner des principes ſurs,
pour ranger l'Hiſtoire en un ordre
exact fondé ſur des Regles. Avant
lui on n'avoit rien tenté de ſemblable; ainſi quoiqu'il ſe ſoit trompé
en beaucoup de choſes, il eſt toûjours très-louable d'avoir rompu la
glace, & d'avoir montré, au moins
en general, de quelle maniere il s'y
faut prendre pour faire une Chronologie complette & méthodique;

cela n'eft pas l'entreprife d'un genie vulgaire. La feconde, c'eft que *Scaliger* ayant une grande connoiffance des langues Orientales, auffi bien que de la Gréque & de la Latine, & une prodigieufe lecture de toutes fortes d'Auteurs, a ramaffé tout ce qu'il a pu trouver dans les Auteurs de l'Orient & de l'Occident, qui pouvoit fervir à établir des principes affurez de Chronologie, & à fixer le temps auquel divers évenemens remarquables font arrivés. Quand de cet amas étonnant de materiaux, tirés de toutes fortes d'Auteurs, *Scaliger* n'auroit fait aucun édifice regulier, on ne pourroit pas neanmoins difconvenir, qu'on ne lui eût beaucoup d'obligation de les avoir ramaffés. La troifiéme chofe, qui merite d'être louée dans *Scaliger*, eft l'invention de la periode Julienne, qui eft d'une fi grande utilité, puifqu'elle renferme des marques certaines pour la diftinction des temps, fans lefquelles tout le travail des Chronologues eft prefque inutile, ou du moins très-épineux & très-difficile.

Scaliger étoit, fuivant fa coutume, fort prévenu en faveur de cet
Ouvrage, & croyoit avoir porté la
Chronologie à un fi haut degré de
perfection, qu'il n'y avoit rien à
changer à fes decifions : Mais les
Sciences n'acquierent pas tout d'un
coup ce point de perfection ; auffi
le P. *Petau* a-t-il trouvé beaucoup de
fautes dans fon livre, & nous a-t-il
donné quelque chofe de plus parfait dans fon Ouvrage *de Doctrina
Temporum.* Il prétend même que
toute la Doctrine de *Scaliger* eft
fauffe & pleine de contradictions.
Quand *Scaliger*, dit-il, publia pour
la premiere fois fes livres *de Emendatione Temporum*, l'érudition qui
eft repandue par tout cet Ouvrage,
la varieté incroyable des chofes peu
connues dont il traite, la nouveauté du fujet, & la maniere décifive
dont il y parle, lui attirerent une
très-grande reputation ; & comme
il n'étoit pas facile d'examiner fa
doctrine, on aima mieux croire
qu'elle étoit bien fondée, que d'entreprendre un examen fi difficile.
Cependant le même Auteur, pu-

J. J. ScA-
LIGER.

bliant de nouveau cet Ouvrage environ quinze ans après, en 1598.
y changea une infinité de chofes, &
foutint fouvent tout le contraire de
ce qu'il avoit dit dans la premiere
édition. De même dans fes *Canons
Ifagogiques*, qu'il prétend devoir
être comme une Introduction à fon
livre de la *Correction des Temps*, il
detruit une grande partie de ce qu'il
y avoit enfeigné. Ce qu'il y a de
pire, fuivant le P. *Petau*, c'eft que
ces changemens ne valent fouvent
pas mieux que fes premieres penfées, & font même quelquefois
moins foutenables. Il eft certain que
cette inconftance eft une marque
que *Scaliger* ne voyoit pas fi clair
dans ces fortes de chofes, qu'il le
croyoit ; & qu'elle auroit été plus
fupportable dans un homme, qui
auroit parlé moins affirmativement.
D'ailleurs *Scaliger* n'a pas été affez
méthodique, & ne s'eft pas exprimé
affez clairement ; ce qui fait que
peu de perfonnes font en état de
l'entendre.

45. *Thefaurus Temporum*, comple-
ctens Eufebii Pamphili Chronicon,
Lati-

Latine, S. Hieronymo Interprete, J. J. Sca-
cum ipsius Chronici Fragmentis Græ- LIGER.
cis antehac non editis, & Autores
omnes derelicta ab Eusebio continuan-
tes. Edente Jos. Justo Scaligero, qui
notas & Castigationes in Eusebium,
necnon Isagogicorum Chronologiæ Ca-
nonum libros tres adjecit. Lugd. Bat.
1606. in-fol. It. Editio altera, in qua
Jos. Scaligeri Castigationes in Eusebium multo auctiores prodeunt. Amstelod. 1658. in-fol. deux vol. Cette seconde édition a été donnée par les
soins d'*Alexandre Morus*, Ministre
Calviniste de *Paris*.

46. *Elenchus utriusque Orationis
Chronologicæ Davidis Parǽi. Lugd.
Bat.* 1607. *in-*4°. David Parǽus,
Professeur en Theologie à *Heidel-*
berg, ayant trouvé quelque chose à
reprendre dans les supputations
Chronologiques de *Scaliger*, excita
la bile de cet homme vain, qui ne
souffroit pas patiemment qu'on le
contredît, & s'attira cette réponse.
Scaliger l'y traita d'une maniere si
méprisante, que ce Professeur attribuant cette fierté à l'entêtement
qu'on avoit alors pour l'étude de

Tome XXIII. Cc

J. J. SCA-
LIGER.

la Critique, dit un jour à son fils, qu'assurément le Diable étoit auteur de cette sorte de science.

47. *Elenchus Trihæresii Nicolai Serarii. Item Serarii delirium fanaticum, quo Essenos Monachos Christianos fuisse contendit.* Franek. 1605. *in-8°.* It. *Arnhemii* 1619. *in-4°.* It. dans un Recueil donné par *Jacques Triglandius*, sous le titre de *Trium Scriptorum illustrium de tribus Judæorum sectis Syntagma.* Delphis 1703. *in-4°.* deux tomes. Il y a bien de la vivacité & beaucoup d'érudition dans cet Ouvrage.

48. *Epistolæ omnes. Lugd. Batav.* 1627. *in-8°.* It. *Francofurti* 1628. *in-8°.* Ces Lettres ont été publiées par *Daniel Heinsius. Morhof* dit qu'elles sont remplies de choses curieuses, que l'on y trouve divers jugemens sur plusieurs savans, que le stile en est familier, mais élegant, & que tout y brille sans affectation. J'ajoute que sa malignité & son esprit critique y paroît en plusieurs. Nous apprenons de la lettre 141. de *Vossius* qu'il y avoit écrit bien des choses contre *Meursius*, dont le nom a été omis dans l'impression, en y

ſubſtituant un Aſteriſque. M. Colomiés dit, que *Patin* l'avoit aſſuré,
que le P. *Petau* au lit de la mort
lui avoit declaré, que s'il eût vû,
avant que d'écrire contre *Scaliger*,
ſes *divines Epitres*, (ce ſont ſes termes) il ne l'auroit jamais attaqué.

49. *Notitia Galliæ*. Parmi les *O-
puſcula Varia*. It. à la ſuite d'une
diſſertation de *Jean Grangier*, intitulée : *Diſſertatio de loco ubi victus
Attila fuit olim*. *Paris* 1641. *in*-8°.
It. à la p. 891. de l'édition des Commentaires de *Ceſar* donnée par *Ar-
nold Montanus*. *Amſtelod.* 1661. *in*-
8°.

50. *Tumulus & Elogia Claudii Pu-
teani, Senatoris Pariſienſis, Autore
Papirio Maſſone, & Joſepho Scaligero*. *Pariſ.* 1607. *in*-4°.

51. *Scaligerana*. *Hagæ Comit.* 1666.
in-8°. It. *Editio altera*. *Coloniæ* 1667.
in-12. It. Avec le *Scaligerana prima*. Voici l'Origine de cet Ouvrage, telle qu'elle eſt rapportée par
M. *de la Monnoye* dans ſes notes ſur
les *Jugemens des Savans de Baillet*.
Jean & *Nicolas de Vaſſan* fils de M.
de *Vaſſan* ſieur de *Remi-Meſnil*, & de

J. J. Sca-
liger.

Perrette *Pithou*, sœur de *Pierre* &
François Pithou, morte sur la fin de
1604. à *Geneve*, où elle s'étoit reti-
rée dès l'an 1572. étant allé faire
leurs études à *Leyde*, y voyoient
assidûment *Joseph Scaliger*, & re-
cueilloient avec soin tout ce qu'ils
lui entendoient dire de Curieux.
A leur retour en France, où ils aban-
donnerent le Calvinisme, pour em-
brasser la Religion Catholique, ils
communiquerent leurs Recueils à
Messieurs *Dupui*. Ceux-ci les firent
voir à M. *Sarrau*, qui en laissa une
copie à son fils *Isaac*, des mains
duquel ils passerent en celles de
Daillé le fils, qui pour s'en rendre
l'usage plus commode, en rangea
les articles selon l'ordre Alphabetique. Ensuite de quoy *Isaac Vossius*,
qui étoit alors à *Paris*, en ayant eu
communication, fit imprimer l'Ouvrage à *la Haye*. Mais il ne fait gueres d'honneur à *Scaliger*. Les *Vassans*
n'y pensoient pas, quand ils ont re-
cueilli tant de mauvaises paroles de
la bouche de ce grand homme. Il y
en a de sales, de basses, de grossieres, & même d'injurieuses à la repu-

ration des honnêtes gens, sur lesquelles il falloit passer l'éponge, &
n'en pas laisser la moindre trace
dans la memoire des hommes. Le
reste n'est pas fort exquis. Il paroît
peu de discernement, & encore
moins d'équité dans les divers jugemens que *Scaliger* porte de la plûpart des Auteurs tant anciens que
Modernes. L'Orgueil, l'arrogance,
& le venin d'un Pedant outré y
regnent depuis la premiere feuille
jusqu'à la derniere. Il y a des endroits foibles en matiere d'érudition, & quelques-uns qui marquent
son peu de reflexion. C'est le jugement qu'on en fait dans les Mélanges de *Vigneul-Marville*, jugement,
qui est entierement conforme à la
verité.

52. *Prima Scaligerana, nusquam
antehac edita, cum Præfatione T. Fabri; quibus adjuncta & altera Scaligerana quàm antea emendatiora, cum
notis cujusdam V. D. Anonymi. Groningæ* 1669. *in-12. It. Coloniæ* 1695.
in-12. François Vertunien, de *Poitiers*, Medecin de Messieurs *Chateignier de la Roche-Pozay*, ayant eu

J. J. Sca-occasion de connoître *Joseph Scali-*
LIGER. *ger* dans le temps que ce savant homme demeuroit chez eux, se fit une
coûtume d'écrire pour son utilité
particuliere les choses pleines d'érudition qu'il lui entendoit dire. Les
Cayers qu'il en laissa, demeurerent
plusieurs années après sa mort en-
sevelis dans quelque cabinet obscur, d'où ils furent enfin tirés par
un homme de Lettres, Avocat à
Poitiers, nommé M. *de Sigogne.*
C'est lui, qui ayant acheté ce Recueil, le fit imprimer sous le titre
de *Scaligerana prima*, lui conservant par-là le rang de son ancien-
neté. Ensorte que le précedent *Sca-*
ligerana, quoique publié trois ans
auparavant n'a été depuis appellé
par rapport à celui-ci que *Scalige-*
rana secunda. Celui dont il s'agit
ici est tout en Latin, au lieu que
l'autre est mesté de Latin & de
François. *Tanegui le Fevre* en ayant
eu communication, avant qu'il fût
imprimé, y ajouta à la priere de
Sigogne quelques notes & une preface; le tout en Latin. Les Remarques Françoises sur le *Scaligerana*

ſecunda qu'on a miſes à la fin, ſous le nom d'un Anonyme, ſont de *Paul Colomiés*. Le premier *Scalige-rana* eſt un peu meilleur que l'au-tre.

J. J. SCA-LIGER.

53. *Opuſcula varia antehac non edita nunc vero multis partibus aucta.* Pariſ. 1610. *in-*4°. It. *Francofurti.* 1612. *in-*8°. Iſaac *Caſaubon* eſt l'E-diteur de ce Recueil, qui contient les pieces ſuivantes de *Joſeph Sca-liger.*

Animadverſiones in Melchioris Gui-landini Commentarium in tria C. Pli-nii de Papyro Capita libri XIIP.

Diatriba de decimis in lege Dei.

Notitia Galliæ. Item ſuper Apella-tionibus locorum aliquot & gentium apud Cæſarem notæ.

Diatriba de Europæorum linguis. Item de Hodiernis Francorum ; nec non de varia Literarum aliquot pronuncia-tione.

De Theſi quadam Chronologica ju-dicium. Il s'agit d'une Theſe ſur l'hiſtoire de l'ancien Teſtament, ſou-tenue le 14 Mars 1608.

Expoſitio Numiſmatis Argentei Con-ſtantini Imp. Byzantini. Cette expo-

J. J. Sca-   sition avoit déja été imprimée, com-
liger.   me on l'a vû plus haut.

Orphei, *Poetæ vetustissimi*, *Initia*,
sive Hymni Sacri ad Musæum, *versibus antiquis Latine expressi à Jos. J.
Scaligero*, *cum ejusdem Annotationibus.* Cette version de *Scaliger* a été
réimprimée avec ses notes à la fin
de ses Poesies, données par *Scriverius* en 1615. mais beaucoup plus
exacte qu'elle n'avoit paru auparavant. *André Chrétien Eschenbach* a
conservé cette version aussi bien que
les notes, dans l'édition qu'il a donnée des Ouvrages d'*Orphée* à *Utrecht*
en 1689. *in-12. Scaliger* a eu soin de
marquer à la fin de sa version, qu'il
l'avoit faite en cinq jours.

*In Æschyli Prometheum à Q. S.
El. Christiano conversum Prologus.*
C'est une piece de vers assez courte.

*Selecta Epigrammata è Græcorum
Florilegio & à Jos. J. Scaligero Latine versa.*

Poemata Varia.

*In Q. Annæi Senecæ Tragædias A-
nimadversiones.*

*Asinii Cornelii Galli Elegia & E-
pigrammata tria*, *cum Animadversionibus J. J. Scaligeri.*   Con-

Confutatio Stultissimæ Burdonum Fabulæ. J'en ai parlé ci-dessus.

Epistolæ ad diversos. Ce sont là les pieces Latines que je trouve dans l'Edition *in*-8°. Celle qui est *in*-4°. a outre cela.

Notæ in Tertullianum de Pallio.

Animadversiones in Cyclopem Euripidis.

On trouve après cela trois pieces Françoises.

Discours de la jonction des Mers, du desseichement des Marais, & de la reparation des Rivieres, pour les rendre Navigeables.

Discours sur quelques particularités de la Milice Romaine.

Lettres touchant l'explication de quelques Medailles.

54. *Epistola adversus barbarum, ineptum, & indoctum Poema Insulani Patroniclientis Lucani. Parif.* 1582. *in*-8°. It. dans le Recueil de ses Lettres. *Scaliger* ayant dans ses notes sur le Poete *Manile*, accusé *Lucain* d'ignorance en fait d'Astronomie, *François de l'Isle*, Procureur au Parlement de *Paris*, homme savant, prit la de-

Tome XXIII. D d

J. J. Sca-fenfe de *Lucain*, dans un Poeme
liger. qu'il publia fous le titre d'*Apologia
pro Lucano Mathematica adverfus
Scaligerum. Parif.* 1582. *in*-4°. Ce
fut pour lui repondre que *Scaliger*
écrivit cette lettre, qu'il adreffa à
Mamert Patiffon, fameux Libraire
de *Paris*, & où il traita, fuivant fa
coûtume, *de l'Ifle* avec le dernier
mepris. Plufieurs années après la
mort de *Scaliger*, c'eft-à-dire en
1619. *Jacques le Paumier de Gren-
temefnil* entreprit de juftifier *Lucain*
fur l'ignorance que *Scaliger* lui avoit
reprochée, & compofa pour cela
une differtation, qui n'a été imprimée qu'en 1704. comme on le peut
voir dans fon article. On y fait voir
affez bien, que *Scaliger* n'a pas fouvent entendu *Lucain*, & que l'aver-
fion qu'il avoit pour ce Poëte lui
a fait prendre le change en bien des
occafions.

55. *Diatribe Critica, quâ Theo-
dori Marcilii Commentarius & Nota
in Martialis Epigrammata de Cæfaris Amphitheatro & venatione, ordine
expunguntur. Lugduni Bat.* 1619.
in-8°.

V. *Oratio in funere Jof. J. Scali-* J. J. ScA-
geri habita in Auditorio Theologico. LIGER.
Lugd. Bat. 26 *Januar.* 1609. *à Dom.*
Baudio. Lugd. Bat. 1609. *in-*4°. Inferée dans la premiere Decade de
Memoriæ Philofophorum &c. Hen-
ningi Witten. p. 29. Il n'y a rien que
de fort general. *Danielis Heinfii in*
obitum Jof. Scaligeri Orationes duæ.
1609. *in-*4°. *Ejufd. Epiftola de morte*
Jof. Scaligeri parmi fes Lettres , &
dans les *Vitæ Selectorum aliquot viro-*
rum Gulielmi Batefii. p. 417. *Joannis*
Drufii Oratio in obitum Jof. Scaligeri.
1609. *in-*4°. *Epitres Françoifes de*
Perfonnages illuftres à Jofeph Scali-
ger , mifes en lumiere par Jacques de
Reves. Harderwyck 1624. *in-*8°.

JEAN-LOUIS GUEZ DE
B A L Z A C.

JEAN-LOUIS *Guez de Balzac* J. G. DE
naquit en 1594. à *Angoulême ,* de BALZAC,
Guillaume Guez , Gentilhomme de
Languedoc , qui s'étoit marié dans
cette ville à une Demoifelle de la
famille de *Nefmond ,* dont il avoit

D d ij

J.·G. DE eu en Mariage la terre de *Balzac*,
BALZAC. située dans le voisinage, sur les bords
de *la Charente*.

A l'âge de 17 ans, il alla faire
un Voyage en Hollande, & y composa un *discours politique sur l'Etat
des Provinces unies*, qui fut imprimé plusieurs années après.

Il accompagna ensuite dans plusieurs voyages le Duc d'*Epernon*, à
qui son pere étoit attaché. S'étant
après cela donné au Cardinal de *la
Valette*, il alla, en qualité de son
Agent, passer dix-huit mois à *Rome*,
pendant les années 1621. & 1622.

A son retour d'Italie, n'étant encore âgé que de 28 ans, il se confi-
na dans sa terre de *Balzac*, d'où il
ne sortit presque plus le reste de
ses jours, que pour venir cinq ou six
fois à *Paris*.

Il s'y laissoit attirer par quelques
lueurs de fortune, sous le Ministere
du Cardinal de *Richelieu*, qui avant
que d'être Ministre & Cardinal,
avoit recherché son amitié. Mais
enfin son ame fiere ne put se resou-
dre à cette patience & à ces bassesses-
ses que l'ambition exige; & il pre-

fera au ſuperflu que la Cour lui eût
fait acheter trop cher à ſon gré, le
neceſſaire & l'honnête que ſa Campagne lui fourniſſoit. Tout ce qu'il
obtint de la Cour fut une penſion
de deux mille livres à prendre ſur
l'Epargne, mais dont il fut rare-
ment payé, & à laquelle on ajouta
les titres de *Conſeiller d'Etat*, &
d'*Hiſtoriographe de France*, qu'il appelle de *magnifiques bagatelles*, &
qu'il ne prit jamais, ſe contentant
de celui de *Conſeiller du Roy en ſes
Conſeils*.

Peut-être auſſi ſa mauvaiſe ſanté
faiſoit-elle partie de ſa Philoſophie
à cet égard, & contribuoit-elle à ſon
indifference pour la recherche des
honneurs. Il n'avoit pas trente ans,
qu'il ſe plaignoit en ſon ſtile hy-
perbolique, qu'il étoit *plus vieux
que ſon pere, & auſſi uſé qu'un vaiſ-
ſeau, qui auroit fait trois fois le voyage des Indes*. Il dit ailleurs, dans un
Ouvrage qu'il compoſa peu avant
ſa mort, *que ſi on pouvoit ſeparer de
ſa vie, les jours que la douleur & la
triſteſſe en avoient retranchés, il ſe
trouveroit que depuis qu'il étoit au*

D d ij

J. G. DE monde , il n'avoit pas veçu un an tout
BALZAC. entier.

Dès l'an 1634. M. *de Boisrobert*
lui ayant écrit que s'il desiroit d'être
admis dans l'Academie Françoise,
qui ne faisoit que de naître, il pouvoit le témoigner à la Compagnie
par ses lettres , & qu'il ne doutoit
point qu'elle ne le lui accordât vo-
lontiers en consideration de son
merite, *Balzac* lui écrivit sur ce sujet , & y fut reçu peu de temps
après. On trouve dans les Régistres
qu'il y lut en 1636. quelques morceaux d'un Ouvrage, qu'il appel-
loit alors *le Ministre d'Etat*, mais
qui a paru depuis sous le titre d'*A-
ristippe.*

Balzac sentant sa santé s'affoiblir , songea à se preparer à sa derniere heure ; dans cette vûe, il se
rétiroit de temps en temps chez les
Capucins d'*Angoulême* , où il s'étoit
fait bâtir deux Chambres.

Il mourut le 18 Fevrier 1654. âgé
de 60 ans. & fut enterré dans l'Ho-
pital de *Nôtre-Dame des Anges* à
Angoulême , comme il l'avoit ordonné par son Testament , dans lequel

J. G. DE BALZAC

il avoit laiſſé douze mille livres à cet Hôpital.

Il laiſſa auſſi une rente de cent francs, pour être employée de deux ans en deux ans à donner un Prix à celui, qui, au jugement de l'Académie Françoiſe, compoſeroit le meilleur diſcours ſur quelque ſujet de Morale. Mais divers Obſtacles empêcherent que ſa volonté ne fût miſe à execution, juſqu'à l'an 1671. que les fonds ayant augmenté, ce Prix qu'il avoit fixé à deux cens livres, fut porté à trois cens. C'eſt une Medaille d'Or, qui d'un coté repreſente *S. Louis*, & de l'autre une couronne de Laurier, avec ce mot *A l'Immortalité*, qui eſt la deviſe de l'Academie.

Il n'eſt-peut-être point d'Auteur qui ait été plus eſtimé & plus loüé de ſon temps que *Balzac*. » On ne » parloit pas de lui ſimplement » comme du plus éloquent homme » du ſiecle, dit M. *Deſpreaux*, » dans ſes *Reflexions Critiques ſur le* » *Traité du Sublime de Longin*, mais » comme du ſeul éloquent. Il a ef- » fectivement des qualités merveil-

D d iiij

J. G. DE »leuses. On peut dire que jamais
BALZAC. »personne n'a sçû mieux sa langue
» que lui, & mieux entendu la pro-
» prieté des mots, & la juste me-
» sure des periodes. C'est une louan-
» ge que tout le monde lui donne
» encore. Mais on s'est apperçu tout
» d'un coup, que l'art où il s'est
» employé toute sa vie, étoit l'art,
» qu'il savoit le moins, je veux di-
» re l'art de faire une lettre. Car
» bien que les siennes soient toutes
» pleines d'esprit, & de choses ad-
» mirablement dites, on y remarque
» par tout les deux vices les plus
» opposés au genre Epistolaire, c'est
» à savoir, l'affectation & l'enflure;
» & on ne peut plus lui pardonner
» ce soin vicieux, qu'il a de dire
» toutes choses autrement que ne le
» disent les autres hommes. Desorte
» que tous les jours on rétorque con-
» tre lui ce même vers, que *May-*
» *nard* a fait autrefois à sa louange.
» *Il n'est point de mortel, qui parle*
» *comme lui.* Il y a pourtant encore
» des gens qui le lisent, mais il n'y
» a plus personne, qui ose imiter
» son stile; ceux qui l'ont fait s'étant

» rendu la risée de tout le monde.   J. G. DE

Au reste quelques loüanges que BALZAC
Balzac ait reçuës de son vivant, il
a eu aussi le chagrin de voir s'élever
contre lui des Critiques, qui ont
causé dans la Republique des Lettres une guerre des plus vives.

Le premier qui s'éleva contre lui,
fut un jeune Feuillant, nommé
Dom André de Saint Denys, qui prit
feu sur ce que *Balzac* avoit dit dans
un de ses Ouvrages, *qu'il y a quelques petits Moines, qui sont dans l'E-
glise, comme les rats & les autres animaux imparfaits étoient dans l'Arche;*
& lâcha contre lui un petit écrit
assez piquant, intitulé: *Conformité
de l'Eloquence de M. Balzac avec
celle des plus grands personnages du
temps passé & du present.* Quoique
cette piece n'eût point été imprimée, elle ne laissa pas de courir
dans le public en Manuscrit, & l'on
sçut qui en étoit l'Auteur. Cela fit
souhaitter à *Balzac* qu'on la refutât
publiquement, & cela fut executé
par le Prieur *Ogier*, qui publia l'*A-
pologie pour M. de Balzac* en 1627.

Le General des Feuillans, qui se

J. G. DE nommoit *Jean Goulu*, prit en main
BALZAC. la cause de son Religieux *Dom André*, & caché sous le nom de *Phyllarque*, ou Prince des Feuilles, qui
faisoit allusion à sa qualité de General des Feuillans, il publia deux
volumes de Lettres contre *Balzac*,
sous le titre de *Lettres de Phyllarque
à Ariste*, dont le premier parut en
1627. & le second en 1628. Rien
n'est plus emporté que ces Lettres;
Balzac y est traité non seulement
de plagiaire & d'ignorant, mais encore de voluptueux, de libertin, &
d'Athée; choses entierement éloig-
nées de son Caractere, & qu'une
passion outrée pouvoit seule faire
appercevoir en lui.

Cette querelle, dans laquelle plusieurs Auteurs prirent parti, donna
lieu à un grand nombre d'Ouvra-
vrages, & fut une tempête qui pen-
sa abismer *Balzac*, tant à cause des
artifices de ses ennemis, que parce
qu'il avoit donné prise à ses Cen-
seurs, par des hyperboles extreme-
ment froides, par des saillies de vanité, & par des propositions un peu
scabreuses.

Il ne publia cependant rien lui J. G. DE
même pour sa defense ; il travailla BALZAC.
à la verité à son Apologie, qu'il intitula *Relation à Menandre*, c'est-à-
dire à *Maynard*; mais il ne la fit
imprimer que dix-sept ans après
dans ses *Oeuvres diverses* qui parurent en 1645.

La mort de son principal adver-
saire, le P. *Goulu*, arrivée au commencement de l'année 1629. mit fin
à toutes les disputes, & lui rendit
la tranquilité qu'elles lui avoient
fait perdre ; & *Dom André de S.*
Denis, qui avoit été le premier agref-
feur, se reconcilia sincerement avec
lui, & alla exprès le voir à *Balzac*.
Nôtre Auteur non seulement l'y reçut à bras ouverts, mais lui jura encore une amitié tendre, dont en
effet ses derniers Ouvrages sont tous
remplis. Il voulut même donner à
l'Eglise des Feüillans de *S. Mêmin*
près d'*Orleans*, dont ce Religieux
étoit Prieur, un monument de son
affection pour lui; & comme ses
idées ne se bornoient pas à quelque
chose de vulgaire, son present fut
une Caffolette de Vermeil, du prix

J. G. DE
BALZAC. de quatre-cens livres, avec un reve‐
nu annuel, pour y entretenir des
parfums.

Catalogue de ses Ouvrages.

1. *Lettres. Paris* 1624. *in-*8°. C'est
la premiere édition qui a été suivie
de plusieurs autres.

2. *Le Prince. Paris* 1631. *in-*4°.
Les amis de *Balzac* avoient vanté
par avance cet Ouvrage comme un
Chef-d'Oeuvre, qui feroit taire tous
les Critiques, & sur-tout ceux qui
accusoient *Balzac* de n'être capable
que d'écrire des Lettres. L'événe‐
ment ne répondit point à ces espe‐
rances, ce livre ne fit rien ni pour
la reputation, ni pour la fortune de
Balzac, & lui suscita des affaires du
côté de la Sorbonne, qui cependant
en usa honnêtement à son égard;
Car elle le fit avertir par ses amis
des erreurs qui étoient repandues
dans son livre. Sur quoi *Balzac* écri‐
vit à la Faculté une lettre, dans la‐
quelle il fit paroître beaucoup de
soumission à ses avis, & promit de
reformer ce que les Docteurs y
avoient trouvé de reprehensible. La
Faculté contente de sa soumission

convint qu'en lui écrivant une let- J. G. DE
tre d'honnêteté, on lui envoiroit la BALZAC.
liſte des Propoſitions de ſon livre,
qui avoient paru meriter quelque
cenſure ; ce qui fut executé, & *Balzac* corrigea, ou retrancha dans les
éditions ſuivantes ce qui avoit dé-
plu. Ces éditions ſont en aſſez grand
nombre ; mais il eſt inutile d'en faire ici le détail, puiſqu'on ne lit
plus cet Ouvrage, qui eſt fort ſu-
perficiel dans les choſes, & outré
dans la maniere de les dire. Il a été
traduit en Anglois, & imprimé en
cette langue à *Londres* en 1648. *in-*
8°.

3. *Diſcours ſur une Tragedie, in-*
titulée : Herodes infanticida. Paris
1636. *in-*8°. La piece, dont on
voit ici la Critique, eſt de *Daniel*
Heinſius, qui y fit une réponſe ſous
ce titre : *Epiſtola qua reſpondetur ad*
Balzaci diſſertationem in Herodem In-
fanticidam. Lugduni Bat. 1636. *in-*8°.
Un Miniſtre de *Beziers*, nommé
Croi, prit auſſi la défenſe de *Hein-*
ſius, contre lequel il écrivit dans la
ſuite, mais ſur d'autres matieres, &
publia une *Reponſe au diſcours & à*

J. G. DE *la lettre de M. de Balzac sur une Tra-*
BALZAC. *gedie de Heinsius, intitulée: Hero-*
des infanticida. 1642. *in*-12. Il n'y
mit pas son nom, ni celui de la ville, qui est *Geneve.*

4. *Discours Politique sur l'Etat des*
Provinces Unies. Leyde 1638. *in*-4°.
Cet écrit, qui ne contient que dix
pages, a été publié par *Heinsius.*

5. *Oeuvres diverses. Paris* 1644.
in-4°.

6. *Le Barbon. Paris* 1648. *in*-8°.
Cet Ouvrage, qui a été imprimé
plusieurs fois, & que M. de *Sallen-*
gre a inseré dans le second volume
de son Recueil sur *Pierre de Mont-*
maur, a été critiqué avec raison par
le P. *Bouhours,* qui dit que c'est un
rafinement perpetuel, & qu'on n'y
trouve gueres que des pensées alam-
biquées, qui n'ont nulle vraisem-
blance, ni nul fondement raisonnable. En effet la peinture, que *Bal-*
zac y fait d'un Pedant, n'est gueres conforme à l'idée qu'on en a
communement.

7. *Carminum libri tres; ejusdem*
Epistolæ Selectæ. Paris 1650. *in*-4°.
Le Latin de *Balzac* est assez pur;
mais il y a bien des Gallicismes.

8. *Socrate Chrétien & autres Oeu-* **J. G. DE**
vres. Paris 1652. in-8°. **BALZAC.**

9. *Lettres familiaires à M. Cha-*
pelain. Paris 1656. in-8°.

10. *Entretiens. Paris 1657. in-4°.*
It. *Leyde. Elzevir 1659. in-16.* Il y
a d'aſſez jolies choſes & pluſieurs
traits curieux dans ces *Entretiens.*

11. *Ariſtippe. Paris 1658. in-4°.*

12. Toutes ſes Oeuvres ont été
recueillies & imprimées en deux
volumes *in-fol.* à *Paris* en 1665. avec
une Preface de l'*Abbé de Caſſagnes.*

V. Son éloge par M. l'Abbé d'Oli-
vet dans l'*Hiſtoire de l'Academie Fran-*
çoiſe. Les hommes Illuſtres de Perrault.
tom. 1. Bayle, Dictionnaire.

J E A N   P R I C E.

JEAN *Price,* où *Pricæus,* naquit **J. PRICE.**
à *Londres* vers l'an 1600.

Après avoir étudié dans l'Ecole
de *Weſtminſter,* il fut reçu en 1617.
âgé d'environ dixſept ans dans le
College du Corps de Chriſt à *Ox-*
ford, où cependant il ne prit aucun
degré.

J. PRICE. Il entra après cela au service de Mr. *Howard*, un des fils de Thomas Comte d'*Arundel*, on ne sait en quelle qualité. Après quelque séjour dans sa maison, il passa la Mer, & alla étudier en Droit dans une Université étrangere, dont on ne marque pas le nom, *(a)* & où il se fit recevoir Docteur en cette Faculté.

Revêtu de ce titre il retourna en Angleterre, où il demeura quelque temps, & alla ensuite en Irlande, où il se mit au service de *Thomas*, Comte de *Strafford*, Viceroy de ce Royaume.

Mais ce Seigneur ayant été attaqué par le Parlement en 1640. *Price* retourna en Angleterre, où il publia quelques Ecrits pour la défense du Roi *Charles I.* Il fut pour ce sujet arrêté & retenu quelque temps en prison.

Lorsqu'il eut été élargi, il passa de nouveau la Mer, & après avoir

(a) Ce fut apparemment en France, puisqu'il fit imprimer à *Paris* l'an 1635. les notes sur l'Apologie d'*Apulée*.

fait

fait differens voyages, il alla en Ita- J. PRICE.
lie en 1652. Il fut retenu à Florence
par le Grand Duc, qui lui donna
la Garde de fes Medailles, & le
nomma enfuite Profeffeur en langue
Gréque dans l'Univerfité de *Pife*.
Price fe fit beaucoup d'honneur dans
ce dernier pofte, tant par la grande
connoiffance qu'il avoit de cette
langue, que par fon érudition qui
s'étendoit également fur le Sacré &
le Profane.

Mais il étoit naturellement incon-
ftant, & ne pouvoit demeurer longtemps dans la même fituation. Ainfi
il quitta les Etats du Grand Duc,
& alla à *Venife*, fous prétexte d'y
faire imprimer fon *Index* d'*Hefichius*.
Il paffa de là à *Rome*, & y entra au
fervice du Cardinal *François Barberin*, Protecteur de la nation Angloife.

Il vivoit fur la fin de fa vie dans
le Couvent de S. Auguftin, & ce
fut là qu'il mourut l'an 1676. âgé
de 76 ans.

Il avoit d'abord été de la Religion Anglicane; mais il fe fit Catholique à *Florence*, comme nous
Tome XXIII.   E e

J. PRICE. l'apprend *Colomiés* dans sa *Bibliothe-que choisie.*

C'est un des meilleurs Commentateurs & des plus habiles Critiques de ces derniers temps, au jugement du même *Colomiés*, qui dit qu'il étoit d'une litterature vaste, & d'un grand jugement.

Catalogue de ses Ouvrages.

1. *Notæ & observationes in Apologiam L. Apulei Madaurensis Philosophi Platonici. Parif.* 1635. *in-4°.* Avec fig. Ce fut *Jean Bourdelot*, pour qui *Price* en venant en France avoit apporté des Lettres de recommendation, qui fit imprimer à ses frais cet Ouvrage, qui a merité les loüanges des Savans.

2. *In undecim Apuleianæ Metamorphoseos, sive Milesiarum libros annotationes uberiores. Goudæ* 1650. *in-8°.* Tout le defaut de ce Commentaire est qu'il y a trop d'erudition.

3. *Matthæus ex Sacra Pagina, Sanctis Patribus, Græcisque ac Latinis Gentium Scriptoribus ex parte illustratus. Paris* 1646. *in-8°.*

4. *Annotationes in Epistolam Jacobi. Parif.* 1646. *in-8°.*

5. *Acta Apoſtolorum ex Sacra Pa-* J. PRICE. *gina, Sanctis Patribus, Græciſque ac Latinis Gentium Scriptoribus illuſtrata. Paris* 1647. *in-12.*

6. *Commentarii in Varios Novi Teſtamenti libros. Londini* 1660. *in-fol.* Dans les *Critici Sacri.* Outre les commentaires ſur *S. Matthieu,* ſur les Actes des Apôtres, & ſur l'Epître de *S. Jacques,* qui ont paru ſeparement, comme on le vient de voir, on en trouve ici ſur l'Evangile de *S. Luc,* ſur les deux Epitres de *S. Paul* à *Timothée,* & ſur celles à *Tite* & à *Philemon,* ſur les Epitres de *S. Jean* & de *S. Jude,* & ſur l'Apocalypſe. » On voit, dit M. *Simon* » dans ſon *Hiſtoire critique du Nou-* » *veau Teſtament,* une grande érudi- » tion dans tout l'Ouvrage de cet » habile Scholiaſte, & il ſemble mê- » me l'avoir affectée, faiſant venir » trop ſouvent à ſon ſecours les E- » crivains profanes tant Grecs que » Latins. Il a imité en quelque cho- » ſe la Methode de *Grotius,* dont » il fait l'éloge, bien qu'il l'ait re- » dreſſé en pluſieurs endroits. Il a » auſſi juſtifié en beaucoup de lieux

J. PRICE. » contre *Beze*, & contre les autres
» nouveaux traducteurs, l'ancien
» Interprete Latin, sans neanmoins
» l'épargner, lorsqu'il a jugé que sa
» version n'étoit pas exacte.

7. *Index Scriptorum, qui in Hesy-
chii Græco vocabulario laudantur,
confectus & Alphabetico ordine dispo-
situs.* Cet *Index* se trouve à la suite
des Notes de *Price* sur les Metamorphoses d'*Apulée* ; à la fin du Dictionnaire d'*Hesychius* publié par *Corn.
Schrevelius* en 1668. & dans le 4
tome de la Bibliotheque Gréque de
Jean Albert Fabricius, p. 554.

V. *Antonii Wood Athenæ Oxonienses* tom. 2. p. 582.

NICOLAS LLOYD.

N.
LLOYD.
NICOLAS *Lloyd* naquit vers
l'an 1634. à *Holton* dans le
Comté de *Flint* en Angleterre de
George Lloyd, Ministre.

Il fut reçu le 20 Octobre 1653.
âgé de 19 ans dans le College de
Wadham à *Oxford*, dont il fut fait
Membre dans la suite, & où il prit
le degré de Maître-ès-Arts.

En 1665. Le Docteur *Blandford*, N.
Principal de ce College, ayant été Lloyd.
fait Evêque d'*Oxford*, prit pour fon
Chapelain *Nicolas Lloyd*, qui fut
auffi vers le même temps nommé
Recteur de l'Eglife de *S. Martin* à
Oxford. Lorfque ce Prelat fut tranf-
feré à l'Evêché de *Worcefter*, *Lloyd*
l'y fuivit en la même qualité de Chapelain. Enfin la Rectorerie de *Newington Sainte-Marie*, près de *Lambeth* dans le Comté de *Surrey* étant
venue à vaquer, le Docteur *Bland-
fort*, en qualité d'Evêque de *Worcefter*, y nomma en 1672. *Lloyd*,
qui la conferva jufqu'à fa mort.

Il mourut à *Newington* le 27 Novembre 1680. âgé de 46 ans, & fut
enterré dans l'Eglife de ce lieu.

C'étoit un homme doux & tranquille, qui poffedoit fort bien les
Belles-Lettres. On n'a de fa façon
que l'Ouvrage fuivant.

*Dictionarium Hiftoricum, Geogra-
phicum, Poeticum, Gentium, Homi-
num, Deorum Gentilium, Regionum,
Infularum, Locorum, Civitatum, Æ-
quorum, Fluviorum, Sinuum, Pro-
montoriorum, ac Montium &c. anti-*

N. LLOYD.

quà recentioraque nomina complectens & illustrans: à Carolo Stephano inchoatum ; ad incudem vero revocatum, innumerisque penè locis auctum & emaculatum. Oxonii 1670. in-fol. It. Editio novissima, in qua Historico-Poetica, & Geographica seorsim sunt Alphabeticè digesta, & liber totus tum emendationibus, tum additamentis (recentioribus tredecim annorum ipsius Lloydii elucubrationibus, manuque ultima) ita adornatur, ut novus ac planè alius videri possit. Cui accessit Index Geographicus. Londini 1686. in-fol.

V. *Anton. Wood. Athenæ Oxonienses. tom. 2. p. 670.*

DENIS DE SALVAING
DE BOISSIEU.

D. DE BOISSIEU.

DENIS *de Salvaing*, Seigneur *de Boissieu*, naquit le 21 Avril 1600. dans le Château de *Vourey* en *Dauphiné*, de *Charles de Salvaing de Boissieu*, & de *Charlote d'Arces*, tous deux des premiéres familles du Pays.

Son pere étoit un homme d'un
merite fingulier, & poffedoit par
faitement les langues Latine, Gréque, Hebraïque, Chaldaïque, Italienne, Efpagnole, & Françoife.

Denis de Boiffieu, fon fils, commença fes études dans le College de
Vienne, les continua à *Lyon*, & les
acheva à *Paris*. Il eut pour maitres
dans cette derniere ville le P. *Denys
Petau*, & le P. *Nicolas Cauffin* Jefuites, dont il apprit les Humanités; *Janus Cecile Frey*, & *Ifaac Ha-
bert*, qui lui enfeignerent la Philofophie; enfin *Jean* & *Frederic Mo-
rel*, fous lefquels il s'inftruifit dans
la langue Gréque.

De retour en fa patrie, il fongea
à étudier en droit, & alla pour ce
fujet à *Valence*, où il fut reçu Docteur en cette Faculté.

Il fit après cela un fecond voyage
à *Paris*, où il chercha à fe perfectionner par le commerce des perfonnes
favantes dans les connoiffances qu'il
avoit aquifes. Il s'y appliqua auffi
quelque temps aux Mathematiques,
fous *Martin*, Profeffeur Royal, qui
rempliffoit la Chaire de *Ramus*.

D. DE
BOISSIEU.

Ses affaires domestiques le rappellerent au bout d'un an en Dauphiné, où il eut occasion de se faire connoître au Comte *de Soissons*, Gouverneur de cette Province, qui y étoit alors, & qui conçut beaucoup d'estime pour lui.

Quelque temps après il sembla vouloir renoncer à la Robbe, à laquelle il s'étoit d'abord destiné, pour prendre le parti des Armes. Le Comte de *Talard*, à qui il fit part de son goût pour le service, lui donna une Compagnie; mais il ne se vit pas longtemps à sa tête, car les troupes ayant été licentiées au bout de quelque temps, il revint à sa premiere destination.

Il fut d'abord en 1629. Substitut du Procureur General, & ensuite Lieutenant General au Bailliage du *Gresivaudan*. Il se maria après cela, & épousa *Elizabeth Deagent*, fille du Premier President de la Chambre des Comptes de Grenoble.

M. *de Crequi* étant allé en Ambassade à *Rome*, emmena avec lui de *Boissieu*, qui fut chargé de haranguer le Pape *Urbain VIII.* & qui s'en

aquita

acquita d'une maniere qui lui fit
honneur. Ce Pontife, qui aimoit les
gens de Lettres, ſe fit un plaiſir de
s'entretenir ſouvent avec lui, & lui
donna pluſieurs marques de ſon eſtime & de ſa bienveillance.

Après quatre mois de ſéjour à
Rome, qu'il employa à faire connoiſſance avec les Savans de cette ville, & à viſiter les Bibliotheques, il
alla à *Veniſe*, par ordre du Cardinal
de *Richelieu*, qui l'y avoit chargé de
quelques Negociations, dont il ſe
tira heureuſement.

De retour en France, il fut honoré d'un Brevet de Conſeiller d'E-
tat, mais il eut peu de temps après
le chagrin de perdre ſa femme. Les
Muſes lui ſervirent alors de conſo-
lation, & il ſe donna avec une nouvelle ardeur à l'étude & au travail.

En 1639. *Guiſchard Deagent*, ſon
beau-pere, ayant donné ſa demiſſion
de la Charge de premier Preſident
de la Chambre des Comptes, *Boiſ-
ſieu* fut nommé pour lui ſucceder,
& remplit cette place pendant pluſieurs années avec beaucoup de reputation.

Tome XXIII. Ff

D. DE
BOISSIEU.   Il époufa enfuite en fecondes nôces *Elizabeth de Villiers la Faye*,
veuve du Baron de *S. Leger*, dont
il n'eut point d'enfans, & qui mourut avant lui.

Cette mort le détermina à fe retirer entierement des affaires, & à
fe démettre de fa Charge, pour ne
plus vivre que pour lui-même.

Il mourut en 1683. âgé de 83
ans.

Catalogue de fes Ouvrages.

1. *Dionyfii Salvagnii Boeffii*, *ad*
Urbanum VIII. Oratoris, *Oratio ha-*
bita Romæ in Aula Regia Vaticana
25 Julii 1633. dum Carolus Crequius
Pontifici, *nomine Regis*, *obedientiam*
præftaret. Romæ 1633. *in-*4°. It. *Parif.*
1633. *in-*4°. *Chorier* nous apprend
que *Pelletier* & *Videl* ont traduit ce
difcours en François, & qu'il en a
inferé le précis dans fa vie de M.
de Crequi.

2. *Vita Margaritæ Comitiffæ Al-*
bonenfis, *ante annos* 500 *pietate floren-*
tis, *fcripta à Guillelmo Gratianopoli-*
tano Canonico; nunc primum edita à
Dion. Salvagnio Boeffio. Gratianopoli.
1643. *in-*4°.

D. DE BOISSIEU.

3. *Sylvæ septem de totidem Miraculis Delphinatus*, utpote 1. *de Fonte ardente.* 2°. *De Turre sine veneno.* 3°. *De Monte inaccesso.* 4°. *De Tinis, sive Cupis. Saffenagiis.* 5°. *De Fonte Vinoso.* 6°. *De Manna Brigantiensi.* 7°. *De Barbeto. Gratianopoli* 1656. *in-8°.* It. *Lugduni* 1661. *in-8°.* Les quatre premieres avoient paru d'abord separement. Ces prétendues Merveilles n'ont paru que des bagatelles à ceux qui les ont examinées avec soin. M. *Lancelot* sur-tout les a degradées de cette qualité, dans un Memoire inseré dans le 6e volume de l'*Hiftoire de l'Academie des Infcriptions.*

4. *Commentarius ad Ovidii in Ibim Elegiam. Lugduni* 1633. *in-4°.* It. *Lugd.* 1661. *in-8°.* On a ajouté dans cette seconde édition l'ancien Interpréte, qui manquoit dans la premiere.

5. *Traité du Plait Seigneurial, & de son usage en Dauphiné. Grenoble* 1652. *in-8°.*

6. *De L'Usage des Fiefs & autres Droits Seigneuriaux en Dauphiné. Grenoble* 1664. *in-8°.* It. Seconde édi-

D. DE tion. Grenoble 1668. *in-fol.*

BOISSIEU.

7. *Mifcella.* Lugduni 1661. *in-8°.* C'eft un Recueil de fes Oeuvres tant en profe qu'en vers.

8. *Genealogie de la Maifon de Salvaing.* Grenoble 1683. *in-12.*

9. *Elegia de vita fua.* A la fuite de fa vie par *Chorier.*

V. *De Dionyfii Salvagnii Boeffii Delphinatis Vita liber unus Nicolai Chorerii. Gratianopoli* 1680. *in-12.* Cette vie eft fort diffufe, mais il y a peu de dates.

JEAN-GINE'S DE SEPULVEDA.

J. DE SE-
PULVEDA.

JEAN-*Ginés de Sepulveda* naquit vers l'an 1491. à *Pozo-blanco*, petite ville dans le voifinage de *Cordoue*, en Efpagne, d'une famille honnête. Il s'eft cependant toujours donné le furnom de *Cordubenfis*, parce que la ville de *Cordoue* eft beaucoup plus connue que le lieu de fa naiffance.

Après avoir appris la langue Latine dans fon pays, il alla étudier en Philofophie à *Alcala*, où il demeura trois ans appliqué à cette étude.   J. DE SE-

Voulant enfuite fe donner à la PULVEDA.
Theologie, fans être à charge à fes
parens, il paffa en Italie pour remplir à *Boulogne* une place dans le College des Efpagnols, fondé par le
Cardinal *Albornoz.* Pendant fon féjour en ce lieu, il partagea fon temps
& fon application entre la Theologie, l'Ecriture Sainte, les langues
Gréque & Latine, & l'Eloquence.

Suffifamment inftruit dans ces
Sciences, il alla à *Rome,* où *Albert
Pio,* Prince de *Carpi,* qui aimoit
les lettres, le reçut dans fon Palais,
& l'affocia à fes études.

Il eut alors l'avantage de faire
connoiffance avec plufieurs Savans,
que le Prince de *Carpi* affembloit
fouvent chez lui, entre autres *Alde
Manuce, Pierre Pomponace, Marc
Mufurus* &c. Quelques converfations qu'il eut avec eux lui firent
naître l'envie de lire *Ariftote* dans
fa langue, & d'en traduire même
quelque chofe en Latin; ce qu'il fit
dans la fuite, comme je le dirai plus
bas.

Malgré les agrémens & les fecours

que *Sepulveda* trouvoit à *Rome* pour
fes études, il fe laffa d'un genre de
vie, qui l'obligeoit fouvent de prendre part aux paffions des autres, &
de s'embaraffer dans des affaires, où
il n'y avoit pour lui que des de-
goûts, & il commença à fonger à
en fortir. L'occafion s'en prefenta
plûtôt qu'il n'auroit cru; car l'Empereur *Charles-Quint* étant allé à
Rome en 1536. le prit à fon fervice
en qualité d'Hiftoriographe, & l'emmena avec lui, après qu'il eut demeuré 22 ans en Italie.

Il arriva en Efpagne l'année fuivante, & y vécut peu fedentaire
jufqu'à l'an 1557. étant tantôt à *Valladolid*, tantôt à *Cordoue* ou à *Ma-
drid*, & tantôt à *Pozo-blanco*, qui
étoit fa retraite ordinaire tous les
hyvers.

Il eut pendant cet intervalle une
difpute avec *Barthelemi de las Cafas*,
qui ne lui fit pas d'honneur, & où
il s'éloigna des fentimens de douceur, qui conviennent à un Eccle-
fiaftique.

Il y avoit déja long-temps que ce
Dominicain, qui étoit Confeffeur

de *Charles-Quint*, ſe plaignoit à ce
Prince de l'avarice, de la cruauté,
& des débauches des Eſpagnols
dans les Indes, qu'il connoiſſoit
d'autant mieux, qu'il en avoit été
lui-même témoin. Il le preſſa ſur-
tout dans un Conſeil tenu à *Valladolid*, de réprimer ces excès, le me-
naçant, s'il n'y mettoit ordre, que
Dieu irrité depouilleroit les Eſpagnols de la Souveraineté des Indes.
Mais il ſe trouva des perſonnes qui
excuſerent ces deſordres, parce qu'ils
y trouvoient leur compte ; & *Sepulveda* prit leur parti, diſant que ce
que les Eſpagnols faiſoient, leur
étoit permis par les loix divines &
humaines, parce qu'ils uſoient du
droit de la guerre, comme ſur des
Eſclaves & des gens pris en guerre.
Il compoſa même un livre ſur ce
ſujet : mais *las Caſas*, & l'Evêque
de *Segovie* en empêcherent la publication. On tint ſur cela pluſieurs
aſſemblées en Eſpagne, & il fut enfin reſolu en 1547. que puiſque cette affaire regardoit la conſcience,
on prendroit l'avis des Theologiens.
Ceux d'*Alcala* & de *Salamanque*

J. DE SE- ayant été consultés, convinrent, PULVEDA. après de longues contestations, qu'il étoit de l'interest de la Religion, qu'on supprimât le livre de *Sepulveda*, comme rempli d'une mauvaise doctrine. Celui-ci ne se rendit point pour cela; car il envoya son livre à *Rome* à ses amis pour le faire imprimer. L'Empereur l'ayant appris en défendit la publication dans tous ses Etats, & donna ordre d'en supprimer tous les exemplaires, qu'on y trouveroit. *Sepulveda* irrité de cet ordre, & perseverant dans son opiniâtreté, demanda qu'il lui fût permis de disputer sur cette matiere avec *las Casas* & l'Evêque de *Segovie*. Il obtint ce qu'il demandoit, & trois ans après on ouvrit une dispute publique, où *Dominique Soto*, fameux Theologien, Confesseur de l'Empereur, assista; mais *Charles-Quint*, qui étoit accablé d'affaires importantes, & qui avoit plusieurs guerres à soutenir, n'eut pas le temps de rien decider sur ce sujet; ainsi les cruautés des Espagnols dans les Indes furent plûtôt tolerées qu'approuvées.

Sepulveda ayant été en 1557. J. DE SE-
nommé Chanoine de *Salamanque*, PULVEDA.
abandonna la Cour, où il avoit toujours vécu jufques-là, pour vivre
tranquillement dans cette ville.

On voit par une de fes lettres
qu'il avoit plufieurs Benefices, &
il tâche de s'y juftifier fur cet article
dans l'efprit d'un de fes amis, qui
lui en avoit fait un fcrupule. Il y
marque auffi qu'il difoit la Meffe
regulierement les Dimanches, les
Fêtes, les Mercredis & les Vendre-
dis.

Il mourut l'an 1572. âgé de 81
ans, & non pas feulement de 72.
comme le dit M. *de Thou*, & il fut
enterré à *Pozo-blanco*, avec cette
Epitaphe qu'il s'étoit faite lui-même.

D. X. S.

Joannes Genefius Sepulveda, qui
fe ita gerere ftudebat, ut ipfius & mo-
res probis piifque viris, & doctrina,
fcriptique de Theologia & Philofo-
phia, Hiftoriarumque libri doctis &
aequis probarentur.

S. V. F. (*fibi vivens fecit*))

Vixit annos 81.

Obiit anno 1572.

Catalogue de ses Ouvrages.

1. *Aristotelis Meteororum libri* IV. *Latine versi.* Paris 1532. *in-fol.* Avec les versions suivantes. Il dédia cette traduction à l'Empereur *Charles-Quint*, à qui il la présenta à *Plaisance.*

2. *Ejusdem de ortu & interitu libri duo, Latine.* Dediés au Pape *Adrien* VI.

3. *Ejusdem parva naturalia, Latine versa.* Dediés au Prince de *Carpi.*

4. *De Mundo liber ad Alexandrum, Latine.* Toutes ces versions avoient déja été imprimées, en Italie, où Sepulveda les avoit composées, avant qu'elles le fussent à *Paris.*

5. *Aristotelis Politicorum libri octo, Latine, cum Scholiis.* Paris. 1548. *in-*4°. It. sous ce titre, *Aristotelis de Republica libri* VIII. *Interprete & Enarratore J. Gen. Sepulveda; quibus jam adjecti sunt Kyriaci Strozæ de Republica libri duo; videlicet nonus & decimus, Græce conscripti, nunc ab eodem Stroza latinitate donati.* Colonia Agrip. 1601. *in-*4°. Le stile des

traductions de *Sepulveda* tient beau- J. DE SE-
coup plus du Philofophe, que du PULVEDA.
Rhetoricien; cependant M. *Huet*
prétend qu'il ne s'eft pas foucié d'ê-
tre fort exact, ni fort fidelle, &
qu'ainfi il ne peut être mis au rang
des bons traducteurs. Ces défauts
paroiffent particulierement dans ce
qu'il a fait fur la Phyfique d'*Ariftote*;
car fa traduction des livres de Politique eft fort eftimée. M. *Naudé*
difoit que plus on aura d'efprit, plus
on en fera de cas, & *Daniel Heinfius*
l'a preferée à toutes les autres, pour
la mettre dans l'édition qu'il en a
donnée. (*Baillet*, *Jugem. des Savans
fur les Traducteurs* N°. 853.

6. *Alexandri Aphrodifæi Commentaria in Ariftotelis libros* XII. *de prima Philofophia*, *Latine verfa*. Romæ
1527. *in-fol.*

7. *Errata Petri Alcyonii in Interpretatione Ariftotelis à Joanne Sepulveda collecta*. Je ne fai quand a paru
cet Ouvrage, dont *Nicolas Antonio*
ne dit rien. J'ay parlé dans l'article
d'*Alcyonius* tom. 6. de ces *Memoires*
p. 161. du motif qui produifit cette
critique.

J. DE SE-
PULVEDA.

8. *Rerum Gestarum Ægidii Albor-*
notii Carilli, Conchensis, Card. &
Archiep. Toletani libri tres; in qui-
bus, qua ratione tyrannica oppressam
servitute Italiam in libertatem asseruit,
Ecclesiæque restituit, & Pontifices
Avenione velut exulantes Romam re-
duxit, legisse operæ pretium fuerit. Ro-
mæ 1521. *in-fol.* It. *Bononiæ* 1522.
in-fol. It. *Basileæ* 1542. *in-*8°. Avec
Jac. Mutii Attendulæ vita à Paulo
Jovio. It. sous ce titre : *Historia Æ-*
gidiana, vel de bello administrato in
Italia & confecto ab Ægidio Albor-
notio Cardinali. Bononiæ 1628. *in-fol.*
It. en Italien : *Historia della vita &*
gesti del Card. Egidio Albornotio,
Legato generale in Italia d'Innocentio
VI. *Scritta da Gio. Genesio di Sepul-*
veda, tradotta dal Latino da Fran-
cesco Stephano, Murciano. In Bologna
1590. *in-*4°. It. traduit en Espagnol
par *Antoine Vela. Tolede* 1566. *in-*8°.
Sepulveda composa cette histoire sur
celle que *Jean Garzoni de Boulogne*
avoit faite quelque temps auparavant, mais sans ordre, & en très-
mauvais stile.

9. *Brevis Bononiensis Collegii Hi-*

spanorum descriptio, & quorumdam J. DE SE-
qua ad ipsum pertinent, Commemo- PULVEDA,
ratio. A la suite de l'Ouvrage précedent, dans les differentes éditions
Latines, & dans les traductions.

10. *De Regno & Regis Officio, ad
Philippum Hispaniæ Regem libri tres.*
Je ne crois pas que cet Ouvrage ait
été imprimé ailleurs que dans le
Recueil de ses Oeuvres de l'an 1602.

11. *Epistolarum libri septem, in
quibus cum alia multa, quæ legantur
dignissima traduntur, tum varii loci
graviorum Doctrinarum eruditissime &
elegantissime tractantur. Paris. Simon
Colinæus* 1581. *in-8°.*

12. *De Correctione Anni Mensium-
que Romanorum Commentatio, ad Ga-
sparem Contarenum. Paris.* 1547. *in-*
8°.

13. *De appetenda gloria Dialogus,
qui inscribitur Gonzalus.* Dans les Recueils de ses Oeuvres.

14. *Democrates primus, sive de honestate disciplinæ militaris libri tres,
ad Fernandum Toletum Albanorum
Ducem. Romæ* 1535. *in-8°.* Le but de
cet Ouvrage, qui est en forme de
Dialogue, est de montrer que le mé-

J. DE SE-PULVEDA. -tier de la Guerre n'est point contraire aux loix du Christianisme: C'est pour cela qu'il est intitulé dans quelques Manuscrits: *De convenientia militiæ cum Religione Christiana.* *Antoine Barba,* Secretaire du Cardinal *François Quignon* l'a traduit en Espagnol, & sa traduction a été imprimée à *Seville* en 1541. *in-*4°.

15. *Democrates secundus, seu de justis belli causis: An liceat bello Indos prosequi, auferendo ab eis dominia possessionesque, & bona temporalia, & occidendo eos, si resistentiam apposuerint, ut sic spoliati & subjecti, facilius per Prædicatores suadeatur eis fides.* Cet Ouvrage, dont j'ai parlé plus haut, courut d'abord en Manuscrit, & fut ensuite imprimé à *Rome* par les soins d'*Antoine Augustin,* qui n'en fit tirer qu'un très-petit nombre d'Exemplaires: ce qui fait qu'il est si rare, qu'on n'a pû le trouver pour l'inserer parmi ses autres Oeuvres.

16. *Apologia pro libro de justis belli causis, ad Antonium Ramirum, Episcopum Segoviensem. Romæ* 1550. *in-*8°. Il marque au commencement,

qu'il ſe propoſe de refuter le livre J. DE SE-
que ce Prelat avoit compoſé contre PULVEDA.
ſon Ouvrage ſous ce titre : *De bello
Barbarico*, & qu'il lui avoit envoyé ;
& de répondre en même temps aux
raiſons que les Univerſités de *Salamanque* & d'*Alcala* avoient appor-
tées contre ſon ſentiment. Je ne ſai
ſi l'Ouvrage de *Ramirés* a été imprimé ; *Nicolas Antonio* n'en parle
point, non plus que de ſon Auteur.

17. *Cohortatio ad Carolum V. Imp.
ut facta cum Chriſtianis pace, bellum
ſuſcipiat in Turcas.* Ce diſcours a été
imprimé d'abord ſeparément, &
enſuite parmi les Oeuvres de *Sepulveda.*

18. *De ratione dicendi teſtimonium
in cauſis occultis criminum Dialogus,
qui inſcribitur Theophilus.* Dans les
Recueils de ſes Oeuvres.

19. *De ritu nuptiarum & diſpenſa-
tione libri tres.* Romæ 1531. *in*-4°. It.
Londini 1553. *in*-4°. C'eſt un traité
abregé du Mariage.

20. *De fato & libero Arbitrio libri
tres.* Romæ 1526. *in*-4°. C'eſt un Ouvrage contre *Luther.*

21. *Pro Alberto Pio Antapologia*

J. DE SE- *in Erasmum Roterodamum. Romæ* 1532.
PULVEDA. *in-4°.* It. *Coloniæ* 1536. *in-8°.* Se-
pulveda avoit été pendant quelque
temps en commerce de Lettres avec
Erasme, qui le met dans son *Ciceronianus* au nombre de ceux, qui
avoient imité avec succès le stile de
Ciceron ; mais cela ne l'empêcha
pas de prendre la défense du Prince
de *Carpi*, son bienfaiteur, qui avoit
été maltraité par *Erasme* ; ce qu'il
fait dans cette reponse. *Baillet* a oublié cet Ouvrage dans son Traité
des *Anti*.

22. *Opera Varia*, *scilicet de Fato
& libero arbitrio, de appetenda Gloria, de nuptiarum ritu & dispensatio-
ne, pro Alberto Pio in Erasmum, de
honestate rei militaris, de ratione dicendi testimonium in causis occultis criminum. Paris.* 1541. *in-8°.*

23. *Opera quæ reperiri potuerunt
omnia; nunc primum singulari studio
in Hispaniâ, Italiâ & Galliâ ad pu-
blicam utilitatem conquisita, & jam
simul in lucem edita. Coloniæ Agripp.*
1602. *in-4°.* Ce Recueil contient
tous les Ouvrages de *Sepulveda*, à
l'exception de ses traductions, du
Demo-

Democrates ſecundus , & de la Criti- J. DE SE-
que d'*Alcyonius.* PULVEDA.

V. *Nicolai Antonii Bibliotheca Hi-
ſpana. Vita Sepulveda ex ejus ſcriptis
collecta. A la tête du Recueil de 1602.
C'eſt peu de choſe. Les Eloges de
M. de Thou & les additions de Teiſſier. Du Pin , Bibliotheque des Auteurs
Eccleſiaſtiques.*

THOMAS BROWNE,
LE MEDECIN.

THOMAS *Browne* (*a*) naquit T.
à *Londres* le 19 Novembre 1605. BROWNE.
de *Thomas Browne* Gentilhomme.

Après avoir apris les premiers
principes de la langue Latine dans
l'Ecole de *Wykcham* près de *Win-
cheſter* , il entra vers le commencement
de l'année 1623. dans le College de *Pembrocke* à *Oxford*, prit le
dégré de Maître-ès-Arts, & étudia
enſuite en Médecine.

(*a*) C'eſt ainſi que ſon nom eſt écrit
dans l'*Athenæ Oxonienſes* & ailleurs, &
non pas *Brovvn*, comme on a mis à la
tête de ſes Oeuvres.

Tome XXIII. Gg

T.
BROWNE.
Il alla après cela en Hollande, & se fit recevoir Docteur en Medecine à *Léyde*; & à son retour il fut incorporé à l'Université d'*Oxford* en la même qualité l'an 1637.

Vers le même tems il suivit le conseil de *Thomas Lushington*, qui avoit été quelque tems son maître, en allant s'établir à *Norwich*; & il pratiqua plusieurs années la Medecine dans cette ville avec beaucoup de réputation.

Dans la suite il fut fait Membre honoraire du College des Medecins de *Londres*, & vers la fin du mois de Septembre de l'an 1671. le Roi *Charles II*. qui se trouva alors à *Norwich*, le fit Chevalier.

Il mourut en cette ville le 19 Octobre 1682. âgé de 77 ans, & fut enterré dans l'Eglise de S. Pierre, où sa femme *Dorothée*, avec laquelle il avoit vécu pendant 41 ans, lui fit mettre cette Epitaphe.

M. S.

Hic situs est Thomas Browne M.
D. & Miles, Anno. 1605. Londini

natus, *generofa familia apud Upton in*   T.
agro Ceftrenfi oriundus, *Schola pri-* BROWNE.
mum Wintonenfi, *poftea in Coll. Pem-*
brok. apud Oxonienfes, *bonis litteris*
haud leviter imbutus; in urbe hac Nor-
dovicenfi Medicinam, *arte egregia &*
felici fucceffu profeffus; fcriptis, quibus
tituli, Religio Medici, *&* Pfeudo-
doxia Epidemica, *aliifque per orbem*
notiffimus. Vir pientiffimus, *integerri-*
mus, *Doctiffimus. Obiit Octobris* 19
an. 1682. *Pie pofuit mæftiffima Conjux*
D. Dor. Br.

Catalogue de fes Ouvrages.

1. *Religio Medici.* (en Anglois)
Londres 1642. *in-8°.* Cet Ouvrage,
dont il y a plufieurs éditions Angloi-
fes, a paru avec les obfervations de
Kenelme Digby à *Londres* 1643. 1644.
&c. *in-8°.* & enfuite avec d'autres
obfervations d'un Anonyme en 1654.
toutes en Anglois. *Jean Merryvvea-*
ther, Maître-ès-Arts à *Cambrige*,
le traduifit en Latin, & il fut imprimé en cette Langue à *Leyde* en
1644. *in-12.* édition qui fut fuivie
de quelques autres; & principalement d'une *cum Annotationibus L. N.*
M. Argentorati 1652. *in-8°.* Ces Lec-

T.
BROWNE.

tres initiales defignent *Levinus Ni-*
colaus Molikius, dont on a encore
Conclave Alexandri VII. & alia Hi-
ftorica conjunctim edita. Slesvici 1656.
*in-*8°. Nous en avons auffi une traduction Françoife fous ce titre : *La*
Religion du Medecin, *traduite du La-*
tin de Thomas Brown avec des remar-
ques 1668. *in-*12. L'Ouvrage a été
encore traduit en Italien, en Allemand, en Flamand &c. La traduction Flamande a été imprimée à *Ley-*
de en 1665. *in-*8°. Tout cela montre affez l'eftime qu'on en a faite, &
l'avidité que chaque nation a eu de
le lire en fa langue. *Patin* en a jugé
trop malignement, à fon ordinaire,
lorfqu'il a dit dans une de fes Lettres. » On fait ici grand cas du livre
» intitulé : *Religio Medici*. Cet Au-
» teur a de l'efprit. Il y a de gen-
» tilles chofes dans ce livre. C'eft
» un Melancolique agréable en fes
» penfées, mais qui, à mon juge-
» ment, cherche Maître en fait de
» Religion, comme beaucoup d'au-
» tres, & peut-être qu'enfin il n'en
» trouvera aucun. Il faut dire de lui,
» ce que *Philippe de Comines* a dit du

» Fondateur des Minimes, l'Her-
» mite de Calabre, *François de Pau-*
» le ; il eſt encore en vie, il peut auſſi-
» bien empirer qu'amender. Les Jour-
naliſtes de *Leipſic* en parlent d'une
maniere plus juſte, lorſqu'ils diſent
que c'eſt un livre rempli d'excellens préceptes, parmi leſquels ſont
mêlés pluſieurs paradoxes.

2. *Pſeudodoxia Epidemica, ou Exa-*
men des Erreurs populaires (en Anglois) *Londres* 1646. *in-fol.* La ſixié-
me édition qui parut en 1673. a été
augmentée & corrigée par l'Auteur.
C'eſt un excellent Ouvrage, qui
renferme bien des choſes Curieuſes.
Chrétien Knorr, Baron de *Roſenroth*
en a donné une traduction Allemande, qu'il a fait imprimer à *Nu-*
remberg l'an 1680. *in-4°.* ſous le nom
de *Chriſtophe Peganius.* Il a été auſſi
traduit en Flamand.

3. *Hydriotaphia, ou diſcours ſur*
les Urnes Sepulchrales, qui ont été
trouvées dans le *Comté de Norfolck.*
(en Anglois) *Londres* 1658. *in-8°.*

4. *Le Jardin de Cyrus, ou la ma-*
niere de planter les arbres en Quin-
ſonce, uſitée par les anciens, exami-

T.
BROWNE.

minée. (en Anglois) A la suite de l'Ouvrage précedent.

5. *Ouvrages Meslés.* (en Anglois) Londres 1684. in-8°. Ce Recueil, publié après la mort de l'Auteur, par *Thomas Tennison*, renferme treize pieces. 1°. *Observations sur plusieurs Plantes*, dont il est parlé dans l'Ecriture. 2°. *Des Couronnes de fleurs en usage parmi les anciens.* 3°. *Des Poissons*, que nôtre Seigneur mangea avec ses disciples après sa Resurrection. 4°. *Réponse à quelques questions sur certains poissons, oiseaux, & insectes.* 5°. *De la Fauconnerie chez les anciens & les Modernes.* 6°. *Des Cymbales.* 7°. *De Versibus Ropalicis, seu Gradualibus.* 8°. *Des langues & en particulier de la Saxone.* 9°. *Des Collines, des Montagnes &c. faites de main d'homme en plusieurs endroits de l'Angleterre.* 10. *De la Troade par laquelle S. Paul passa.* 11. *De la Reponse de l'Oracle de Delphes à Cresus.* 12. *Prophetie sur l'état futur de plusieurs nations.* 13. *Musæum Clausum, seu Bibliotheca abscondita.*

6. *Les Oeuvres de Thomas Browne.* (en Anglois) Londres 1686. in-fol.

C'est un recueil de tous les Ouvrages précedens.

7. *Oeuvres Posthumes de Thomas
Browne imprimées sur les Originaux.*
1°. *Les Antiquitez de l'Eglise Cathedrale de Norwich.* 2°. *Description des
Urnes, qui furent decouvertes à Bramp-
ton dans la Province de Norfolk en
1667.* 3°. *Lettres du Chevalier Guillaume Dugdale & du Chevalier
Browne.* 4°. *Observations meslées.* On
y a joint la vie de l'Auteur, & une
description des Antiquitez de la Chapelle de S. Jean l'Evangeliste, qui est
aujourd'huy l'Ecole Royale de Norwich,
composée par *Jean Burton* Maître-ès-
Arts. (en Anglois) *Londres* 1712.
in-8°. On est redevable de la publication de ces Oeuvres posthumes à
Mr. *Brigstoke* qui a épousé une petite fille de M. *Browne.*

On a imprimé sous le nom de
Browne le livre suivant.

*Le Cabinet de la Nature ouvert,
où l'on decouvre les causes naturelles
des Metaux, des Pierres, des terres
differentes &c.* (en Anglois) 1657. in-
12. Mais il ne peut être de *Browne,*
puisque c'est une pure compilation

T.
BROWNE. tirée de la Physique de *Magirus*, &
faite par un Ignorant, qui y est tombé en plusieurs fautes grossieres, dont
Browne étoit incapable.

V. *Historia Universitatis Oxoniensis*, & *Athenæ Oxonienses tom.* 2. p.
714.

THOMAS BROWNE,
LE THEOLOGIEN.

T.
BROWNE. THOMAS *Browne* naquit dans
le Comté de Middlesex en Angleterre vers l'an 1604.

Il entra en 1620. étant alors âgé
de seize ans, dans le College du
Corps de Christ à *Oxford* & y prit
le degré de Maître-ès-Arts en 1627.
Il fut fait en 1636. Procureur de
l'Université, l'année suivante il
se fit recevoir Bachelier en Theologie, & *Guillaume Laud*, Archevêque
de *Cantorbery*, le prit pour son Chapelain ordinaire.

Il devint ensuite Recteur de *Sainte-Marie la Grande*, à *Londres*, Chanoine de *Windsor* en 1639. & enfin
Recteur d'*Oddington* dans le Comté
d'*Oxford*. Lorsque

Lorfque la ville de *Londres* fe fut foulevée contre le Roi *Charles I.* il fut obligé par les Presbyteriens d'a-bandonner l'Eglife qu'il avoit dans cette ville, & il fe retira alors à *Oxford* auprès de ce Prince, dont il avoit été fait Chapelain. Pendant le féjour qu'il fit en cette ville, il prit le degré de Docteur en Theo-logie au mois de Fevrier 1642. n'ayant alors que les revenus de fa Rectorerie d'*Oddington* pour fubfi-fter. Mais il les perdit quelque temps après par fon attachement à fon Prince. Cette difgrace l'obligea à paffer la mer, & à aller en Hollan-de, où la Princeffe d'Orange, *Ma-rie*, le prit à fon fervice en qualité de Chapelain.

Au rétabliffement de *Charles II.* il rentra en poffeffion de fes benefi-ces, mais il ne retint que le Cano-nicat de *Windfor*, qu'il a gardé juf-qu'à fa mort.

Il mourut dans cette ville le 6 Decembre 1673. âgé de 69 ans; & *Ifaac Voffius*, qui étoit fon execu-teur Teftamentaire, lui fit conftruire un tombeau, fur lequel il fit graver son Epitaphe, où il est traité de *Vir apprime doctus & eruditus, Criticus acutus, facundus Orator, felix Philosophus, Antiquitatum Chronologiæque cultor solertissimus; Ænigmatum Dilemmatumque Conscientiarum dubitantium Oedipus admodum Christianus, &c.*

Catalogue de ses Ouvrages.

1. *Sermon prêché devant l'Université à Sainte Marie d'Oxford le 24 Decembre 1633. sur le V. 4e. du Pseaume 134.* (en Anglois) *Oxford 1634. in-4°.* Wood dit avoir vû un de ses Sermons sur le Vers. 4. du 11e Chap. de *S. Jean*, qu'il avoit prêché devant ses paroissiens de *Ste. Marie la Grande* à *Londres*, pendant qu'il étoit Chapelain de *Laud*; & ajoute que les Puritains de cette Paroisse s'étant plaint à cet Archevêque de ce Sermon, comme d'une piece remplie de blasphêmes, ce Prélat bien loin de le punir, comme ils le souhaittoient, lui procura le Canonicat de *Windsor*, & que lorsque les écrits de *Laud* furent saisis à *Lambeth*, ce Sermon fut trouvé sur sa table; il croit qu'il n'a jamais été imprimé.

2. *La Clef du Cabinet du Roy, ou Remarques ſur trois diſcours impri-* més *de M. L'Iſle, M. Tate, & M. Browne, Membres de la Chambre des Communes, prononcés dans cette Chambre le 3 Juillet* 1645. *où l'on decouvre la malice & la fauſſeté de leurs obſervations ſur les Lettres du Roy & de la Reine.* (en Anglois) *Oxford* 1645. *in-*4°.

3. *Juſti Pacii Reviſio Judicii Sálmaſiani, ſeu Reſponſoria ad Epiſtolam Simplicii Verini de Libro Poſthumo Hugonis Grotii. Dicæarchiæ.* (Ceſt-à-dire à *la Haye*) 1647. *in-*8°. C'eſt une Réponſe à un Ouvrage que *Saumaiſe* avoit publié contre un traité Poſthume de *Grotius* ſur l'Euchariſtie, ſous le titre de *Simplicii Verini Epiſtola ad Juſtum Pacium. &c.*

4. *Diſſertatio de Therapeutis Philonis adverſus Henricum Valeſium. Londini* 1687. *in-*8°. Inſerée ſous le nom de *Thomas Bruno* à la ſuite des Lettres de S. *Clement* Pape aux Corinthiens, de l'Edition de Paul *Colomiés.*

5. Il a auſſi traduit du Latin en Anglois le ſecond volume des Annales de la Reine Elizabeth par *Cam-*

T.
BROWNE.

den, qui s'étend depuis l'année 1589. jusqu'à la fin de 1602. & sa traduction a pour titre. *Tomus alter & idem, où l'Histoire de la vie & du Regne de la fameuse Princesse Elizabeth &c. Londres 1629. in-4°.* Browne y a ajouté un *Appendix*, contenant des remarques sur plusieurs endroits, des corrections de plusieurs erreurs, & des additions de quelques faits remarquables.

V. *Athenæ Oxonienses.* tom. 2. p. 523.

FRANÇOIS BERNIER.

F. BER-
NIER.

FRANÇOIS *Bernier*, surnommé *le Mogol*, à cause de ses Voyages & de son séjour en ce pays, naquit à *Angers*.

Après s'être fait recevoir Docteur en Medecine à *Montpellier*, il se livra au penchant qu'il se sentoit pour les Voyages.

Il partit de France en 1654. & alla d'abord dans la Terre Sainte, d'où il passa en Egypte. Il demeura plus d'une année au *Caire*, où il fut at-

taqué de la peste, qui regnoit alors
dans cette ville.

Il alla ensuite s'embarquer à *Suez*,
& se rendit dans le Mogol, où il
demeura douze ans à la Cour du
Grand-Mogol, qu'il accompagna
dans plusieurs de ses voyages, & qui
le fit son Medecin, poste qu'il remplit pendant huit ans.

De retour en France en 1670. il
donna l'histoire des Pays qu'il avoit
visités, & plusieurs autres Ouvrages, qui l'occuperent le reste de sa
vie.

Il fit cependant encore un voyage en Angleterre en 1685. & mourut trois ans après à Paris le 22 Septembre 1688.

Catalogue de ses Ouvrages.

I. *Histoire de la derniere revolu-
tion des Etats du Grand-Mogol. tom.
I. Paris 1670. in-12. pp. 268.*

*Evenemens particuliers, ou ce qui
s'est passé de plus considerable après la
guerre, pendant cinq ans ou environ
dans les Etats du Grand-Mogol. Avec
une lettre (à M. Colbert) sur l'état
de l'Hindoustan. Tome 2. Paris 1670.
in-12. pp. 294.*

F. BER-
NIER.

Suite des *Mémoires du Sieur Ber-nier sur l'Empire du grand-Mogol.* Tom. 3ᵉ & 4ᵉ. *Paris* 1671. *in-*12. C'est proprement une description du Pays, contenue en plusieurs Lettres adressées à differentes personnes.

Ces quatre volumes ont été réimprimés sous le titre general de *Voyages de François Bernier*, contenant la description des Etats du Grand-Mogol, de l'Hindoustan, du Royaume de Kachemire &c. *Amsterdam* 1699. & 1710. *in-*12. *deux volumes.* C'est ce que nous avons de meilleur & de plus exact sur ces pays.

2. *Abregé de la Philosophie de Gassendi. Lyon* 1678. *in-*12. *huit vol.* It. *Seconde Edition revue & corrigée par l'Auteur. Lyon* 1684. *in-*12. *sept tomes.* Quoique *Bernier* combatte souvent dans cet Abregé les sentimens de *Descartes*, & qu'il suive ordinairement ceux de *Gassendi*; il a cependant plusieurs opinions qui lui sont particulieres, & qui sont fort differentes de celles de l'un & de l'autre de ces Auteurs. D'ailleurs comme depuis la mort de *Gassendi*, on avoit fait un grand nombre d'experiences

Physiques, & beaucoup de belles F. BER-
découvertes dans l'Astronomie, *Ber-* NIER.
nier a jugé à propos de les inferer
dans son abregé, & d'ajouter ainsi
quelque chose à l'Auteur qu'il abre-
geoit.

3. *Doutes de M. Bernier sur quelques-uns des principaux Chapitres de
son Abregé de la Philosophie de Gassendi. Paris* 1682. *in-*12. It. dans la
seconde édition de l'Ouvrage précedent.

4. *Memoire sur le Quietisme des
Indes.* Inseré dans l'*Histoire des Ouvrages des Savans* du mois de Septembre 1688. p. 47.

5. *Extrait de diverses pieces en-
voyées pour Etreines par M. Bernier à
Madame de la Sabliere.* Inseré dans
le *Journal des Savans* du 7ᵉ & du 14
Juin 1688. Toutes ces petites pieces
sont curieuses & intéressantes.

6. *Favilla ridiculi Muris. Hoc est
Dissertatiuncula ridicule defensæ à Joan.
Baptista Morino Astrologo, adversus
expositam à Petro Gassendi Epicuri
Philosophiam, per Franciscum Ber-
nerium. Paris.* 1651. *in-*4°. Avec le
livre de *Launoy de varia Aristotelis*

Fortuna. On peut voir dans l'article de *Jean B. Morin* tom. 3. de ces Memoires p. 99. ce qui a donné occasion à cet Ouvrage.

7. *Traité du Libre & du Volontaire.* *Amsterdam* 1685. *in-*12.

8. *Arrêt donné en la grand' Chambre du Parnasse, en faveur des Maîtres-ès-Arts, Medecins & Professeurs de l'Université de Stagire au pays des Chimeres, pour le Maintien de la Doctrine d'Aristote.* Brossette nous apprend dans ses notes sur *Boileau* l'origine de cet Arrêt, auquel M. *Bernier* eut beaucoup de part. » L'Université de
» *Paris* vouloit, dit-il, presenter
» Requête au Parlement, pour em-
» pêcher qu'on n'enseignât la Phi-
» losophie de *Descartes.* On en parla
» même à M. le Premier President
» de *Lamoignon*, qui dit un jour à
» M. *Despreaux*, en s'entretenant
» familierement avec lui, qu'il ne
» pourroit se dispenser de donner un
» Arrêt conforme à la Requête de
» l'Université. Sur cela M. *Despreaux*
» imagina cet Arrêt burlesque, &
» le composa avec le secours de M.
» *Bernier* & de M. *Racine*, qui four-

» nirent chacun leurs penſées. M.   F. BER=
» *Dongois* neveu de l'Auteur, & NIER.
» Greffier de la Grand' Chambre, y
» eut auſſi beaucoup de part; ſur tout
» pour le ſtile & les termes de prati-
» que qu'il entendoit mieux qu'eux.
» Quelque temps après M. *Dongois*
» donnant à ſigner à M. le Premier
» Préſident ſes expeditions, qu'il
» avoit laiſſé amaſſer exprès pendant
» deux jours, y joignit l'Arrêt bur-
» leſque, pour tâcher de ſurpren-
» dre ce Magiſtrat, & le lui faire
» ſigner avec les autres. Mais ce Ma-
» giſtrat s'en apperçut : & comme il
» étoit extrémement doux & fami-
» lier avec ceux qu'il aimoit, il fit
» ſemblant de le jetter au nés de
» M. *Dongois*, en lui diſant : *A d'au-*
» *tres ; voilà un tour de Deſpreaux.*
» Il le lut avec grand plaiſir : il en
» rit pluſieurs fois avec l'Auteur ; &
» il convenoit que cet Arrêt l'avoit
» empêché d'en donner un ſerieux,
» qui auroit apprêté à rire à tout le
» monde. Il fut compoſé en 1674.
& on le fit imprimer en feuille volante. Il fut enſuite inſeré en 1701.
parmi les Oeuvres de *Deſpreaux.*

F. BER-
NIER.

On le trouve aussi dans le 4ᵉ tome du *Menagiana* p. 278.

9. *Requeste à Nosseigneurs du Mont-Parnasse.* Dans le 4ᵉ tome du *Menagiana.* p. 271. La Requête de l'Université sur la Philosophie d'Aristote n'ayant point paru, *Bernier* fit celle-ci sur le modèle de l'Arrêt précedent.

Cet Article est tiré d'un Memoire Manuscrit.

JEAN BERNIER.

J. BER-
NIER.

JEAN *Bernier* né à *Blois*, s'étant fait recevoir Docteur en Medecine, s'adonna à la pratique de cette science. Il l'exerça pendant 22 ans dans sa patrie, après quoi il vint à *Paris* vers l'an 1674. croyant qu'elle lui seroit plus favorable dans cette ville qu'à *Blois*. Mais quoiqu'il eût acquis le titre de *Conseiller & de Medecin ordinaire de Madame, Douairiere d'Orleans*, qui n'étoit peut-être qu'honoraire à son égard, il demeura toujours dans un état de pauvreté. Sa mauvaise fortune lui inspira

une humeur chagrine, & une envie J. BER-
de critiquer, qui fe fait fentir dans NIER.
tous fes Ouvrages. Au refte il avoit
de l'érudition, mais cette érudition
étoit fort fuperficielle, ce qui l'a fait
appeller par *Menage*, *Vir levis ar-
matura.*

Il mourut le 18 May 1698. dans
un âge affez avancé.

Catalogue de fes Ouvrages.

1. *Hiftoire de Blois*, *contenant les
Antiquitez & fingularitez du Comté
de Blois, les Eloges de fes Comtes, &
les vies des Hommes Illuftres qui font
nés au Pays Blefois, avec les noms &
les armoiries des Familles nobles du
même Pays. Paris* 1682. *in-*4°. Cette
Hiftoire n'eft pas entierement exacte, & il s'y trouve des fautes affez
confiderables, au jugement du P.
Liron.

2. *Effais de Medecine*, *où il eft
traité de l'Hiftoire de la Medecine, &
des Medecins: du devoir des Medecins à l'égard des Malades, & de
celui des Malades à l'égard des Medecins; de l'Utilité des remedes, & de
l'abus qu'on en peut faire. Paris* 1689.
*in-*4°. It. 2ᵉ *Edition abregée en quelques endroits. Paris* 1695. *in-*4°.

J. BER-NIER.

3. *Anti-Menagiana, où l'on cherche ces bons mots, cette morale, ces pensées judicieuses, & tout ce que l'affiche du Menagiana nous a promis. Paris 1693. in-12.* Bernier décharge ici sa mauvaise humeur, tant sur le *Menagiana*, où il étoit un peu maltraité, que sur ceux qu'il croyoit avoir contribué à l'impression de cèt Ouvrage.

4. *Reflexions, Pensées, & bons mots, qui n'ont pas encore été données. Par le sieur Pepinocourt. Paris 1696. in-12.* Ce récueil est péu de chose; Bernier a jugé à propos de s'y cacher sous le nom de *Pepinocourt*.

5. *Jugement & nouvelles observations sur les Oeuvres Gréques, Latines, Toscanes, & Françoises de Mc. François Rabelais D. M. où le veritable Rabelais Reformé, avec la Carte du Chinonois pour l'intelligence de quelques endroits du Roman de cet Auteur. Paris 1697. in-12. pp. 503.* On voit à la tête une longue Epître à M. Ozanne, Medecin de *Chaudray*, où *Bernier* fait le mauvais plaisant. L'Ouvrage est rempli de Verbiage; ce qu'il y a de meilleur sont les remar-

ques qu'on y trouve ſur pluſieurs endroits de *Rabelais.*

V. *La Bibliotheque Chartraine du P. Liron. p.* 299. *Bayle, Dictionnaire.* V. *Ronſard. Rem. Q.*

GABRIEL FAERNO.

GABRIEL *Faerno* né à *Cremo-* G. FAER-*ne* , cultiva avec ſoin les Bel-NO. les-Lettres, & acquit par-là l'amitié & l'eſtime du Cardinal *Jean-Ange Medicis*, qui fut depuis Pape ſous le nom de *Pie IV.* & enſuite du Cardinal *Charles Borromée* neveu de ce Pontife.

Comme il étoit habile dans la langue Latine, il excella dans la correction des anciens Auteurs, qu'il ſe fit un plaiſir de collationner ſur les meilleurs Manuſcrits. *Ghilini* prétend qu'il étoit auſſi ſavant dans la langue Gréque ; mais *Muret* le contredit en cela, & ſoutient qu'il ignoroit abſolument cette langue. Au reſte on ne peut nier qu'il ne fût aſſez bon Poete, comme il paroît par les Poeſies qui nous reſtent de

G. FAER- lui, & principalement par fes Fables,
NO. qui l'ont fait plus connoître que tous
fes autres Ouvrages.

    On devoit attendre beaucoup de
chofes de fa capacité, & de fon application infatigable à l'étude, fi
une mort prématurée ne l'eut enle-
vé dans la force de fon âge.

    Il mourut à *Rome* le 17 Novem-
bre 1561.

    Catalogue de fes Ouvrages.

    1. *Terentii Comœdiæ ex vetuftiffi-
mis libris & verfuum ratione à Ga-
briele Faerno emendatæ. Florentiæ* 1565.
*in-*8°. Cette édition, qui eft fort
belle & fort correcte, a été donnée
par les foins de *Pierre Vettori.* It. *Cum
Ælii Donati & Eugraphii Commentariis, edente Frid. Lindebrogio, qui
fuas obfervationes, Gab. Faerni Emendationes, & Joannis Calphurnii Interpretationem adjecit. Parif.* 1602. *in-*4°.
Le travail de *Faerno* fur *Terence* eft
préferable à celui des autres Inter-
prétes du même Auteur; parce
qu'outre que cet habile Critique
avoit toutes les qualités qu'il falloit,
pour bien reuffir dans la revifion
de cet Auteur, il étoit fourni d'an-

ciens Manuscrits, qu'il avoit exa- G. FAER-
minés avec beaucoup de soin. Mais NO.
la mort empêcha qu'il ne mît la derniere main à cet Ouvrage, & qu'il
n'achevât son traité *de Metris Comicis*, qui auroit sans doute été d'une
grande utilité pour la correction de
plusieurs passages, & pour prévenir
les depravations des Critiques trop
hardis. (*Le Clerc*, *Bibliot. Choisie
tom.* 3. *p.* 259.)

2. *Ciceronis Orationes Philippicæ
& pro Fonteio, pro Flacco, & in Pi-
sonem, à Gab. Faerno emendatæ è Ma-
nuscripto Vaticano, cum ejus Scholiis.
Romæ* 1563. *in-*8°.

3. *Centum Fabulæ ex antiquis Au-
toribus delectæ, & Carminibus expli-
catæ. Romæ* 1564. *in-*12. Le Pape *Pie
V.* ayant souhaité que l'on fît un
choix des plus belles fables d'*Esope*,
& d'autres anciens Auteurs, & qu'on
les mît en vers Latins, pour les faire mieux goûter aux jeunes gens &
pour les leur faire mieux retenir,
chargea *Faerno* de l'execution de ce
dessein. On n'avoit pas encore les
Fables de *Phedre*, qui ne parurent
que vingt ans après; ainsi *Faerno*

G. FAER-
NO.

n'avoit aucun modele qu'il pût imiter. Il ne laissa pas d'obéïr au ordres
du Pape ; mais sa mort precipitée ne
lui permit pas de revoir son Ouvrage , & de le mettre au point de perfection où il l'auroit pu porter. Cependant comme le stile en étoit simple & naturel , la phrase aisée & éle-
gante , les sentimens nobles , le Pape voulut que celles , qui furent
trouvées parmi ses papiers , fussent
imprimées en beau caractere , avec
des figures d'un excellent goût , &
les fit dedier au Cardinal *Charles
Borromée* son Neveu. Depuis ce
temps-là il s'en est fait plusieurs
éditions en differentes villes. Telles
sont celles d'*Anvers* chez *Plantin*
1567. *in-16.* avec figures ; de *Leipsic*
1619. *in-8°.* où elles sont jointes à
celles d'*Avien* & de *Gabrias* ; de *Paris* 1697. *in-12.* M. *Mayoli* , qui a
donné cette derniere , a corrigé plusieurs fautes , que *Faerno* n'auroit
pas manqué de corriger , s'il avoit
survécu à l'impression , & a mis les
fables dans un nouvel ordre , plus
conforme à la portée des enfans , en
plaçant les plus courtes & les plus
aisées

aisées les premieres. Une partie de G. FÄER^s ces fables a été inferée dans le fecond No. tome du Recueil intitulé : *Carmina illuftrium Poetarum Italorum , Collecta à Joan. Matthæo Tofcano. Parif. 1576. in-18.* M. *Perrault* de l'Academie Françoife les a traduites en vers François ; & fa traduction a parû fous ce titre : *Cent Fables choifies des anciens Auteurs , mifes en vers Latins par Gabriel Fäerne , traduites en François avec des Remarques & le Latin à côté. Paris 1699. & 1708. in-12.* It. *Amfterdam 1718. in-12.* avec des Planches en bois. M. *de Thou* & plufieurs Auteurs après lui , ont accufé *Faerno* de Plagiarifme , & ont prétendu , qu'il avoit vû les fables de *Phedre ,* qu'il en avoit pris ce qu'il avoit jugé à propos, & qu'il les avoit fupprimées ; mais c'eft un conte fait à plaifir & qui n'a aucun fondement.

4. Dans le Recueil des Poetes Italiens , tome 2e. on trouve les pieces fuivantes de fa façon. *In Lutheranos , Sectam Germanicam , p. 305. Ad Homobonum Hoffredum , Medicum Cremonenfem , p. 306. In Maledicum* p. 307.

Tome XXIII. I i

G. FAER-
NO.

V. *Ghilini Teatro d'huomini Lette-*
rati. tom. 2. p. 100. Francisci Arisii
Cremona Litterata tom. 2. p. 274. Auteur fort superficiel & très-peu exact.
Les Eloges de M. de Thou & les Ad-
ditions de Teissier.

GUILLAUME ESTIUS.

G.
ESTIUS.

GUILLAUME *Estius* naquit à
Gorcum ville de Hollande, vers
l'an 1542. d'une famille noble, qui
descendoit des Seigneurs d'*Est*, Château proche de *Til* en Hollande,
dont elle avoit pris son nom.

Il fit ses études d'Humanités à
Utrecht sous *George Macropedius*;
après quoi il passa à *Louvain* où il
étudia en Philosophie & en Theologie. Son cours d'études fini, il fut
jugé capable d'enseigner lui-même
les autres, & professa pendant dix
ans dans la même ville, d'abord la
Philosophie, & ensuite la Theologie.

Après ces Exercices il reçut le
bonnet de Docteur en Theologie le
22 Novembre 1580. & fut peu de

temps après appelé à *Douay* pour y enseigner la Theologie.

G. Estius.

On le fit en même temps superieur du Seminaire de cette ville ; & quelques années après, c'est-à-dire en 1595. il fut nommé Prevôt de l'Eglise de *S. Pierre* de *Douay* , & Chancelier de l'Univerſité de cette ville.

Tout ſon temps étoit employé à compoſer & à enseigner , & l'application qu'il donnoit à ces deux choſes ne l'empêchoit pas de rendre aux autres tous les ſervices que la charité pouvoit exiger de lui.

Il mourut à *Douay* le 20 Septembre 1613. âgé de 71 ans , & fut enterré dans l'Eglise de *S. Pierre* , avec cette Epitaphe.

Deo Sacrum.

Guillielmus Eſtius , ex Gorichemio Hollandus , S. Theologia Lovanii Doctor , & Duaci Profeſſor , ſimulque Regii Seminarii Præſes annis 31. ac hujus Eccleſiæ Præpoſitus , eòque Univerſitatis Cancellarius annis 18. Pietatis , Doctrina , modeſtia , beneficentia ſpe-

G.
Estius.

culum hîc sepultus est. Decessit 20 Septembris 1613. ætatis suæ 71.

Gratulare spectator, & pie precare.

Cette Epitaphe fait voir que *Valere André*, & *Aubert le Mire*, qui lui ont donné 72 ans de vie, & *François Sweertius*, qui l'a fait mourir à l'âge de 70 ans se sont également trompés.

Catalogue de ses Ouvrages.

1. *Martyrium Edmundi Campiani, Societatis Jesu, e Gallico translatum. Lovanii* 1582. *in*-8°.

2. *Historia Martyrum Gorcomensium majori numero Fratrum Minorum. Duaci* 1603. *in*-8°. La plûpart de ces Martyrs étoient de l'Ordre de S. François, & leur Gardien *Nicolas Pic* étoit oncle d'*Estius*; ce qui fut le principal motif qui l'engagea à écrire cette histoire.

3. *Martyrium Guilielmi Gaudani, Minoritæ, ac Cornelii Musii, Delphii, Theologi ac Poetæ*. A la suite du livre précedent.

4. *Orationes Theologicæ. Duaci* 1614. *in*-8°. Ces discours sont au nombre de dix-neuf.

5. *Commentarii in quatuor libros*

sententiarum, *quibus S. Thomæ Aqui-* G.
natis Summa pariter illustratur. Ducaci ESTIUS.
1615. *in-fol.* 4 *tom.* It. *Parif.* 1638.
in-fol. 3 *tom.* Ce Commentaire est,
au Jugement de M. *Du Pin*, une
des meilleures Theologies que nous
ayons ; *Estius* y suit exactement son
Auteur, sans s'écarter dans des questions étrangeres, & imite parfaitement sa méthode, en établissant sa
doctrine par des Passages de l'Ecriture & des Peres, & par des raison-
nemens solides. Il est écrit avec beaucoup de netteté, facile à entendre,
& très-instructif.

6. *Annotationes in præcipua diffici-*
liora S. Scripturæ loca. Antuerpiæ
1621. *in-fol.* It. *Coloniæ Agrip.* 1622.
in-fol. It. *Secunda editio ex ipsius Au-*
toris scriptis plurimum aucta Studio
Casparis Nemii. Duaci 1628. *in-fol.*
It. dans les *Biblia Magna*, & *Biblia*
Maxima de Jean de la Haye, dont la
premiere parut en 1643. & la seconde en 1660. Ces Annotations
d'*Estius* sont les fruits des Conferences qu'il faisoit dans le Seminaire
de *Douay*; elles ne sont pas si tra-
vaillées que ses Commentaires sur

G.
ESTIUS.

les Epitres de *S. Paul*, & il semble s'être plus appliqué à rechercher des pensées morales pour servir d'instruction, qu'à expliquer à fond les difficultés de l'Ecriture Sainte. C'est le Jugement qu'en porte M. *Du Pin*, qui est contredit en cela par M. *Simon* dans la *Critique de la Bibliotheque Ecclesiastique* de ce savant Docteur. Car il y prétend que quoiqu'en dise le Bibliothecaire, *Estius* ne s'est pas moins appliqué dans ces remarques à trouver le sens litteral des termes, que dans son Commentaire sur les Epitres de *S. Paul*, & que s'il n'y réussit pas toujours, c'est qu'il n'a pas eu une connoissance assez exacte de la langue Hebraique, & de la Langue Gréque. Il est vrai, continue-t-il, qu'il ajoute de temps en temps à ses explications litterales des reflexions de Theologie; mais ces reflexions suivent d'ordinaire naturellement du sens litteral qu'il éclaircit; ainsi sa méthode est judicieuse & utile.

7. *In omnes B. Pauli & aliorum Apostolorum Epistolas Commentaria, Autore G. Estio: nec non Bartholomæi*

Petri in partem primæ & secundam &   G.
tertiam Joannis clarissimæ elucidatio- ESTIUS.
nes. Duaci 1614. *in-fol.* 2 *vol. It. Stu-*
dio Jacobi Merlo-Horstii. Coloniæ 1631.
in-fol. It. Paris. 1640. *in-fol.* Estius
travailloit à cet Ouvrage, lorsque la
mort le surprit; ainsi une main étrangere l'a achevé. Il est generalement
estimé & consideré comme un des
meilleurs Commentaires sur les Epitres de *S. Paul.* Il est composé avec
bien du soin & de l'application, &
il y paroît beaucoup d'érudition, de
justesse & de discernement. Il y ex-
plique exactement les termes de
l'Apôtre & rend fidelement son sens;
il applanit toutes les difficultés que
l'on peut rencontrer dans ses Epitres, & en donne une si parfaite intelligence, qu'on peut se passer facilement des autres Commentaires,
quand on a bien étudié celui-ci.
Jean de Gorcum en a donné un Abregé dans sa *Medulla Paulina, seu*
Compendium Commentariorum Guilel-
mi Estii, Cornelii à Lapide, & Joan-
nis Mariana in Epistolas Pauli & Ca-
nonicas. Lugduni 1623. *in-8°.*

   8. *Responsio ad objecta J. Deckeri.*

G. ESTIUS.

Inserée à la page 243. de l'*Appendix* de l'Histoire de la Congregation de *Auxiliis* par le *P. Serry. Lovanii* 1700. *in-fol.*

9. On a de lui quelques Pièces de Poesies ; entre autres une Elegie *de Libera Religione* , qui se trouve dans le Chapitre 22ᵉ du 1ʳ livre de *Jean Molanus, de fide Hæreticis servanda. Coloniæ* 1585. *in-*8°. Et des vers sur les *Agnus-Dei* dans le Chapitre 13ᵉ du livre du même *Molanus de Agnis-Dei. Coloniæ* 1587. *in-*8°.

V. *Son Eloge par André Hoius, Professeur des Belles-Lettres à Douay, à la tête du Commentaire d'Estius sur Epîtres de S. Paul.* Il est trop general, & renferme peu de faits. *Valerii Andreæ Bibliotheca Belgica. Francisci Sweertii Athenæ Belgica. Du Pin, Bibliotheque des Auteurs Ecclesiastiques.*

CHRISTOPHE DAVENPORT.

CHRISTOPHE *Davenport*, ap- C. DA-
pellé depuis *François de Sainte* VENPORT.
Claire, naquit vers l'an 1598. à *Co-*
ventry, ville du Comté de *Warwick*
en Angleterre, de *Jean Davenport*,
& d'*Elizabeth Wolley*, tous deux de
bonnes familles.

Après qu'il eut fait ſes premieres
études dans ſa patrie, on l'envoya à
l'âge d'environ quinze ans & au
commencement de l'année 1613. à
Oxford, où il entra dans le College
de *Merton*.

Il y demeura deux ans, au bout
deſquels, c'eſt-à-dire en 1615. quelques Prêtres Catholiques l'engage-
rent à paſſer à *Douay*. Après quelque ſéjour dans cette ville, il alla à
Ypres, & y entra dans l'Ordre des
Franciſcains le 7 Octobre 1617.

Etant enſuite retourné à *Douay*,
il y enſeigna quelque temps; &
paſſa de là en Eſpagne, où il étudia
en Theologie. Revenu encore à
Douay, il profeſſa d'abord la Phi-

Tome XXIII. K k

C. DA-
VENPORT.
losophie, & ensuite la Theologie. Il fut après cela envoyé en Angleterre en qualité de Missionnaire, avec le nouveau nom de *François de Sainte Claire*, qu'on lui avoit donné dans son Ordre, & il s'y fit estimer également des Catholiques & des Protestans par sa capacité, sa science, & ses bonnes qualités.

Il travailla avec un zele reglé par la prudence à la propagation de la foy Catholique, tant par ses écrits, que par ses discours, pendant plus de 50 ans qu'il demeura en Angleterre. Il fut cependant obligé d'en sortir de temps en temps, sur la fin du Regne de *Charles I.* & sous le Gouvernement de *Cromwel.*

Il avoit été fait Chapelain de la Reine *Henriette Marie*, & il en remplit les fonctions, tant qu'il lui fut possible de le faire ; le reste du tems il demeura caché en differens endroits. Il reparut, lorsque *Charles II.* eut été rétabli sur le Thrône ; & quand ce Prince épousa *Catherine de Portugal*, *Davenport* fut choisi pour être son Theologien, & un de ses premiers Chapelains.

Il fut auſſi élevé à differentes di- C. DA-
gnités de ſon Ordre , & principale- VENPORT.
ment à celle de Commiſſaire Provincial , qu'il remplit plus d'une
fois.

Il mourut dans une maiſon de
campagne près de *Londres* le 31
May 1680. âgé de 82 ans.

C'étoit un homme très-verſé dans
la Theologie, dans les Peres , dans
les Conciles , dans l'Hiſtoire Eccleſiaſtique & Profane , & même dans
la Philoſophie: ſa vivacité , ſes manieres franches & ouvertes , & la
beauté de ſon eſprit le faiſoient re-
-chercher par les perſonnes du premier rang, qui l'aimoient & l'eſti-
moient. C'eſt le témoignage que
Wood rend au merite de *Davenport.*

Catalogue de ſes Ouvrages.

1. *Tractatus adverſus judiciariam
Aſtrologiam. Duaci* 1626. *in*-8°.

2. *Paraphraſtica Expoſitio Articulorum Confeſſionis Anglicæ.* Cet Ouvrage fut d'abord imprimé ſeul , &
on le joignit enſuite à l'Ouvrage ſuivant. *Alonzo de Cardenas* , qui étoit
alors Ambaſſadeur d'Eſpagne à *Londres* , & qui n'aimoit pas le Roi

K k ij

C. DA- *Charles I.* ayant sçu que ce livre étoit
VENPORT. dedié à ce Prince, qui l'avoit reçu
très-favorablement, le fit censurer
par l'Inquisition d'Espagne, où il
fut mis dans l'*Index.* Il voulut faire
la même chose à *Rome*, mais toutes
les poursuites qu'il fit pour cela furent inutiles, & l'Ouvrage sortit
sain & sauf de l'épreuve où l'on le
mit.

3. *Tractatus de Pradestinatione, de
meritis & peccatorum remissione &c.
Lugd. Bat.* 1634. *in-*4°. It. sous ce
nouveau titre : *Deus, Natura, Gratia ; sive Tractatus de Pradestinatione
&c. Paris.* 1635. *in-*4°. Avec une
Préface Apologetique, contre les
bruits que cet Ouvrage avoit exci-
tés. It. 3ª *Editio auctior. Lugduni*
(C'est-à-dire en Hollande) 1635.
*in-*8°. Cet Ouvrage a son merite.

4. *Systema fidei, seu Tractatus de
Concilio Universali : Ubi Quidditas
& Potestas Concilii enucleantur ; Di-
vina authoritas Scripturarum & Tra-
ditionum declaratur ; Fidei Structura
delineatur ; distinctio fundamentalium
& non fundamentalium in rebus ad
fidem spectantibus discutitur ; Sacrum*

Tridentinum vindicatur. Leodii 1648.
in-4°.

5. *Opuſculum de definibilitate con-
troverſiæ immaculatæ Conceptionis Dei
genitricis. Tractatus de Schiſmate, præ-
ſertim Anglicano. Fragmenta ; ſeu Hiſtoria minor Provinciæ Angliæ Fratrum
Minorum. Manuale Miſſionariorum
Regularium , præcipue Anglorum S.
Franciſci. Duaci* 1658. & 1661. *in-
4°.*

6. *Apologia Epiſcoporum , ſeu Sacri Magiſtratus propugnatio. Coloniæ
Agripp.* 1640. *in-8°.*

7. *Liber Dialogorum , ſeu Summa
veteris Theologiæ Dialogiſmis tradita.
Duaci* 1661. *in-8°.*

8. *Problemata Scholaſtica , & con-
troverſialia ſpeculativa. Corollarium
dialogi de medio ſtatu animarum. Pa-
ralipomena Philoſophica de Mundo
Peripatetico. Duaci* 1652. *in-8°.* Davenport publia ces Traités ſous le
nom de *Franciſcus Coventrienſis,* qu'il
a pris quelques autres fois. Tous
ces Ouvrages à l'exception de ceux
qui ont été marqués aux N°. 3. & 4.
ont paru enſemble en deux volumes
in-fol. à Douay l'an 1665.

C. DA-   9. *Religio Philofophiæ Peripatetici*
VENPORT. *difcutienda; in qua offertur Epitome*
proceffus hiftoriæ celeberrimi Miraculi,
à Chrifto nuperrime patrati, in reftitu-
tione tibiæ abfciffæ & fepultæ, ab Ari-
ftotele in fuis principiis examinati.
Duaci 1662. *in-*8°.

10. *Supplementum Hiftoriæ Provin-*
ciæ Angliæ; in quo eft Chronofticon,
continens catalogum & præcipua gefta
Provincialium Fr. Min. Provinciæ An-
gliæ. Duaci 1671. *in-fol.*

11. *Difputatio de Antiqua Provin-*
ciæ præcedentia 1670. *in-*4°. It. *Duaci*
1671. *in-fol.*

12. *Abregé de la Foy, contenu dans*
un Dialogue fur la Religion Chrétienne.
(en Anglois) 1655. *in-*8°. Imprimé
fous le nom de *François Coventrie.*

13. *Explication de la Doctrine Ca-*
tholique Romaine. (en Anglois) 1656.
& 1670. *in-*8°.

14. *L'Eglife Catholique Romaine*
défendue contre ceux qui l'accufent de
favorifer un deffein fanguinaire formé
par le Pape & par les Cardinaux (en
Anglois) 1659. *in-*4°. En une feuille.

V. *Athenæ Oxonienfes tom.* 2. p.
650.

LOUIS DURET.

LOUIS *Duret* naquit à *Baugé*,
Ville de Breffe, l'an 1527. de
parens peu favorifés des biens de la
fortune. Le defir d'étudier lui fit
quitter de bonne heure fa patrie,
pour venir à *Paris*, où malgré l'état
de pauvreté dans lequel il fe trouvoit, il s'appliqua avec fuccès aux
Belles-Lettres & enfuite à la Medecine.

Après s'y être fait recevoir Docteur, il la pratiqua avec une réputation, qui lui procura un mariage
fort avantageux ; & qui dans la fuite
l'éleva à la Charge de premier Medecin de *Charles IX*. & enfuite de
Henri III. & à celle de Lecteur &
Profeffeur Royal en Medecine. Il
eut cette derniere en 1568. après
Jean Goupil.

Il fçut fe faire aimer de fes Maîtres, qui le comblerent de biens.
Henri III. eut même tant d'eftime &
de bienveillance pour lui, que lorfqu'il maria *Catherine Duret*, fa fille,

L. Du-
RET.

à M. *Arnould de l'Isle*, Gentilhom-me du Pays de *Cleves*, ce Prince voulut honorer ses Nôces de sa pré-sence, accompagna la Mariée à l'E-glise où il se plaça à sa droite, pen-dant que *Louis Duret* étoit à sa gau-che, & assista ensuite au festin, pour lequel il prêta toute la Vaisselle d'ar-gent qui y fut employée, & dont il lui fit présent après le repas.

Duret abbatu par ses travaux & ses longues veilles, qui abregerent ses jours, mourut le 22 Janvier 1586. âgé de 59 ans, & fut enterré à *S. Nicolas des Champs.*

Il laissa plusieurs enfans, outre *Catherine* dont je viens de parler; *Jean Duret*, Medecin dont je dirai quelque chose plus bas; *Charles Du-ret*, Seigneur de *Chevry* & de *la Grange*, Président de la Chambre des Comptes à *Paris*, & Intendant des Finances; *Louis Duret*, Substitut de M. le Procureur General; & *Claude Duret*, Avocat fameux.

Catalogue de ses Ouvrages.

1. *Hippocratis Magni Coacæ Præ-notiones. Opus admirabile in tres libros distributum. Interprete & enarratore Lu-*

dovico Dureto, Segusiano. Paris. 1588. L. Du-
in-fol. It. *Paris.* 1621. *in-fol.* Ces RET,
deux éditions font entierement pa-
reilles, à l'exception de quelques
fautes qui font de plus dans la feconde. It. *Argentinæ* 1633. *in-*8°. It.
Paris. 1658. *in-fol.* It. *Genevæ* 1664.
in-fol. Duret mourut fans avoir achevé entierement cet Ouvrage, auquel
il a travaillé pendant plufieurs années. *Jean Duret* fon fils, qui le
donna au public, y ajouta une partie
de ce qui manquoit à fon travail, fi
l'on s'en rapporte à ce qu'il dit dans
fon Epître au Lecteur; cependant
Gui Patin dans fa Lettre 23 à *Spon,*
affure qu'il n'y a jamais ajouté une
virgule; apparemment par ce que
le peu qu'il y a mis, a été pris des
Leçóns de fon Pere.

2. *Lud. Dureti in Hippocratis li-*
brum de Humoribus purgandis, & in
libros tres de Diæta acutorum, Com-
mentarii, à Petro Girardeto emendati.
Adjecta ad calcem accurata Confti-
tutionis primæ libri fecundi Epidemion
interpretatione. Paris. 1631. *in-*8°.

3. *Adverfaria, five Scholia in Ja-*
cobi Hollerii libros de Morbis internis.

L. Du-
RET.

Avec cet Ouvrage. *Paris.* 1571. in-
8°. & plusieurs autres fois depuis.
Cet Auteur avoit été son maître
dans l'étude de la Medecine.

Jean Duret, son fils, né à *Paris*
l'an 1563. Docteur en Medecine de
la Faculté de cette ville, succeda à
son Pere dans la Chaire de Professeur
Royal, & réussit aussi dans la pratique. Une Cure singuliere qu'il fit en
la personne de *Renée Luillier*, fille
de *Nicolas Luillier*, Président de la
Chambre des Comptes, qui étoit
en danger évident de perdre la vie,
où du moins un bras, lui procura
l'affection de cette Demoiselle, qui
voulut l'avoir pour mari, & l'épousa en effet. *Jean Duret* voyant dans
la suite qu'il ne pouvoit suffire aux
occupations que lui donnoit la pratique, & aux fonctions de la Charge
de Professeur Royal, se démit de cette Charge l'an 1599. entre les mains
de *Pierre Seguyn*, Docteur de la Faculté de Medecine de *Paris*. Une A-
poplexie le surprit en allant visiter
le Maître de la Pompe du Pont
neuf; les remedes l'ayant fait revenir à lui, son mal se changea en Pa-

ralifie. Après avoir été quelques mois   L. Du-
dans cet état, il fe rétablit un peu, RET.
mais ce ne fut pas pour longtemps;
car il s'affoiblit infenfiblement &
mourut le 30 Août 1629. âgé de 66
ans. La Republique des Lettres ne lui
eft redevable que de la publication
du Commentaire de fon Pere fur
les *Coaques d'Hippocrate.*

V. *Le College Royal de France.* Pa-
ris 1644. *in*-4°. On y trouve parmi
bien du fatras des particularités qui
ne font point ailleurs. *Scævolæ Sam-
marthani Elogiorum liber tertius. Les
Additions de Teiffier aux Eloges de M.
de Thou.* tom. 4. p. 400. *Freheri Theatrum virorum Doctorum.* p. 1285. *Lin-
denius Renovatus.*

HENRI BLOUNT.

HENRI *Blount* naquit à *Titten-*   H.
hanger dans le Comté d'*Hert*- BLOUNT.
ford en Angleterre le 15 Decembre
1602. de *Thomas-Pope Blount*, E-
cuyer.

Il fit fes premieres études dans
l'Ecole de *S. Alban*, & il y avança

avec tant de rapidité, qu'avant l'âge de quatorze ans, il fut reçu dans le College de la Trinité à *Oxford*. Après qu'il y eut reçu le degré de Maître-ès-Arts, il en fortit pour s'appliquer au Droit, & pour apprendre la Jurifprudence Municipale d'Angleterre.

Le defir de voyager le fit enfuite fortir de fon Pays; il alla d'abord en Italie, & s'embarqua le 7 May 1634. à *Venife* dans un vaiffeau qui partoit pour *Conftantinople*, dans le deffein de vifiter le Levant.

Son Voyage dura deux ans, au bout defquels il retourna en Angleterre, où il devint Gentilhomme Penfionnaire du Roy *Charles I.* qui le fit Chevalier le 21 Mars 1639. Il fuivit quelque temps ce Prince à *Yorck* & à *Oxford*. Mais fe livrant enfuite à l'efprit de rebellion, qui faififfoit alors la plûpart des Anglois, il l'abandonna, & fe rendit à *Londres*. Reconnu d'abord pour un homme qui avoit appartenu au Roy, on le fit paroître devant la Chambre des Communes, & on l'interrogea fur fes liaifons avec ce

Prince ; mais comme il répondit
qu'il ne lui avoit rendu d'autres ſervices que ceux qui étoient attachés
à ſa Charge, on le renvoya.

Les Parlementaires reconnurent
bientôt qu'il avoit veritablement
abandonné le parti du Roy, pour
embraſſer le leur, & perſuadés de
ſes ſentimens, ils le mirent du Commité de 21 perſonnes, qu'on établit au mois de Janvier 1651. pour
examiner ce qu'il y avoit à reformer dans les Loix & dans l'admini-
ſtration de la Juſtice.

Il témoigna alors beaucoup de
zele contre le payement des Dixmes,
& fit tous ſes efforts pour empêcher
qu'aucun Miniſtre n'eût plus de cent
livres ſterling d'appointemens.

Le 1 Novembre 1655. il fut choiſi
pour être du Commité établi pour
les affaires du Commerce & de la
Navigation. On l'employa encore
en d'autres occaſions, où il donna
des preuves de ſon attachement au
parti Republicain.

Il mourut le 9e Octobre 1682.
dans ſa 80e année, & fut enterré à
Ridge, qui étoit la paroiſſe du lieu
de ſa Naiſſance.

H.
BLOUNT.

Il laissa deux fils, dont je dirai quelque chose plus bas.

Catalogue de ses Ouvrages.

1. *Voyage au Levant* (en Anglois) *Seconde édition.* Londres 1636. *in-4°.* Les autres éditions sont *in-12. Wood* dit qu'il est si estimé, qu'on l'a traduit en Allemand & en François.

2. *La Promenade de la Bourse.* (en Anglois) 1647. C'est une Brochure sur les affaires du temps.

3. *Lettre à la louange du Tabac & du Caffé.* (en Anglois) A la tête d'un livre sur ce sujet publié par *Gautier Rumsey.* Londres 1657. *in-8°.*

4. Il fit réimprimer en 1632. à *Londres in-8°.* six Comedies Angloises de *Jean Lylie.*

Ses deux fils se sont fait aussi connoître dans la République des Lettres.

Thomas-Pope Blount, Baronet, a donné au public.

1. *Censura celebriorum Authorum, sive Tractatus, in quo varia virorum Doctorum de clarissimis cujusque sæculi scriptoribus Judicia traduntur.* Londini 1690. *in-fol.* It. *Editio nova correctior. Cui accessit Judiciorum verna-*

*culo ſermone, ſive Anglicus, ſive Gal-
licus, ſive demum Italicus is fuerit, in
priore exhibitorum accurata in Latinum tranſlatio. Genevæ* 1694. *in*-4°. It.
Ibid. 1710. *in*-4°. Cet Ouvrage eſt à
peu près ſemblable à celui des *Jugemens des Savans* de *Baillet*, ex-
cepté que *Baillet* a formé un diſcours
ſuivi des divers jugemens qu'on a
fait des Auteurs anciens & modernes, & y a meſlé beaucoup du ſien;
au lieu que *Blount* ne fait que citer
les Auteurs dont il rapporte les té-
moignages, ſans les lier les uns avec
les autres.

2. *De re Poetica, ou Remarques
ſur la Poeſie; avec les Caracteres &
la Critique des Poetes les plus celebres
ſoit anciens ſoit nouveaux, tirées des
meilleurs Auteurs.* (en Anglois) *Londres* 1695. *in*-4°. C'eſt un Ouvrage
du même goût que le précedent.

3. *Hiſtoire Naturelle, ou Recueil
d'Obſervations & d'experiences Phyſi-
ques, tirées des plus fameux Auteurs
Modernes.* (en Anglois) *Londres*
1692. *in*-4°. On voit par tous ces
Ouvrages de *Blount*, qu'il ne s'eſt
produit en public que ſous la qualité de Compilateur.

4. *Essais sur divers sujets.* (en Anglois) *Wood*, qui cite cet Ouvrage, n'en dit pas davantage.

Charles Blount, dont on ne sait autre chose, sinon qu'il se tua lui-même d'un coup de pistolet au mois d'Août de l'an 1693. pour le sujet que je rapporterai plus bas, a composé les Ouvrages suivans.

1. *Anima Mundi*, ou *Recit historique des Opinions des Anciens, touchant l'état des ames des Hommes après leur mort.* (en Anglois) *Londres* 1679. *in-*8°.

2. *La Diane des Ephesiens est grande; ou l'Origine de l'Idolatrie, avec l'institution politique des Sacrifices des Gentils.* (en Anglois) *Londres* 1680. *in-*8°.

3. *Les deux premiers livres de la vie d'Apllonius de Tyane par Philostrate, traduits en Anglois, avec des remarques Philologiques. Londres* 1680. *in-fol.*

4. *Les Oracles de la Raison, contenus en divers Lettres écrites à M. Hobbes, & à d'autres personnes de merite, & de savoir.* (en Anglois) *Londres* 1693. *in-*12. Ce Recueil est composé
de

de feize pieces, qui roulent toutes H.
fur des fujets affez délicats. Les voi- BLOUNT.
ci en détail: 1°. *Défenfe de l'Archæo-
logie du Docteur Burnet.* 2°. *Le 7e &
le 8e Chapitre du même livre traduits
en Anglois.* 3°. *De la defcription que
Moyfe fait du premier état de l'homme.*
4°. *Appendix du Docteur Burnet fur
la Religion des Brachmanes.* 5°. *De la
Religion des Deiftes.* 6°. *De l'immortalité de l'ame.* 7°. *Differtation fur les
Ariens, les Trinitaires & les Conciles.*
8°. *Que le bonheur confifte dans le plaifir.* 9°. *Du deftin & de la fortune.* 10.
De l'Origine des Juifs. 11. *Qu'il eft
permis d'époufer fucceffivement les deux
fœurs.* 12. *De la ruine des Juifs &
l'Origine du regne de Mille ans.* 13.
Des augures des Anciens. 14. *La Religion naturelle en tant qu'elle eft op-
pofée à la Revelation divine.* 15. *Que
l'ame eft materielle.* 16. *Que le Monde
eft éternel.* La onziéme de ces pieces,
qui regarde la liberté d'époufer deux
fœurs fucceffivement, n'étoit pas
une matiere indifferente pour *Blount.*
Ce n'étoit pas une fimple queftion
de Theorie, & il en a été pour ainfi
dire le Martyr. Il avoit deffein d'é-

H.
BLOUNT.

pouſer ſa belle-ſœur ; elle n'étoit pas inſenſible pour lui, & conſentit à l'épouſer, pourvû qu'il obtînt une approbation des Docteurs, qui la perſuadât que ſon mariage étoit legitime. *Charles Blount* propoſa la queſtion à l'Archevêque de *Cantorbery* & aux plus celebres Docteurs, qui déciderent contre le Mariage. Sa belle-ſœur pour n'être plus expoſée à ſes empreſſemens & à ſa paſſion, prit alors la réſolution de ſe retirer de *Londres. Blount* au deſeſpoir de la voir réſolue à s'éloigner de lui, alla chez elle faire les dernieres tentatives pour la retenir, & ne pouvant l'ébranler, il ſe donna un coup de piſtolet. Il mourut de cette bleſſure après avoir traîné quelques jours, pendant leſquels il ne voulut rien prendre, que des mains de ſa Maîtreſſe.

5. *Janua Scientiarum* ; ou introduction abregée à la Geographie, la Chronologie, la Politique, l'Hiſtoire, la Philoſophie, & toutes ſortes de Litterature (en Anglois) *Londres* 1684. in-8°.

6. *Le Roy Guillaume & la Reine*

Marie Conquerans. (en Anglois)   H.
Londres 1693. *in*-8°. Ce n'eſt qu'une Blount.
brochure.

7. *De la liberté d'imprimer.* (en Anglois) Autre petite Brochure.

V. *Athenæ Oxonienſes.* tom. 2. p. 712.

PIERRE GILLES.

PIERRE *Gilles*, en Latin *Gyllius*,   P. Gilnaquit à *Alby* vers l'an 1490.   les.
Après avoir acquis une connoiſſance exacte des Langues Latine & Gréque, des anciens Auteurs, de l'Antiquité, des Belles-Lettres, & principalement des choſes naturelles, il ſe livra à la paſſion qu'il avoit de voyager.

Il viſita d'abord les Côtes de la Provence, & enſuite celles de l'Italie ; on voit par ſon livre *de vi & Natura Animalium,* qu'il vit dans ce Voyage *Marſeille, Antibe, Nice, Genes, Pavie, Venife,* où il alloit quelquefois ſur le bord de la Mer avec *Lazare Bayf,* Abbé de *Charroux,* qui y étoit alors Ambaſſadeur

Ll ij

P. GIL-
LES.

de France, pour y étudier la nature
des Poiſſons; enfin *Naples*, où il
demeura un mois.

Il revint enſuite en France, &
paſſa quelque temps en Rouergue
auprès de *George d'Armagnac*, Evêque de *Rhodés*, ſon Protecteur, qui
l'engagea à compoſer ſes ſeize livres
de la Nature des animaux, traduits
d'*Elien*, de *Porphyre*, d'*Heliodore*,
d'*Oppien*, & accompagnés de ſes
propres obſervations; à quoi il ajouta un livre des noms Latins & François des Poiſſons, qu'on trouve à
Marſeille. Dans la dédicace du premier Ouvrage, qui eſt de l'an 1533.
& qu'il prit à la perſuaſion de l'E-
vêque de *Rhodés* la liberté d'adreſſer
au Roy *François I.* il dit à ce Prince
qu'ayant appris par la renommée
qu'il aimoit les Sciences & prote-
geoit les perſonnes qui les culti-
voient, il avoit conçu le deſſein de
lui dedier ſon Ouvrage, & il ajoute que rien ne ſeroit plus digne d'un
ſi grand Roy, que de donner à des
Savans la commiſſion de parcourir
les pays étrangers, n'y ayant que lui
qui pût fournir aux frais neceſſaires

pour cela. Ce fut par-là qu'il fut con- P. Gil-
nu du Roi *François I.* qui l'employa les.
quelque temps après felon fes dèfirs,
en l'envoyant dans le Levant.

On ne fait point le temps de fon
depart, ni de combien d'années fut
fon Voyage: Ce qu'il y a de fûr, c'eft
qu'il n'y eut pas de la part du Roi
qui l'avoit envoyé, tout l'agrément
qu'il auroit pu efperer. On voit par
une de fes Lettres qu'il ne reçut pas
un fol de lui pendant tout le temps
qu'il fut dans le Levant. Ce qui
joint à ce qu'il ne tiroit rien d'un
Benefice qu'il avoit à *Rhodés,* le mit
bientôt fort à l'étroit. La mort de
François I. arrivée en 1547. lui ôtant
toute reffource, il fe trouva dans la
neceffité de s'enroller, pour ne pas
mourir de faim. C'eft ce qu'il nous
apprend lui-même dans la Lettre que
j'ai déja citée & qui eft datée d'*Alep*
le 2 Avril 1549. *Tollius,* qui l'avoit
vûe, dit dans fon *Appendix* au livre
de *Pierius Valerianus de Infelicitate
Litteratorum,* qu'il s'enrolla dans les
troupes du Roi de Perfe. Mais il fe
trompe, car la lettre marque pofitivement que ce fut au fervice du

P. GIL-
LES.
grand Seigneur *Soliman II.* qui étoit
alors en guerre contre le Roi de Perse. *Gilles* se trouva dans une action,
où les troupes Turques prirent l'e-
pouvante. Il y perdit son Cheval,
& tout son petit bagage, & courut à
toutes jambes depuis minuit jusqu'au
jour. Cependant le danger passé, ou
plûtôt la terreur dissipée, les Turcs
reprirent cœur, & poursuivirent
les Persans à leur tour. Ces derniers
se refugierent dans des Montagnes
inaccessibles, & les Turcs furent enfin obligés de se retirer en quartier
d'hyver. *Gilles* avec sa Compagnie
eut son quartier à *Alep*, d'où il écrivit la lettre, où il rapporte toutes
ces particularités.

Il paroît par d'autres qu'il écrivit
ensuite, qu'il reçut quelque temps
après de l'argent, ou qu'il trouva à
en emprunter, & qu'il alla d'*Alep*
à *Constantinople*. Il étoit dans cette
derniere ville l'année suivante 1550.
Car *André Thevet* marque dans sa
Cosmographie qu'il l'y trouva alors,
& qu'ils allerent ensemble à *Chalcedoine*, pour y chercher des medailles antiques qu'ils y trouverent effectivement.

Divers Auteurs ont écrit qu'en P. GIL=
revenant de l'Orient il fut pris par LES.
les Corfaires de *Gerbe*, & que le
Cardinal d'*Armagnac* ayant payé fa
rançon, il paffa à *Rome*, où ce Cardinal le reçut chez lui. M. *de Thou*
dit feulement qu'il échappa de leurs
mains. Mais ni l'un ni l'autre ne
peut être; car cela fuppoferoit qu'il
revint par Mer; ce qui n'eft pas. Il
revint à la fuite de M. *d'Aramont*
Ambaffadeur du Roy à *Conftantino-*
ple, qui fit le Voyage par terre, &
paffa par la Romanie, la Macedoi-
ne, la Bulgarie, la Moravie, la Ser-
vie &c. Ce retour eft de l'an 1550.
M. *le Clerc* a cru qu'il falloit le re-
culer jufqu'en 1552. au moins, parce que M. *d'Aramont* étoit au fiege
de Tripoli en 1551. Mais il ne l'a
cru, que parce qu'il a ignoré les
differens voyages de M. *d'Aramont*,
qui après avoir été renvoyé en France en 1550. par le Sultan *Soliman*
II. retourna en Turquie l'année fuivante; & fe rendit en y allant, au
fiege de *Tripoli* à la priere du Grand-
Maître de *Malthe*.

Au refte il fe retira à *Rome* auprès

P. GIL-
LES.

du Cardinal d'*Armagnac*, qui étoit
alors chargé des affaires de France à
Rome; & il ne songeoit qu'à mettre
en ordre les Memoires qu'il avoit
apportés du Levant, lorsqu'il fut
attaqué de la fievre qui le conduisit
au tombeau.

Il mourut en 1555. âgé de 65 ans,
& fut enterré dans l'Eglise de *S.
Marcel*.

M. *de Thou*, dit qu'il avoit voyagé pendant plus de 40 ans dans la
Gréce, dans l'une & l'autre Asie &
dans presque toute l'Afrique. Mais
il s'est trompé en ce point: les voyages de *Gilles* en Orient n'ont pas été
à beaucoup près si longs; car il est
sûr qu'il ne partit pour les commen-
cer qu'après l'année 1533. & qu'il
en revint en 1550. M. *de Thou* a
peut-être voulu comprendre sous ce
nombre tout le temps qui s'est passé
depuis ses premiers voyages en France jusqu'à son retour du Levant,
quoiqu'il y ait eu des intervalles de
repos & de tranquillité; encore fau-
droit-il prendre les choses au rabais.
Quant à ce qu'il dit que *Gilles* a
voyagé dans presque toute l'Afrique,
il

Il faut l'en croire ſur ſa parole ; car ~~P. Gil-~~
on ne trouve rien ſur ces voyages ~~les.~~
dans les Ecrits de cet Auteur.

Catalogue de ſes Ouvrages.

1. *Demetrii Conſtantinopolitani de
Re Accipitraria liber Græce*, *cum Verſione Petri Gillii.* Dans le Recüeil de
Nicolas Rigault, intitulé *Accipitraria Rei Scriptores. Pariſ.* 1612. *in-4°.*
It. Avec l'Hiſtoire des Animaux
d'*Elien. Lyon* 1562. *in-8°.*

2. *Theodoreti Cyrenſis Epiſcopi Commentarii in* XII. *Prophetas Minores*,
Latine ex verſione Petri Gillii. Pariſ.
1533. *in-8°.* It. dans l'Edition que
le P. *Sirmond* a donné des Oeuvres
de *Theodoret* en 1642. *in-fol.* M.
Huet prétend que *Gilles* étoit trop
hardi dans ſes traductions, car il ne
ſe faiſoit point, dit-il, un ſcrupule
de retrancher, d'ajouter, & de ren-
verſer les phraſes, & même quelquefois le ſens de ſes Auteurs. Il s'eſt
néanmoins montré plus ſage & plus
reſervé dans les verſions qu'il a faites
ſur les matieres Theologiques, qu'il
a traitées avec la fidelité qu'un honnête homme doit à ſa Religion.

3. *Laurentii Vallenſis*, *Hiſtoriarum*

Tome XXIII. M m

*Ferdinandi Regis Aragoniæ libri tres
editi à Petro Gillio. Parif. Simon Colinæus* 1521. *in-4°.*

4. *Petri Gillii Orationes duæ, quibus fuadet Carolo V. Imper. Regem
Galliæ prælio captum, gratis esse dimit-
tendum, fcriptæ anno* 1525. *Brixiæ*
1540. *in-8°.*

5. Il a fourni des augmentations
pour un Dictionnaire Grec & Latin
qui a été imprimé à *Baſle* en 1532.
comme nous l'apprenons des Epitomes de la Bibliotheque de *Gefner.*

6. *Ex Æliani Hiſtoria per P. Gyl-
lium Latini facti, item ex Porphyrio,
Heliodoro, Oppiano, tum eodem Gyl-
lio acceſſionibus aucti libri* XVI. *de vi
& natura Animalium. Ejuſdem Gyl-
lii liber unus de Gallicis & Latinis
nominibus Piscium Maſſilienſium. Ly-
duni. Gryphius* 1533. *in-4°. Gilles* dedia le premier de ces Ouvrages au
Roi *François I.* comme je l'ai déja
dit, & le fecond, qui traite des noms
des Poiſſons de *Marſeille* à *Jacques
Colin,* Abbé de S. *Ambroiſe* de *Bourges,* qu'il dit avoir le premier infpi-
ré à ce Prince le deſſein de rétablir
les Lettres.

7. *Elephanti deſcriptio miſſa ad R.*
Cardinalem Armaignacum ex urbe
Berrhoea Syriaca. Lugduni 1562. *in-*
8º. Avec quelques Lettres & d'autres Ouvrages de *Pierre Gilles.*

8. *De Boſphoro Thracio libri tres.*
Lugduni. Rovillius. 1561. *in-*4º. It.
Lugduni Bat. Elzevir 1632. & 1635.
*in-*24. It. dans les *Antiquités Gréques*
de Gronovius. tom. 6. p. 3087.

9. *De Topographia Conſtantinopo-*
leos & de illius antiquitatibus libri IV.
Lugduni. Rovillius 1562. *in-*4º. It.
Lugd. Bat. 1632. *in-*24. It. dans les
Antiquités Gréques de Gronovius tom.
6. *p.* 3218. *Pietro della Valle* loue extrémement cette Topographie. Sa
Lecture, dit-il, peut ſatisfaire la
curioſité la plus avide. Il a écrit ſur
ce point pleinement & pertinem-
ment. Je m'en rapporte à lui en
tout & par tout, parce qu'il me
ſemble qu'il eſt veritablement ſavant
& ſincere, & outre cela très-dili-
gent tant à feuilleter & examiner les
livres des anciens, qu'à voir, remarquer & meſurer même pied à
pied toutes les choſes, & tous les
lieux, les confrontant & les ajuſtant

P. GIL-
LES.

aux Vestiges du temps passé avec tant d'exactitude qu'il ne se peut rien de mieux. *Lett. 2. p. 24.*

V. *Son Eloge par M. de Sainte-Marthe & M. de Thou. La Bibliotheque du Richelet de M. l'Abbé le Clerc.*

Fin du vingt-troisième Volume.

TABLE NECROLOGIQUE

des Auteurs contenus dans ce Volume.

AGRICOLA (Rodolphe) mort le 28 Octobre 1485.

MAILLARD (Olivier) m. le 13 Juin 1502.

EMMIUS (Ubo) m. le 9 Decembre 1525.

MARTYR D'ANGHIERA (Pierre) m. vers l'an 1525.

GILLES (Pierre) m. l'an 1555.

LABE' (Louise) m. après l'an 1555.

SCALIGER (Jules Cesar) m. le 21 Octobre 1558.

FAERNO. (Gabriel) m. le 17 Novembre 1561.

MARTYR VERMILIO (Pierre) m. le 12 Novembre 1562.

SEPULVEDA (Jean Ginés de) m. l'an 1572.

PICCOLOMINI (Alexandre) m. le 12 Mars 1578.

MALDONAT (Jean) m. le 5 Janvier 1583.

DURET (Louis) m. le 22 Janvier 1586.

TABLE NECROLOGIQUE.

THEVET (André) m. en Novembre 1590.

PICCOLOMINI (François) m. en 1604.

SCALIGER (Joseph-Juste) m. en 1609.

ESTIUS (Guillaume) m. le 20 Septembre 1613.

CAMDEN (Guillaume) m. le 9 Novembre 1623.

CAPPELLI (Marc-Antoine) m. en Septembre 1625.

SHERLEY (Thomas) m. le 23 Juillet 1627.

SHERLEY (Antoine) m. après l'an 1631.

FARET (Nicolas) m. en Septembre 1646.

BALZAC (Jean-Louis Guez de) m. le 18 Février 1654.

BIGNON (Jerôme) m. le 7 Avril 1656.

CREYGHTON (Robert) m. le 21 Novembre 1672.

BROWNE (Thomas) le Theologien m. le 6 Decembre 1673.

PRICE (Jean) m. l'an 1676.

DAVENPORT (Christophe) m. le 31 May 1680.

TABLE NECROLOGIQUE.

LLOYD (Nicolas) m. le 27 Novembre 1680.

BLOUNT (Henri) m. le 9 Octobre 1682.

BROWNE (Thomas) Le Medecin. m. le 19 Octobre 1682.

BOISSIEU (Denis de Salvaing de) m. en 1683.

BERNIER (François) m. le 22 Septembre 1688.

LITTLETON (Adam) m. vers le 1 Juillet 1694.

BERNIER (Jean) m. le 18 May 1698

PAVILLON (Etienne) m. le 10 Janvier 1705.

CORNEILLE (Thomas) m. le 8 Decembre 1709.

GOETZE (George Henri) m. le 25 Mars 1729.

Fin de la Table Necrologique.

TABLE

*Des Auteurs contenus dans ce Volume,
selon l'ordre des matieres qu'ils ont
traitées dans leurs Ouvrages.*

DES MATIERES.

TABLE

DES MATIERES.

TABLE

DES MATIERES.

Fin de la Table des Matieres.

APPROBATION.

J'AY lû par-ordre de Monseigneur le Garde des Sceaux le vingt-troisiéme Volume de ces Memoires, & j'ai crû qu'on en pouvoit permettre l'impression. A Paris ce 12. Août 1732.

HARDION.

PRIVILEGE DU ROI.

LOUIS, par la grace de Dieu, Roi de France & de Navarre: A nos amez & feaux Conseillers, les Gens tenans nos Cours de Parlement, Maîtres des Requêtes ordinaires de notre Hôtel, Grand Conseil, Prevôt de Paris, Baillifs, Sénéchaux, leurs Lieutenans Civils, & autres nos Justiciers qu'il appartiendra; SALUT. Notre bien amé ANTOINE-CLAUDE BRIASSON, Libraire à Paris, nous ayant fait remontrer qu'il lui auroit été mis en main un Manuscrit, qui a pour titre : *Memoires pour servir à l'Histoire des Hommes Illustres dans la République des Lettres, avec un Catalogue raisonné de leurs Ouvrages*, qu'il souhaiteroit faire imprimer & donner au Public, s'il nous plaisoit lui accorder nos Lettres de Privilége sur ce nécessaires, offrant pour cet effet de le faire imprimer en bon papier & beaux caractéres, suivant la feuille imprimée & attachée pour modéle sous le contre-scel des présentes ; A CES CAUSES, voulant traiter favorablement ledit Exposant, Nous lui avons permis & permettons par ces Présentes, de faire imprimer lesdits Memoires & Catalogue ci-dessus specifiés, en un ou plusieurs volumes, conjointement, ou séparément, & autant de fois que bon lui semblera, sur papier & caractéres conformes à ladite feuille imprimée & attachée pour modéle sous notredit contre-scel, & de le vendre, faire vendre & débiter par tout notre Royaume, pendant le tems de *huit années* consecutives, à compter du jour de la date desd. Présentes. Faisons défenses à toutes sortes de personnes de quelque

qualité & condition qu'elles foient ; d'en introduire d'impreffion étrangére dans aucun lieu de
notre obéïffance ; comme auffi à tous Libraires-
Imprimeurs & autres, d'imprimer, faire imprimer, vendre, faire vendre, débiter, ni contrefaire lefdits Mémoires & Catalogue ci-deffus ex-
pofés, en tout ni en partie, ni d'en faire aucuns
Extraits, fous quelque prétexte que ce foit, d'aug-
mentation, correction, changement de Titre, ou
autrement, fans la permiffion expreffe & par écrit
dudit Expofant ou de ceux qui auront droit de lui,
à peine de confifcation des Exemplaires contre-
faits, de trois mille livres d'amende contre chacun
des contrevenans, dont un tiers à Nous, un tiers
à l'Hôtel-Dieu de Paris, l'autre tiers audit Expofant, & de tous dépens, dommages & intérêts.
A la charge que ces Préfentes feront enregiftrées
tout au long fur le Régiftre de la Communauté
des Libraires & Imprimeurs de Paris, & ce dans
trois mois de la date d'icelles, que l'impreffion de
ce Livre fera faite dans notre Royaume & non ailleurs, & que l'Impetrant fe conformera en tout aux
Réglemens de la Librairie, & notamment à celui
du 10. Avril 1725. & qu'avant de l'expofer en vente, le manufcrit ou imprimé qui aura fervi de
copie à l'impreffion dudit Livre fera remis dans le
même état où l'Approbation y aura été donnée,
és mains de notre très-cher & feal Chevalier
Garde des Sceaux de France le fieur Chauvelin,
Commandeur de nos Ordres ; & qu'il en fera
remis deux exemplaires dans notre Bibliotheque publique, un dans celle de notre Château du Lou-
vre, & un dans celle de notre très-cher & feal
Chevalier Garde des Sceaux de France le Sr.
Chauvelin, Commandeur de nos Ordres ; le
tout à peine de nullité des Préfentes ; du contenu defquelles vous mandons & enjoignons
de faire jouir l'Expofant ou fes ayans caufe
pleinement & paifiblement, fans fouffrir qu'il
leur foit fait aucun trouble ou empêchement.
Voulons que la copie defdites Préfentes qui
fera imprimée tout au long au commencement
ou à la fin dudit Livre foit tenue pour dûement
fignifiée, & qu'aux copies collationnées par l'un

de nos amez & féaux Conseillers & Secretaires; foi soit ajoutée comme à l'original. COMMANDONS au premier notre Huissier ou Sergent, de faire pour l'exécution d'icelles, tous Actes requis & nécessaires, sans demander autre permission, & nonobstant Clameur de Haro, Charte Normande, & Lettres à ce contraires: CAR tel est notre plaisir. DONNE' à Paris le 28. Novembre l'an de de Grace mil sept cens vingt-six, & de notre Regne le douziéme, Par le Roi en son Conseil,

DE S. HILAIRE.

Registré sur le Registre VI. de la Chambre Royale des Libraires & Imprimeurs de Paris, No. 530. Fo. 421. conformément aux anciens Réglemens confirmez par celui du 28. Février 1723. A Paris le 3. Decembre 1726.

Signé, VINCENT, Adjoint.

De l'Imprimerie de GISSEY.